U0133315

拾碎

天才诅咒里面诞生

赵穗康 著

华东师范大学出版社
上海

华东师范大学出版社六点分社 策划

目　录

人生不能

1

音响社会

平日拾碎

人生不能

与恶魔搏斗者小心，留神自己变成恶魔，长久凝视深渊，深渊反观看你。

——弗里德里希·尼采

《善恶的彼岸：未来哲学的序言》1886

第四章，格言 146

Wer mit Ungeheuern kämpft，mag zusehn，dass er nicht dabei zum Ungeheuer wird. Und wenn du lange in einen Abgrund blickst，blickt der Abgrund auch in dich hinein.

——Friedrich Nietzsche

Jenseits von Gut und Böse：

Vorspiel einer Philosophie der Zukunft 1886

IV. Aphorism 146

一 错综古怪的文字

我远离今天中国文字环境,在纽约错综的文化里面,品味古代文字抑扬顿挫的形态,通过上下跳跃的音符勾勒文字韵律。我对中国传统文化只有惊奇感叹,没有怀古伤感,它在我的血液里面,不去追求,自己发生荡漾。我用届时的感官身体说话,尽管常常笨得碍手碍脚。我闭着眼睛呼文吸字,不期牵我走路的语态,是莫扎特的口气和巴赫的句子。

中国古代汉语太美,一不小心,就会掉入手足温馨的陷阱。然而,文言白话之间区别太大,依样葫芦留点尾巴,不免露出技穷寒酸。白话的好处在于自然不做,但不是所有"做"都不自然,只是"技穷"的做作,让人觉得难受不堪。古代汉语的好处,不仅在于文字的形态模样,更是象形文字的特殊,以及汉字伸缩转换的变化——做了四十年编辑的朋友张纯对我说,中国文字的数量要比任何其他语言都少,原因在于汉语文字的多义和词组变化的可能,这是以少胜多的机制,就像抽象简洁的围棋,中文是无法之中变幻莫测,常态之中不期非常——可惜我们中国阶层文化的无形枷锁,不能容忍简洁之中的自由发挥想象。

与之相反,拼音结构的西方文字和象形寓意的中国文字相去甚远。百年翻译的历史,给中文注入新鲜的文字文化的因素的同时,也把中文折腾得不成模样。这个矛盾让中国文人迷惑徘徊,也给今天的我们一个契机反思。汉语历史一脉相承,从未经过如此折腾,一个世纪过来的努力,在完美的腐败之中力求新生。这还不只是对于文字的冲击,更是文化心态和价值观念的重新,然而,破坏之后的痊愈,是个长久挣扎的过程。

熟读古文不是"出口成章",随便就能"之乎者也",而是熏陶渐续之中,体会古文韵律的跳跃转折和字里行间的铿锵节奏。古文是个宝藏也是一个陷阱,就像西文对于汉语的影响冲击也是利弊都有。然而,不同文字的语境,还不仅仅只是语义的区别,更是文化心态和社会意识的不同。理解其他文化是假借庐山之外的角度,重新再看庐山自己的面目。一百多年以来,翻译文字给予汉语新开一面的同时,也给我们提供了相当的透视和旁观的可能。每种文字都有自己的文化环境,在其他文字文化的交错影响之下,所有语言又都具备演变再生的基因。

问题在于如何重新。

我想新意常常就是错乱杂交怀古继新的私生子,是若即若离的歪打正着,也是旁敲侧击的偶然出奇。也许这是我的片面角度,我不太相信直线相承的传宗接代,相反,喜欢随意旁出的杂交不纯。我对古文的一知半解,似乎正好让我错过古文坚不可摧的堡垒，我对西方音乐的直接感受，让我绕过音乐技术的规矩章程。古代骈文奇巧优美，让人五体投地的同时，也让人感觉窒息，松紧长短不一的宋词元曲，似乎放宽了格律标准，但是暗中的机制还是新瓶陈酒。然而，如果我们能够换个角度，不在对和错的具体细节中折腾，所有的文字文化，都是生态自然的文化环境。文字文化的土壤之广袤，加上今天时空交错的机遇，文字发展演变的前景，明天后天的可能之大，不是今天的我们可以预测计谋。

翻阅古代文字，从回归之中旁观自己。我对传统文化没有半点评判，只有感激藏在心里。我的感受强烈，但却不知缘故，也说不出理由。我是浪子不知，归宗没心。对我来说，古人的好处不是典范规矩，而是放浪不羁的出奇和内心私密的欢喜。现在的我，表面好像更加习惯西方文化环境，可是内心没有任何固定的归属和偏颇，加上古典音乐也是断线的往事，当年西方日常生活里的声音和东方的异国情调一样遥远不及。巴赫音乐的人文角度，是人类文明骨血脉络里的细胞元素，这个渊源直接古代中东埃及和地中海文明，所有这一切，就像我们黄河长江流域的古老文明，曾经有过的上下文藕断丝连，曾经读过的书本知识似有非有，然而，也许正是因为现代文明一刀两断的反叛，正是因为今天错位拼贴的现实环境，反而给予我们一个可以超越任何文化时空的余地和可能。

我没受过正规中文训练，正好给我一个空白的园地。每天琴上的阅读随意，让我避免掉入音乐的规范准则。海阔天空的

5

音响空间,给我提供造型的气息,让我如鱼得水随进随出。因为平时不用中文,让我绕过语法规则,因为不切实际功利,所以没有钩葛牵连,我用中文做梦游戏,随心所欲随意写来。

音响留下姿态语气造型,共鸣留下心血情绪感应。就像古代儿童熟读诗韵不解其意,我开始读谱没有半点功利目的,纯粹为了要用身体去听音乐,但是结果不期给我文字空白一个填补,一个骨架的成型和一个节奏语态的重新开启。不可思议的是,我在简洁的古文里面,莫名其妙找到切断西语结构累赘的枷锁,从而能够切割打散从句层叠的可能。所有这些将错就错的巧合,没有半点预先的明智。我随流漂泊莫名,抬头再看交错的渊源,过程之间矛盾百出,然而一路过来,满是幸会奇遇。我的文字奇怪,没有逻辑可言,更没前因后果可寻,最后留下七拼八凑的自己和一时感性的痕迹。

因为没有科班的规矩训练,我在涂写里面练笔,在不断修改之中学习。我没写作才能,小小一段文字要花很长时间折腾。我写,控制不住感觉中文单数复数的节奏,开始全是自然而然的无意,但是很快发现这和心跳有关,也是二拍三拍的音乐关系。音乐节拍一定是和人的呼吸有关,节奏之间勾勒情感的风波,平和的呼吸是双数的反复,单数的节拍挑起心绪起伏。单数双数的节拍可以延伸三拍四拍,六拍八拍,甚至更多。六拍由两个单数的三拍组成,从数的角度,又回到双数的平衡。中国诗歌里的平仄,五言七言句子里的二对三、四对三的字数错差对称,也和我们人体心跳有关。西方诗歌尽管看来不同,但是音节弱强、强弱、弱强强和强强弱的规律,同样也是单数双数之间的区别和关系①。莎士比亚十四行诗,用的就是严格的弱强拍子(Iamb)。小时候喜欢普希金诗歌,但是对他音乐节奏的神奇,只是听说而已,一直要到真正听到俄文朗颂,普希金俄语音节的美妙,方才恍然大悟。普希金的诗歌基本运用弱强拍子写成,他的音律之严谨就像莎翁的十四行诗。

　　我对中国古代诗歌文字的偏心爱好,经常让我动笔不得,宋词元曲的松动,给我一线透气的窗户,但是背景依然还是我们中国文化绝对标准的阴影。还好我生在反叛的年代,西方诗歌的音节准则瓦解成砾,中国古代文字也被抛弃不顾,习惯自由自在的我,长期生活在另一个世界的琴上呼吸,文字上面胡诌乱编的时候,非但音乐的气息控制不住,古文的阴影也不知不觉出来调侃闹我。现代普通话是个外来语种,和传统汉语文字的音调有所不同。我一半吊在中西文化的峡谷边缘,一半透过普通话的纱幕,体验自己身体里的动静感知。事实上,我无源无根,缺乏固定的认同,但是我被遥远的莫名席卷包容,绕过古文铿锵的迷宫,看到汉语特有的造型和角度,透过现代英语的窗口,知道文字没有固定不变的标准,唯一可以依靠的就是自己身体的本能。西方音乐里面音程的变化,给我拆词解句的自由和颠倒成语的理由。对我来说,语言是呼吸的节奏,我数字,为了句子之间迎

---

　　① 　西方诗歌的基本节拍有四种:Iamb(弱强)、Trochee(强弱)、Anapest(弱弱强)、Dactyl(强弱弱)。

合起落,我读给自己听音,隐隐约约感觉文字似有非有的韵律节奏。我喜欢古文铿锵的铁石金声,但又害怕"之乎者也"的陈旧和固定的传统模式。我禁不住在今天的普通话里寻找音韵,但是绝对不会为了压韵,牺牲字里行间的气息。

我对连接字"的"和虚字"了"的权衡不免咨啬。白话文受西方翻译文字影响,古文特有的简洁气息受到很大破坏。西方语言是个结构文字,汉语则是图像的穿插拼贴。古文字里行间很少用"的"来连接,所以朗朗读来,铿锵有声的撞击感觉特别强烈。国人学习英语最大难处,就是英语语法结构的时态、介词和定冠词。这类语法规则,在英语里面起到桥梁衔接和方位定点的作用。西方文字结构严谨,其中任何一个环节都是缺一不可。类似"1+1=2"的数学符号逻辑,没有一个环节可以省略。但在中国古代文化语境里面,基本省略"+"和"="之类的因果连接。古文想象的余地之广,间接衔接的方式无奇不有,所以具体的"语法"结构连接大可不必。

我讨厌陈词滥调,害怕官方句子模式。对于今天夸张滥情的文字,更是躲之不及。我没去处,所以只好古文里面慢慢体会,键盘里面远远响应,尽管两者对我写作都没直接关系。我知道自己飘忽不定,什么没有,什么不及,什么都是另外一个世界的断层离异。我写文字,我做作品,为了一对挑剔无情的眼睛。我懒得解释,自暴自弃,但是现实常常又要逼我面对。因为我的文字特别,我给编辑麻烦自知自明。就我自己而言,讨论的过程,对和错并不重要,关键在于给我机会冷静分析,跳出感性的本能,从第三者的角度审视自己。

因为有时被迫解释自己文字,一来一往,次数多了,积累起来,让我看到自己无意之中的"规律"。我在《音乐瞬间》[①]有段文字通过双数平和的节奏,挑出微末的一点不平,那是描写一天早晨半醒不醒的幻觉:

> 冬日雪夜迷茫之中,寒霜雾气玻璃隔层,窗外雪花白粉,没头没脑,就着清水无色的窗户轻柔抚摸。整个屋子被这轻盈的动荡鼓捣,犹如白云一朵,缓缓翻卷过河。不知何事扰梦,天还未启我就醒来,好像黎明在迫,屋里依然昏沉,微波轻拂,托着半睡不醒的梦浓。

冬日雪夜迷茫之中, 寒霜雾气玻璃隔层, 窗外雪花白粉, 没头没脑
（吊起8字） （悬挂8 字） （悬挂6字） （悬挂短促4字）

就着清水无色的窗户轻柔抚摸。整个屋子被这轻盈的动荡鼓捣, 犹如白云一朵,
（舒展开来13字） （重新吊起13字） （悬挂向上6字）

缓缓翻卷过河。 不知何事扰梦, 天还未启我就醒来, 好像黎明在迫,
（慢慢平缓下来6字） （急促吊起6字） （悬挂8字） （悬挂6字）

屋里依然昏沉, 微波轻拂, 托着半睡不醒的梦浓。
（悬挂6字） （悬挂短促4字） （下来,结尾稍稍又起9字）

这段文字,除了中间两句 13 字和最后一句 9 字之外,其他都是双数。13 字的句子实际是 12 字,因为中间夹了一个"的"字。最后一句"托着半睡不醒的梦浓",完全可以写成"托着半睡

---

① 《音乐瞬间》,赵穗康,《键盘空间》,北京师范大学出版社,2016。

不醒的梦"(或者"托着半睡不醒梦浓")对上前面 8 个字,加上正好又是同韵,但我没有,还是用了一个奇怪的"梦浓"两字,这是错,但在不断重复的平衡荡漾之中,特意挑出一个奇特的声音和气息,而且放在句末,是要止不止的造型,与下面紧接的段落呼应。

再看整段文字的字数排列:8-8-6-4-13/ 13-6-6/ 6-8-6-6-4-9,整个段落背后,好像是围绕 12 这数的双数游戏。第一段的句号之内,8-8-6-4-13 一组,如果把 13 字看成 12 个字,这个段落就是双数的 16-10-12。节奏是松-松-紧-更紧-更松①。第二段的句号之内是 13-6-6 一组,同样,如果把 13 看成 12 个字,这个段落是短缩的 12-12 重复。节奏是倒过来的更松-紧-紧。最后一段文字豁然打开,6-8-6-6-4-9 排列可以看成 14-12-13 的组合,就像前面一句,双数的 14 和 10,接近 12 的两边左右,加在一起 24 个字,正好是 12 这数的一倍。这一句节奏由此拉开,从紧-松-紧-紧-更紧到最后的不同。末尾 9 个字,如果不是"托着半睡不醒的梦浓"而是"托着半睡不醒的梦",就是 8 个字,和前面 4 个字加在一起,又回到 12 这个数字。但是这次我没循规蹈距,而是任凭感觉用了一个奇数。我喜欢出奇不意的"梦浓"两字,不知别人看来如何。

我写文字注重局部轮廓的造型和整体结构的气息。记得《书城》编辑齐晓鸽曾经说我文字像是雕刻,我自己从未这样想

---

① 同上,关于节奏的松紧关系,参考《节奏勾勒造型》一文。

过,但是经她一提,记得以前我在《铅笔头》里曾经写过:"可惜的是文字只能书写,不能触摸"。我的文字怪诞不顺,为了气息起伏,往往绕着圈子勾勒"啰嗦"。对我来说,"不顺"是驱使句子动态的造型因素,如果把我文字棱角磨平通顺,余下的句子,就会显得咬文嚼字莫名做作。

我承认自己挑剔,我的《键盘空间》折腾很长时间,最后终于出版付印。据说因为我的中文不甚正规,给编辑和出版社带来很多麻烦,最后定稿我没看过,文集出来之后拿到成书,翻开第一页《题记》第一句:"关于我的妈妈林莊灏……"我觉得不对,马上去查,我的原文这样开始:"关于我妈林莊灏,记忆里面除了近还是近,是肌肤的近,绞在一处,我是她的,自己并不存在"。表面上,编辑只是加了"的妈"两字,但是对我来说,这样一改,整个句子的节奏被破坏,编辑觉得"关于我妈林莊灏"不完整,但是没有想到,这里特意埋下悬吊的语气,整个句子节奏如下:

关于我妈林莊灏, 记忆里面除了近还是近, 是肌肤的近,
（弱起悬空） （平行、迂回、 跳跃而起）（短暂五字起）

绞在一处, 我是她的, 自己并不存在。
（强调平行四字）（紧凑五字起） （最后松松弛下来）

把第一句改成"关于我的妈妈林莊灏",原文弱起悬空的语气被拖延下来,从局部的角度,改过的句子似乎"完整"一点,但从整体的角度,改过的文字断气落谷,原先扬起待续的紧凑气息,因为添加"的妈"两字而被截断,再和后面"记忆里面除了近

还是近"的跳跃句子连在一起,失去原先句子节奏的起伏气息。

今天的中文在古代汉语和翻译文字之间打架,普通白话和古代汉语脱节的现象,是我们今天文字文化的现实,但我并不怀旧失望,我用普通话的语音写作,节奏的感觉还在,只是换了一个口气。我没特意去学古代汉语,阅读古书的时候,也没写作的实际目的,现在为了分析,读书多了一个角度。我自然不敢以古人相比,然而翻开古书,整篇都是穿插跳跃的文字灵气,不说中国文人在文字上面自由不拘的文化涵养,至少给我这个没有太多文化,又是生活在两种文化之间的三脚猫,留下一点创意的许可。

柳宗元《小石潭记》中间有句:"坐潭上,四面竹树环合,寂寥无人,凄神寒骨,悄怆幽邃。以其境过清,不可久居,乃记之而去。"这文字用南方话来读,(广东话更好)具有强烈的节奏起伏感觉:

坐潭上,   四面竹树环合,   寂寥无人,   凄神寒骨,
(三字向上)   (六字回绕)   (四字短促)   (四字短促)

悄怆幽邃。   以其境过清,   不可久居,   乃记之而去。
(四字婉转)   (五字承上启下)   (四字平)   (五字归下)

因为计算数字权衡气息节奏,我的文字似乎读来并不通顺,然而,我的说法角度,不知怎么也会触犯今天中文的"逻辑"规范。在一篇关于肖邦音乐的文章里面[1],我有这样一段文字:

---

① 《键盘空间》,同上。见短文《翻阅肖邦》。

12

"……结尾出奇不意跳出小调色彩，音乐没在 G 小调的主和弦上终结，而是通过 G 大调和弦，最后一个音悬在还原的中音 B 上，音乐用全曲最轻最亮的一点消失，肖邦的神奇真真让人没话可说。"

其中"音乐用全曲最轻最亮的一点消失"曾被一位编辑改为"音乐用全曲最轻最亮的一点**传来**。"原因在于：最亮的声音用"消失"两字逻辑上说不通，可是"一点消失"的好处就是语义的特殊，编辑改成"**传来**"的自信让我当时觉得不可思议。在我坚持之下，出版的文字改为："音乐用全曲最轻最亮的一点**去**消失"。加一个"去"字，似乎文字顺当一些，但是，语气悬空暂时的气息和后面一句下落回归之间的伸缩动态张力（tension）被消减。我想如果这位编辑听过肖邦这个曲子，或者不用识谱，就看音符从低到高的一串形状，就会知道悬空的音响什么感觉。不知为何语言口气不能像音乐一样跳跃断裂搁置暂时，语气为什么不可以有轮有廓，至少我们古代汉语里面到处都是。

肖邦《夜曲》Op. 37No. 1 最后结束的句子。

现在这里的解释，都是之后自己旁观分析的结果，当时写的时候，完全没有意识。最初开始写作，我拄着拐杖不知所措，尽管本能希望有点不同，但是绝对没有标新立异的念头。因为编辑过程的多次重复，渐渐发现不是偶然的原因，因为被纠正改动的部分，往往正是我的特意为之。因为不断被人提醒，所以不得不"强词夺理"，事后仔细再看，发现那是自己躲进古文节奏的不得而已，同时看出文字假道音乐气息的出其不意。

我没有责怪编辑，相反私下感激不尽，不然，我也不会具备今天自我意识的可能。但是我也发现，现在很多编辑中文系毕业，有套"现代"汉语的现成规范，一不小心，随手改去，当然不会看到文字里面悬空断裂的音乐气息。然而，正是这种随意的理所当然，让我看到今天汉语规则的教条"八股"。更加悲惨的是，这还不仅只是我们汉语自己的八股，更是西方语言的影响冲击。今天汉语实在可怜，古文的精髓不知掉在哪里，古色古香的传统，仅仅留下一个半文半白的外衣，剩下就是翻译的痕迹和官方文字加上滥情泼皮，从这个角度来想，尽管我的文字气息有时被截，还算改得合情合理规范标准。

我的文字起伏不平，就像周转不止悬吊半空的音乐句子，然而一个圈子下来，最后还是落地归还原处。起先，文字的音乐口气纯属无意，要不是朋友点拨，今天的我，可能还是蒙在鼓里。钢琴家朋友陆泓曾对我说，读我文字就像骑在马上，有种下不来的感觉。她说的时候，我并没懂，后来她和先生来纽约看我，给我解释她的感觉，我才知道是音乐句子的角度。陆泓让我看到自己文字不同的缘故,今天我的文字有点的节奏气息,功劳属于音乐家的陆泓。

我具体写作的时候,任凭感觉驱使,我读,不断地读,感觉不顺就改,改的过程是个有机的演变转型。我的文字很少一下子完成,文章的意念冲将出来,往往按捺不住,个别字句也会脱口而出,有时跟着写都来不及,但是随后的修改,一次又一次,每次改动,都是出其不意的破口和进一步的发展机遇,完善对我来说,是不断破坏开放的过程。我想这也是编辑受不了我的原因之一。

我知道自己的文字,只是一个奇异旁支,远不是什么标准。我不敢以先辈为例,但在语言混杂的生活环境里面,总是难逃詹姆斯·乔伊斯(James Joyce)[①]和塞缪尔·贝克特(Samuel Beckett)[②]的阴影。作为爱尔兰人,乔伊斯四处游荡,通过古代荷马史诗的奥德赛线索,巨细都柏林的街景故事人物,最后又从爱尔兰的传统文化里面,挖出一个古今艺术音乐语言错综交结的奇观(《芬尼根的守灵夜》)。贝克特长期用法文写作,后来回头再用英语写下小说 *Watt*(《瓦特》)的古怪奇特,已是小心翼翼的将错就错。我没大师的才分,但是由此间接看到自己对于中文旁

---

① 詹姆斯·乔伊斯(James Joyce, 1882 年—1941 年),爱尔兰小说家、诗人。主要著作:《都柏林人》(1914)、《一个青年艺术家的画像》(1916)、《尤利西斯》(1922)和《芬尼根守灵夜》(1939)。

② 塞缪尔·贝克特(Samuel Beckett, 1906 年–1989 年),二十世纪爱尔兰、法国作家、荒诞派戏剧的重要代表人物。创作的领域包括戏剧、小说和诗歌。

敲侧击的不同角度。我更不敢高攀古人，但我横空今天的中文语境，在英文环境里面，品味中国古代铿锵顿挫的文字，佐伴音节为韵的 abc，发现自己是在玩弄不拘诗词节律的文字旋律。我无意之中歪打正着，以中文拼音混淆英语诗歌的拼音节奏，由此体验现代中文音响的其他可能。

我在文化错位的丛林里面打转，撞上烂熟的文字，就会借用其他文化造字造句错开，然而，我又很难容忍文字繁复艰涩，那时一定怂恿牙牙学语的口语放生。我写字听音，意在迂回驰骋的对比和节奏不定的气息。我在长短句子里面一一数字，如果节奏韵律不顺，呼吸一定出来阻止，文字一旦过分拘泥局促，身体又会感觉奇怪别扭。我用音乐的口气罗列文字，读文写字，全在松紧比例对位间隔——展开之时，填空增字，紧凑之处，不惜砍字。我偏爱短暂的跳跃和呼吸的弧形，喃喃自语的私密和巴洛克的拱门交织。我在逗号前后数字、句号之间寻韵。文字排列有逐渐增加的字数，也有潺潺的击石不平和兀突的错落截止，随后也许拉出心绪颤动的气息。我没有规律地骈文对字，流畅之中，意在破句的动态和凹凸不平的造型，为此甚至不惜文法不通的喘息，如果句子气息未断，我一定逗在昂然断裂的半截，宁愿语法破裂也不敢中断持续的音响气息——弧线做到一半，不能容忍语言常规和枝节趣味牺牲整体。

我颠倒成语拆词换字，我不守规矩编字截句，我没有今天中文的规范标准。有时为了一个字的改动，需要大段文字解释。有位朋友说我中《红楼梦》的毒太深，我不信，但是后来发现《红楼梦》真的也是经常颠倒成语次序,比如十六回,凤姐对贾琏夸口自己张罗秦可卿后事时有句:"依旧被我闹了个**马仰人翻**"。"马仰人翻"的说法不顺,但是文字颠倒的意象和语句的气息,要比流畅的"人仰马翻"更具表现力。

我不知研究汉语的学者想法如何,从古代汉语演变到今天白话文字,汉语百年的阵痛历历在目。五四和民国的文字有趣有味,多少带点古代汉语的影子。今天的普通话和古文的语音不同,加上西方翻译文字搅和,语言的自然转折演变不再可能。汉语经历一番纠缠折腾之后,好像只好放弃重来。今天的白话和古代汉语几乎两种文字,中文系的学生要学古文,那是另外一种语言知识,甚至可以说是外语的一种。我们背诵古文古诗,但和我们平时用的语言没有关系。更有甚者,今天大有年轻读者觉得《红楼梦》"古"得读不下去,中国语言文化发展到了这个地步,也算中国现代文明的另类一绝。

我并不反对语言发展演变,但是古代汉语传统如此一刀两断,也是一个不可思议的事实。纽约夏天街角花园到处都演莎士比亚,古代《圣经》的语言依然还在教堂里面使用,英文同样演变,而且不断掺入外来语和新的字汇,但是古代英语没有放弃,语言的传统依然一脉相承。相反,我们中文力图保持汉语纯洁,国家发布语言规范标准,非中国人的名字必须编造一个莫名其妙的中文外衣(中国人看不懂,原文的本国人更加莫名),语句必须按西方主谓宾的语法结构,不然不是今天标准汉语,(依此标准,古代汉语没有一句合格过关)。用西方的结构文字规则,扼杀我们传统文字文化精髓,维护今天所谓的中文"标准",想来只有今天的我们才做得出来。于此相反,西方通过自我否定的现代艺术,打破西方文字的规范结构,像贝克特 *Watt*(《瓦特》)那样的小说,居然写出类似古代汉语违反文字逻辑的人文哲理。

今天,统一汉语的努力是拼命抓住教条守护的心虚,但就语言的发展而言,强制的规范阻止语言的正常演变,甚至扼杀试图连接古代汉语传统的创意和可能。现代普通话和古代汉语差距之大,不是民国时代不古不白的语言可以挽救。我没复古的意思,相反觉得应该接受普通话的事实,不把古代汉语和今天的普通话分类对立。我希望透过古文"之乎者也"的外衣,吸取古代汉语的语态节奏和文字灵活的自由发挥,直接当今普通话的韵律,运用古代汉语的人文心态,尝试汉语在普通话和世界其他文字交流之间,新奇的语境和意想不到的可能。这是我的探索企图和一点微不足道的妄想,我的文字没有古文的面目,我从普通话的语音出发,古文的铿锵节奏,留在心跳血液里面,我打散冗长的翻译句子,用字的长短不拘,我用西方音乐的语气,试图不同的语言气息。事实上,我的节奏和古代汉语无关,古文只是给我一个精神许可,文字真正的气息节奏来自音响的呼吸。我没故弄玄虚,我想弹琴的朋友一定知道我说什么,我的语言只是一种尝试,不是结论,所以不必给我破坏汉语规范的大帽子。

我离今天国内语言环境甚远,反而给我第三个眼睛旁观的机会和可能。我在时空断裂的古文和结构环扣的英语之间翻斤斗,所以一笔一画没有固定出处,更没半点纯正可依。文字对我来说不仅只是工具，更是生命的人文环境。我玩文字有时走火入魔，所以最终还是需要拙朴的心态垫底。如果我的文字让人感觉不顺，那是我的固执，不是编辑的过错。如果我的游戏过火，歧路亡羊的后果，以后一定让我自己付出。

不得不坦白，我有刻薄挑剔的眼睛和矫饰雕琢的笔头。我的文字古怪，我的思路更是跳跃拼贴。我的错笔误笔到处都是，但是很多场合，也是精心架空的破绽陷阱，意在任人参与的重新开始。因为不是日常述说的口吻，文字有时读不通顺，这种错差不类的感觉，有点像是自己不伦不类的艺术作品。

我在音乐里面观看艺术，我在文字里面旁听声音，我在艺术里面细读文字，我在节奏里面体验人心。艺术人生相关交错的瞬间，也是旁观自省的身心体验。我的艺术文字没有实际效益，就像我的生命没有实际用处。因为有了艺术文字，我结识毫不相关的朋友知己，但是同样也是因为艺术文字，也许让人讨厌心烦敬而远之。我恨自己有时不得不为琐碎卷入世俗，我不喜欢为自己辩护，我烦与人争执，让人失望伤心。好在艺术和文字都是一个客体的媒介，交流的我可以不在里面，但愿间接抽象的媒介超越我这俗身，交流的最终其实不是我。

人生到了这个地步，我在被动的静守之中旁观，对身边的现实没有期望。我没有具体的信念和主观的理想，余下只有无缘无故的感激和相信。我依靠自己一点切肤的感知，通过一堆不太完善的破碎灵感，体会咫尺之间的无限可能。我知道什么可以放弃，更知道自己的一点固执。我这样说好像有点"浪漫"。

有人以为我是不顾旁人的自我自私，有点艺术家的狂妄骄横，然而实际情况并非如此。我离这个世界很远，像我尊崇的前辈一样，现在只是努力去做今生今世交我完成的事情。我不擅长为自己说话，我的声音过分夸张，我的处境不期有点虚幻，但是不管多少错落绝对，我是他物自在的可有可无。一件无人光顾的作品，一本静静躺在那里的图书，它们都是一种善存。我希望自己留下的东西里面，多少能够带点距离淡漠之中的激烈。我在，近得咫尺，不在，从未有过。

2015 年 1 月一次改写
2017 年 7 月二次改写

二　无常之中的有常

　　文明是有限人生在无限自然留下的人文痕迹。有限的我们在无限的逼迫之下,以各种方式途径,试图挣脱有限的自己,在无常的自然里面,寻找自己有常的本体。表面上,这是一种宗教心态,然而,几乎我们所有的文明,包括艺术、哲学,甚至自然科学,渊源似乎就在这里。

　　约瑟夫·坎贝尔(Joseph Campbell)把跳大神的巫师,看成最早的艺术家。原始仪式是我们祖先的艺术创意,也是人类追求超越的"宗教"精神。我们力图打破自身的局限,我们向上,向往融入自然的无常大我,我们向内,力求穿越自己有常的躯壳。我们不能忍受物性的局限,寻求神秘莫测的精神沟通。艺术创意和宗教心态有关,宗教也是一种精神创意的艺术,两者具有类似的共同因素。艺术在也不在,宗教有也没有,在自己物性的极端里面,在身体原始的欲念之间,我们追求超越物性自我的精神世界。

传统 Malawian 舞蹈

创意是平常之中的非常，艺术的创意通过血肉生命，原始的仪式通过性和生存的本能，在具体里面超越具体。人类文明的基因，就是争取物性解脱的精神需求，通过创意非常的精神旅途，有常的个别局部和无常的大无大有，两者之间的衔接沟通成为可能。这是一个炼金术的物化过程，是点化超越的物性人生，最终物质精神归一融合。

宗教之于精神的人性，艺术之于人性的精神。尽管艺术没有实际功能，但创意的艺术，是人生超越日常物质生活的必要因素。我们平时忙于日常琐碎生计，有人每天定时面向天神祈祷，有人周末会去教堂寻找庇护，有人不时要去庙宇寻求解脱，然而，创意的艺术是个奇特的"宗教"，它说来就来，说去就去，有时没影没踪，有时占据我们整个身心。创意没有理由，甚至可以没有前因后果,它绕过现实的逻辑功效,它让我们神魂落魄鬼迷心窍。我们多少都会有过不能自已的神奇瞬间,只是因为现实生活之中练就的能力和世俗功效的纠缠,不,不是纠缠,而是成就,现实生活里的"成功"给予我们一个冲破局限和征服自然的假象,然而,创意的艺术把我们带回生命的本源,从人性脆弱的土壤里面,抚育滋养我们自身的精神面目。

2013 年

三　梦长情短

人与人之间,除了亲和情,还有什么? 一张旧时涂抹的纸张,一件遗物沉淀的以往,加上无意留下的墨渍。黛玉惜花的洁癖不谈,白居易的商女哑然不唱,那是古人水中的笑声,城墙砖瓦夹层的回响。梦中的亲情手感,放在博物馆的镜框里面可以远远欣赏,偷在家里可以默默私藏,但是如果真要拿上台面,实际自信的无知不算,即使有点怜惜同感,泛泛而谈之余,时代隔层的空音回响,终究让人感觉莫及遥远。

亲和情之间,除了一个亲近,还有什么?

红楼幽怨的字里行间,阿丽沙(Alissa)[①]躲之不及的心患,普鲁斯特喋喋不休的亲情,舒伯特说不清楚的留恋。

情与近之间,除了点滴瞬间,还有什么?

现代人的生活是机械的便利和功利的效率,在这匆忙而过

---

① 纪德小说《窄门》(La Porte Étroite)中的人物。

的人生快车里面,迷恋的固执是情商的痴呆,缠绵的人情是奢侈的不必。我们把虚幻不定的亲情一概杜绝,据说这样可以轻松上阵,明天可以重新开始。

近和亲之间,除了一丝感应,还有什么?

也许因为没有受过正规学院教育,在我看来,《红楼梦》是否自传并不重要,人物真假考据不是问题,年岁时辰差异没有关系,阿丽沙的宗教信仰和人世感情没有区别,普鲁斯特主人公的缠绵,不是文字的风韵,而是恋恋不舍的情义,舒伯特的倒霉,过去今天将来都没区别。我不是怀旧,过去不是黄金美梦,明天不是晨光美丽。《红楼梦》被人改得面目全非,《窄门》被人看成宗教狂热发痴,或者青年发育期的荷尔蒙迷惑,普鲁斯特不幸,连纪德这样的大师都会误解一时,舒伯特更加倒霉,每个音符都是亲和近的浸蘸有韵——然而,看不见的就是看不见,感觉不到就是不亲不近。今天金钱主宰(dollar driven)的盲目现实,就像以往贵族阶层社会的盲从,明天的世界不知道,但有一点可以清楚,社会没有倒退进步,在的总在那里,不在没有,千呼万唤,就是没有。

缠绵梦长是昼,白日游魂是梦。梦长情短无意,可怜人世可惆。

2014 年冬

四　网

　　和固态的概念不同,网是无始无终的动态和无边无际的伸缩自如。网的状态贯穿我的生态环境,我的感知不期,我的认同自己,闭上眼睛,世界是网,睁开眼睛,周围是网,感觉肉身,创意是网,内观自己,生命是网,我的存在就是网络的只言片语。

　　生的世界以不同角度,不同层次,不同可能,不同网络状态演变发生。人事关系也是网络的编织,人的感情更是捉摸不定的心绪交集。变幻莫测的生息,没有固态的确切,没有来去的踪影,要时不在,无意反而难解缠身。

　　内心反观的神定和外界生态的不期是对孪生的矛盾统一,它让我们生死之间纠缠迷离。我们一时糊涂一时清醒,我们顺着网络随着机遇,踏着生命线索,奔着去向不明。网是没有定点标准的标准,人生是生死无常的命运。人生不期不定,犹如动态的网络,也许正是因为人生惆怅茫然,我们才会向往固定不变的准则,我们抓住网络的一头一节一片一线,好像人生真有固定的准心和能够拉住的环节,我们不能面对人生网络不定的无常变化,我们追求固定不变的价值理念标准,我们努力过分,最终自己说服自己,自己欺骗自己。

艺术同样逃脱不了网络的纠结缠身。艺术既是艺术家的具体,又是网络动态变幻的不期。艺术通过网络编织,穿越网状的空隙和交流的对象对话感应。艺术创作的过程更是捉摸不定的游离,没有固定的框架,没有不变的标准,没有开始的理由,没有结束的原因,说是实,空旷音回,说是空,经络满身,说是缘,不知何处,说是妙,平常无奇。

2015 年

五 天才诅咒里面诞生

在《悲剧的诞生》一书里面,和叔本华类似东方佛教的悲观主义不同,尼采阐述了通过悲剧超越升华的乐观主义哲学。他把代表和谐平衡理念智慧的阿波罗(Apollo),和代表陶醉混沌迷恋销魂的酒神狄俄尼索斯(Dionysus)两个极端①,看成两个相辅相成的整体。通常的伦理框架和价值标准被重新定义,黑白无差,生死无别,天使魔鬼共存,建构解构共同。尼采在希腊悲剧里面看到容纳接受,在灭顶之灾的痛苦里面看到乐观进取的可能,他认为阴性负背(negative)和解构破坏的酒神是超越人生悲苦的能量,通过艺术,尤其音乐,从而在悲剧之中诞生,在寂灭之中超越,在苦海深处,人性最终得以升华。

如果天赋是上帝的恩赐,歌德《浮士德》的寓意就是上帝魔鬼的共同交易,就像阿波罗和狄俄尼索斯阴阳同体,任何极端都

---

① Apollo, Apollonian 代表建构、理性和次序, Dionysus, Dionysian 代表解构、热情和痴迷。

有不可回避的角落，太阳多亮，阴影就有多暗。老天一视同仁，赋予人类能力无限的同时，也把善恶同时交给我们。艺术能够超越琐碎世俗，打破人生枷锁，因为艺术能在阴暗的地窟里面折腾打滚。歌德的魔鬼实际只是一个借口，知识的利剑怎会没有酒神魔鬼参与？Faust(浮士德)还有 Mephistopheles(梅菲斯托)可以嫁祸，可在现实里面，善恶也许就是同母一体的子孙。

除了传记之外，我向来最怕有关艺术家的电影小说，以及任何文艺形式的添油加醋。我对描写艺术家的文字没有半点期望，像《月亮与六个便士》(*The Moon and Six Pence*)这样的小说还真算不错，有点偏激，有点残忍，但至少没有美化做作。艺术家要说的话都在作品里面，没有说的都是多此一举。类似凡·高书信的文字更是不多，那是凡·高艺术作品之外的珍贵史料。

然而，托马斯·曼(Thomas Mann)的《浮士德博士》(*Doctor Faustus*)却是一个杰出的例外。托马斯·曼不仅是个赋有原创的作者，更是具备宏观历史透视的文化巫师。看他的《浮士德博士》，我们惊讶托马斯·曼的音乐视野和入木三分的观察细心。很少有人能够运用如此直接朴实的言语描述音乐。小说开始就是一幅乡村的自然景色，一个晃着硕大乳房、生命旺盛的"村姑"，带着几个男孩遍野乱跑，疯玩多声部对位合唱。如此"粗俗"自然的"高调"，显然是个伏笔，给整部小说一个巨大的框架背景，提供一个可以跨越铺张的想象空间，也给音响历史昨天的今天和明天的昨天一个连接继续，更给当年绝望的社会政治，以及现代主义疯狂解构的文化思潮，一个起死回生的时代预言。

小说强调主人公莱韦屈恩(Leverkühn)简朴的出生环境，不是仅仅为了和他最终精神破裂反差对比，更从历史的角度，把小说线索根植欧洲中部丢勒(Dürer)和舒茨(Schütz)朴实无华的土壤。莱韦屈恩血汗搅在泥潭沟壑里的"土气"，不是我们音乐学院白面公子和音乐世家小姐的锦上添花，而是中世纪以来，高度发展的西方音乐，在民间土壤里面发酵出来的酒酿。莱韦屈恩的最终疯狂也和我们中庸的社会标准相去甚远。在中国，"古典"音乐是高级典雅文化的装饰，但在西方，音乐是泥土墙角冒出的灌木杂草，生命之茂盛，最后围住钢筋水泥的都市豪华。可是，今天的我们只看城市音乐厅的华美雕饰，乡村泥土花草蔓延，嫁接插入城市居家的花瓶锦绣，我们把手术台上的解剖课程，误作艺术的奇思异想，把生离死别的机遇，看成命运玩笑的手段，把人生假借艺术的无奈，看成文化档次的修养。因为远离生态有机的生死无常，所以我们很难理解莱韦屈恩酒神的疯狂和乡村泥土结合一体的能量。

小说借用中世纪传说，让主人公与古老的欧洲内陆文化接壤，以此汲取历史传统的渊源，开阔文化宏观的透视空间。小说动机以复调音乐为线索，疯癫离奇的故事情节为诱饵。主人公莱韦屈恩只是一个载体假借，音乐才是真正的主题，而且音乐型态背后还有更深一层的寓意，说得确切一点：小说主题通过复调音乐形式，演释多元思维的角度，通过解构的文化心态，切入届时的文明危机。不是因为托马斯·曼热爱音乐，赋予主人公音乐家的职业。如果音乐只是一个借口,为何不以德国人热门的贝多芬和瓦格纳为主线,单单挖掘古老的复调音乐?托马斯·曼让主人公创作发明无调性音乐,不是因为勋伯格是他好友①,而是十二音体系正是对于贝多芬瓦格纳一路过来的调性音乐,以及阶层中心结构的主调音乐逆反回归。

主人公莱韦屈恩造访帕莱斯特里那(Palestrina②),又是一个横跨时空的线索链接,托马斯·曼把帕莱斯特里那名字夹在这里,不是因为他是文艺复兴晚期重要音乐家之一,而是一个寓意和象征。传说帕莱斯特里那曾经试图挽救复调音乐,这个故事,通过 1917 年慕尼黑上演的德国作曲家费慈纳(Hans Pfitzner)歌剧《帕莱斯特里那》③,变得更加引人耳目。同时,这个寓意又与托马斯·曼生前的历史环境紧密相关,因为这部歌剧,正是关于复调音乐形式和当时政治环境的微妙关系。

小说主题背后有着一条渊源,一条历史弧线。小说把复调音乐多元思维的形态,通过文艺复兴,直接和现代主义的艺术观念衔接④。《浮士德博士》的真正文化价值,在于反映慧眼醒目

---

① 尽管托马斯·曼特地声明小说全属虚构,并解释十二音体系是勋伯格的创作,但是勋伯格还是不能原谅老友托马斯·曼把他和疯子相提并论。

② 帕莱斯特里那(Palestrina)是一个距离罗马东面 35 公里的意大利古城,是文艺复兴意大利音乐家帕莱斯特里那的故乡。

③ 费慈纳(Hans Pfitzner)歌剧《帕莱斯特里那》中的故事和实际的历史有所出入。事实上帕莱斯特里那著名的《马尔切里教皇弥撒》(*Missa Papae Marcelli*)和传说中挽救教会对复调音乐的干涉没有直接关系。

④ 关于由复调艺术所体现的文艺复兴多元思维和现代主义文化思潮的关系,参见本书第 97 页《失乐园补遗》。

的知识分子,对于当时文化危机的冷眼和批判。也许勋伯格没有具体意识,也许托马斯·曼不曾提起——至少后来的书评,大多就事论事,可是今天我这侏儒,站在巨人肩上,历史透视的画面,看得一清二楚。

　　和当年很多知识分子一样,托马斯·曼痛恨欧洲两战之间的政局和思想意识的禁锢,集权国家机器的控制,加上工业革命带来人定胜天的狂妄,失去理智的不可一世,导致二十世纪两次摧毁人性的战争,危机的必然之可怕,第一次没有毁掉的,第二次补上再次。那是人类历史最最黑暗的年代,不管哪个阵营,哪个理想,现代文明之能,似乎执意要以自灭的方式才能过关再生。

　　托马斯·曼有意无意,向往中世纪文艺复兴的复调音乐,这不是危机之中怀旧避难,而是复调音乐的多元思维心态,让他看到未来的希望。相对当时单一中心的政治环境,托马斯·曼在勋伯格(Schoenberg)的无调性音乐形式之中,看到中心分化解体的可能。在《浮士德博士》里,十二音体系不是单纯音乐形式的革命和现代艺术的怪物,而是对于调性音乐阶层体系思维方式的重新思考,撇开纯粹的音乐理论,十二音体系是对整个文艺复兴以来,西方中心文化结构的反思,也是现代主义文化思潮和多元思维的醒悟和开始。

　　可惜现存的恶瘤没死,世界大战还在继续,即使二战结束,文化的硝烟未止,世纪末的感觉危机四伏。现代主义出世不是时候,托马斯·曼的主人公不得不和魔鬼交易,以毒攻毒,在苦海里面撞墙,在绝境之中碰壁,从而通过尼采的狄俄尼索斯再生。勋伯格"失败"的地方,托马斯·曼继续,故事遗忘的角落,哲学继续,文字解构的关口,艺术继续,创意的黑洞里面,生命方能诞生。《浮士德博士》不是一个关于艺术疯子的故事,而是现代主义知识分子,沉思默想之中,不得而已的状态。《浮士德博士》的思维角度是对文艺复兴以来,集权中心的意识形态本能反抗,尽管借助魔鬼的力量——可又有哪个历史改革变动,不以阴性的负能量为动力? 如果能够沿着社会大环境的线索观察,能把《浮士德博士》里面所有基因串联起来,不难看出小说内在非同一般的透视和切面。

小说故事发生在二十世纪上半叶,背景似乎和当时德国动荡的政治和现代主义不顾一切的反叛有关,然而根源是在遥远的中世纪后期和文艺复兴年代。小说讲述一个音乐家的疯魔生涯,也是几百年来欧洲文化历史的寓意和反观。尽管主人公疯狂的结局带有世纪末的忧郁绝望——实际悲悯的号角十九世纪早已吹响,但是寂灭的结果远远没有就此了结死亡。从尼采诗意的哲理和现代艺术的预感,到二十世纪后期文化"末日"的定论盖棺,今天的世界已在另外一个舞台鼓捣折腾,但是,托马斯·曼的故事还在继续,阴差阳错的是非颠倒没完。

主人公莱韦屈恩出生一个德国小镇,他是老派德国人的影子,甚至可以追溯到三十年战争①之前的中世纪后期。在托马

---

① 三十年战争(Thirty Years War, 1618—1648)是发生在欧洲中部,延续相对长久的一连串战事。起因是天主教和新教之间的矛盾,以后延续到政治的权力之争。

33

斯·曼的眼里,莱韦屈恩是丢勒文化传统的后裔,带着《旧约》古代犹太圣人的影子。莱韦屈恩由神学进入音乐(恰似尼采的青年时代),不但通过天主教和路德教与古老的德国文化衔接,更是途经中世纪和文艺复兴的复调音乐,与未来解体中心的十二音体系融会贯通。

小说从一个无名小镇默默开始,不知不觉连续古老的欧洲历史,以乡间田野的对位合唱为土壤,以神学的窄门为引子,以复调的网络为线索,以魔鬼的交易为招术,假借勋伯格的无调性音乐,撞在死胡同里点金脱颖,最后在悲剧沉沦之中飘逸——一路过来,都是托马斯·曼的精心安排。

类似尼采《查拉图斯特拉如是说》(*Also sprach Zarathustra*)的主人公,莱韦屈恩同时具备阿波罗和狄俄尼索斯的两个极端。他沉浸在世纪末的最后审判和显象之中,亲自主持死亡之生的悬念仪式。莱韦屈恩邀请朋友为自己最后的寂灭见证,朗诵自己室内乐康塔塔"浮士德博士的悲哀"。所有一切都是尼采希腊悲剧的寓意:在寂灭的另一个极端,生命才有可能,艺术才有希望。就像莫扎特《魔笛》里面最终的考验,小说描写悲剧的同时,伏笔却是艺术里的死里逃生——不是具体物象的复活,而是一个宏观的希望,一个文化超越的可能。用印度教的眼光,主人公最后的寂灭,只是交换陈旧外衣的过程。

主人公莱韦屈恩为了创造的天赋和百年魔鬼交易是个借口,那是巫师变身的机关和炼金道人的招数,是知识假借魔术的力量突破常规,酒神捣毁秩序的死寂开启。神经性梅毒狂(neuro-syphilitic madness）是和魔鬼交易的证券，因为不入虎穴焉得虎子。魔鬼对莱韦屈恩说："只有疯狂着迷，才有看到我存在的可能"——不入苦海不得超脱。莱韦屈恩把灵魂交给魔鬼，换来24年的灵感才华，通过音乐调性中心的离异，莱韦屈恩以他特殊的能量，重新打开关闭几百年的艺术宝藏，他只身复调音乐古堡，探索未来不受中心控制的音乐体系和多元思维的可能。这是尼采的故事，通过酒神的破坏解构，给平衡的阿波罗一个新的开始。如果说歌德的浮士德和托马斯·曼的莱韦屈恩多少有点结果，世上还有陀思妥耶夫斯基的伊万·卡拉马佐夫（Ivan Karamazov）那样看似无可救药的结局，奇怪的是，和伊万最终昏迷不知相似，莱韦屈恩的寂灭同样堕入昏沉不知的十年——两位大师巧合的悬念令人深思。

伊万是陀思妥耶夫斯基小说《卡拉马佐夫兄弟》中很有意思的人物。他是矛盾的总和，画家马克·罗斯科（Mark Rothko）的归宿，悲剧的堂·吉诃德没有结果，也是尼采希腊悲剧之中不知能否出来的人物。从普通的社会价值观念来看，伊万从魔鬼的角度愤世嫉俗，尽管他没具体出卖自己灵魂。伊万的悲剧比浮士德和莱韦屈恩更为深刻，因为恶魔就是形影不离的自己。大众的理解还有可能把浮士德和莱韦屈恩看成恶魔引诱之下的自咎，但是伊万的疯魔没有外界缘由，无影无踪的隐患之可怕，就在你我骨子血液里面。

正是通过宗教上帝的指引，伊万痛恨人世的灾难不平，从而怀疑上帝魔鬼同样都是骗子。伊万生性忧郁孤独，他的绝对理想主义带来的"罪恶",是陀思妥耶夫斯基心理分析的奇笔。伊万反叛传统的价值观念,对现实疑惑不满导致以罪恶对付罪恶的"革命"理念。他崇尚自持和人性尊严,但是他的正义充满阴性的负面能量。他痛恨人类不能面对罪恶,小心翼翼的苟延残喘,让人老是徘徊于对和错的表象,为一点微末的道德功利纠缠,可以自私自利不惜极端。人们因为习惯依赖强者,所以被动消费上帝的善意恩典,因为贪图暂时的轻松愉快,所以没有勇气面对痛苦死亡。伊万试图通过魔鬼的智慧回归信仰,通过憎恨人类的正直挽救人类。他一丝不苟的理性和面对不可思议的勇气,最终把他推入癫疯的极端,陷入自己"罪恶"的迷茫。在法庭上面,"发疯"的伊万坦白自己罪状,说的句句都是真话,因为癫疯,伊万打开他人不愿看到的真相,但是,正常的社会秩序,惯于遮遮掩掩的道貌岸然,不能接受这种直率的疯狂。小说结尾,发烧昏迷的伊万由卡特琳娜(Katerina)收容照顾,小说没给伊万明确的结局,这是陀思妥耶夫斯基人文主义和悲剧乐观(尼采语)的诗歌境界——也许他被爱情拯救,也许永远沉沦不回——实际没有区别。

文艺复兴晚期音乐家卡洛·杰苏阿尔多(Carlo Gesualdo)[①],以残杀妻子和她情夫出名。几百年来,杀人犯韦诺萨王子杰苏阿尔多的故事被不断渲染夸张,作为天才音乐家的杰苏

---

① 卡洛·杰苏阿尔多(Carlo Gesualdo di Venosa, 1566—1613),意大利文艺复兴时期音乐家。

阿尔多很快被人遗忘,尘土之下一埋就是几个百年,要到二十世纪初期,才被现代音乐挖掘出来,为时,音乐的上下文已经完全不在一个地方。

从他的肖像画来看,杰苏阿尔多似乎是个温和灵性的书生,当然这类画像不能说明什么,好在音乐留给我们直接真实的杰苏阿尔多。有关他的戏剧人生故事,今天的我们没有资格权利随意评判。但有一点可以肯定,杰苏阿尔多跨越了社会准则界限,杀生也可以看成他和魔鬼的交易,但从杰苏阿尔多的角度,无论地狱还是天堂,杰苏阿尔多的人生不是我们凡人可以体会想象,那是酒神疯魔,魑魅魍魉欢唱,那是鬼神舞蹈,我们旁人不知所故不知所措。

杰苏阿尔多的人生经历把他音响敏锐程度推到人生悬崖边缘,逼他卷入内省内毁的自我癫狂。杰苏阿尔多的音乐,怪诞激越之处转弯抹角,悲苦绝望之中超脱萦绕,他对半音阶的迷恋逗留,半音搓擦之间断魂蹂心,敏捷细微里面徘徊蚕缠。杰苏阿尔多对不和谐音的敏锐和承受能力,远远超过同时代的音乐家和以后几百年的作曲标准。他的音乐跳过他的时代,直接和瓦格纳以后的现代音乐衔接。

对杰苏阿尔多来说,欣喜癫狂没有区别。在悲剧的阴影里面,在生命的阴暗之处,通过音乐,杰苏阿尔多超越的不是自身,而是转化升腾的另一个精神存在。杰苏阿尔多一生沉浸音乐之中,他和缪斯作伴,和魔鬼恋爱,他狂喜狂怒,自残自虐。他怀疑儿子不是自己亲生,残暴儿子的同时,演奏悲痛欲绝的迷离狂喜和人性惨烈的美妙音响,这和莱韦屈恩疯狂之中残杀无辜孩童,以及邀请朋友共享自己寂灭的场景异曲同工。在悲剧阴影里的昏暗之处,欣喜癫狂没有区别,音乐超越的不是自身,而是转化升腾的另一个存在精神。

艺术要过"窄门",科技文明和聪明才智没有捷径。社会伦理标准把自然物性的人和社会功能的人一截为二。我们把高更说成狼心狗肺的天才,把凡·高视为不可思议的疯子。我们把偏离常规的人事,一概看成通融魔鬼的勾当——所有这些结论,不免都是社会功能的伦理道德判断。我们忘了社会准则是秩序的监事警察,是套在自然人性身上的枷锁脚链。东方阴阳之说还算有点客观。禅宗"山是山水是水,山不是山水不是水,山还是山水还是水"的三个境界客观地体现了西方否定之否定的自然规律。魔鬼疯癫的交易,尼采悲剧的诞生,同样都是"山不是山水不是水"的疑问和否定之否定的必须,是脱离常规的破绽解构,是阴性开启的状态,也是新的生命希望。

不知我们社会功能的伦理道德,怎么解释神话传说里面负背能量的超越升华。传说中世纪骑士圣·乔治(St. George),杀死恶龙拯救公主,血溅之处,长出玫瑰象征爱情友谊①,所以善恶不用分得那么清楚。这个传说意味深远但又不"正统",根据约瑟夫·坎贝尔(Joseph Campbell)《神话的力量》,善恶之争与

---

① 自 1436 年起,每年的 4 月 23 日在西班牙加泰罗尼亚(Catalonia)地区,人们庆祝圣·乔治节,纪念传说中世纪骑士圣·乔治从恶龙的洞穴里面救出公主的故事。很多画家以此为主题。

社会道德无关，是自然能量之间的关系平衡，是你中有我、我中有你的自然生态。恶的势力也有可能得势，这样，作为个体的圣·乔治就得化为泥土重新开始。传说中的圣·乔治战胜了代表黑暗势力的恶龙，因为恶龙同样也是一种超能量的象征，所以杀死恶龙之后，圣·乔治亲尝恶龙败血，以此与恶龙代表的能量融会贯通。尽管两个故事立意结局不尽相同，但是故事背后的寓意千丝万缕。

也许因为人类早期狩猎的生活环境，几乎所有古代神话故事都和强暴的动物有关，图腾的神祇都是威严的化身。法国南部洞窟壁画里面，野兽动物铺天盖地，洞窟壁画显然具有图腾仪式的意义。中国古代文化传说神兽麒麟，通过雷鸣火口的怪物，图腾的涵义解化威严象征吉祥，神话故事的喻意告诉我们：自然没有社会道德的判断，自然的能量是阴阳善恶的浑然一体。

《圣经·创世记》中关于亚当夏娃的故事，恕我亵渎，也可以从不同的角度解说。不管天界的果实是诅咒还是知识，通过"邪恶狡猾的毒蛇"，打破天上纯洁无知的破口是女人，如果去掉伦理道德和男女平等与否的社会表象，这是阴之于阳的初动。我们东方文化讲究阴阳之间的平衡通融，没有西方文化扬阳贬阴的偏见，阴阳之说以阴为先。阴在西方文化里面代表消极被动的能量，所以是夏娃诱惑亚当，而不是相反。可事实上，夏娃阴性的能量是生命之始，是脆弱开放以待的有无，是"被动"引发主动的可能。早在 1949 年，西蒙娜·德·波伏娃（Simone de Beauvoir）在她《第二性》第二部里，就有类似对于女性生殖器象征的诗意描写。被动的"消极"（negativity）是生命最初的悸动，字典把 negativity 翻译成为"消极"并不确切，negativity 是一种能量，是一种以被动的状态呈现的主动。多年之后，再读老子"知其雄，守其雌，为天下溪"，对"知、守"两字方才恍然大悟。

现实社会里面，被诅咒的天才之疯狂和夏娃的原罪故事，一概都被现实社会的价值观念排斥摒弃，尼采悲剧的诞生更是一条毒蛇，但是，这种不假思索的否定和既成事实的判断，是人为社会秩序的不得而已，与自然状态的本身没有关系。浮士德的梅菲士托（Mephistopheles）和莱韦屈恩的梅毒都是借口，是歌德和托马斯·曼对人为社会共识的善意妥协，就这点而言，陀思妥耶夫斯基更加彻底，因为现实也许更为可怕——我们自己就是魔鬼的一个部分。

2014 年 3 月

六　错就是对

"当今世界根本的问题在于愚昧和狂热总是充满自信,而智者总是提问怀疑。"

——伯特兰·罗素 Bertrand Russell①

尼采的否定之否定,我们这代人的经历有过之而无不及。不断的反叛否定,一路过来的足迹,搅乱传统线型一贯的时空。否定多次,否定的本身没有意义。主观的意志理念,不知不觉变成无可奈何的旁观客体,往事残留的痕迹,刻着生存动态之中客栈休憩的暂时。

就我自己而言,从过街老鼠的地富反坏右家庭,到红卫兵的献身精神,从共产主义的理想热情,到街道无业青年的社会渣滓;从偷偷摸摸的自学刻苦,到犬儒主义的冷嘲热讽;从上山下

_____

① 罗素(1872—1970),英国哲学家。

乡的简朴甘苦，到学院上层建筑的勾心斗角；从逐出家园（outcast）的留学风潮，到异国他乡流落街头；从无家可归的逍遥自由，回到地球另一端的学院反叛冲突；从自以为是的理想主义，到害怕信仰理念的闲人；从局外旁观的淡漠距离，到自己折腾自己的功课；从标准绝对的愤青，沦落成为没有伦理常规的局外人；我从等级社会的阶层体系里面自我放逐，最后流入没有国籍的世界游牧民族——奇怪的是，理想可以不断打破重新，人生可以如此寂灭生还。

反叛社会主义理想的流亡青年，在资本主义社会里面，和持有社会主义理想的西方知识分子为友。80年代刚来加州，我和一群美国青年合租，他们不是激进的社会主义者，就是不满时政的叛逆青年。每每撞上政治问题，吵架的内容正好错过，但是持有不同政见的角度倒是臭味相投，争吵半天，彼此面面相视，觉得兄弟哥们没有分歧，其实都是不满社会现状的愤青。今天，社会主义的中国，在另一个极端变本加厉，让批评资本主义的西方知识分子不知所措，结果却给"恐怖分子"钻了空子，畸形地做了针砭资本主义的"先锋英雄"，从而揭露新一代经济殖民主义和帝国强权政治的不幸后果，以及商业经济主宰一切的人类文明危机。

我对以金钱平衡调节社会的资本主义市场经济总是怀疑忐忑。这里不谈西方自由竞争和市场经济的理论是真是假，任何一个社会，利用媒体异化人性，通过贪婪计算平衡人与人的社会关系，其结果一定不免扭曲天生自然的人性。现代经济文明抓住人性弱点,"创造"奢望需求,引诱物欲横行,鼓励挥霍浪费,通过多余消费刺激经济,从而掩盖健康的市场病理危机。所有这些短见的智慧和能力,最终都将成为挖肉补疮的后果不可收拾。但是,我这样说话没有半点理直气壮,因为自己无意之中就是共谋的一个因子,至少是这恶性循环的受益者。我免不了内疚,平时能做的只是感恩自足,节俭守贫,尽量给予,不占不挣,不是必不可少尽量不要。有朋友说,都像你这样,社会不会发展,经济就会垮台。但是社会不发展又会怎样? 纸币经济垮台又将如何? 如果现代社会的文明外衣真的脱落下来,余下也许就是人性赤裸的我们自己。

今天的我不知何去何从。年轻的激烈是脆,今天的待守是弱。我又生怕柔弱之极生出强意,因为极端的柔软多少带有侵犯(aggression)的固执。我希望弱就是弱,无条件的弱,怕的就是自己不够弱,也许我还是傲气(pride)未消,还是理念理由捣鬼,心太小,受不了。

我想到渺小的自我,一生过来,为了理想奋斗历数多次,结果都是空洞感叹的无有。今天我能做的就是守住自己,万事从小,自顾自己,自己做起。我不为大的理想奋斗,不参加革命,不愤世嫉俗,但至少可以做自己的愤青挑剔自己。我没理想,不想劝人为善,谁能肯定自以为的善不是极端? 我与别人无关,守着自己届时的胡思乱想。我没结论,亦没准则,是对是错我不知道,我问自己问题,也问社会的常规和他人的不同,然而所有一切只是问题而已。我的世界没有英雄,没有恶魔,没对没错,有的只是自己暂时的不得不。

　　但求世人能够原谅我的出尔反尔，不用社会常规套我，不用概念的应该和抽象的伦理道德判断定夺。如果有谁能以赤裸的身心，体验具体的不定，我从心里尊重感激。我在个人的角落祈祷，神性的光辉就在生命的具体里面，没有超越人世的伟人英雄，只有具体可触的肢体血肉，这风中吹来的气息，这草木散发的清新，我祈祷，让我留下一点尘土，归入这平常的生息。

2015 年 1 月

七　解构的创意环境

很长时间,朋友老是问我:为什么美国文化那么烂,可世上很多创意都是来自美国。我回答是:这要看你站在什么角度。我们中国古老的文化,有个"纲举目张"的统一标准和阶层档次的思维习惯,不会想到另类(alternative),也有一天成为"主流"的可能。事实上,美国创意环境的关键在于主流不是唯一的渠道,社会由多层面的不同"另类"组成,"精英"和"大众"文化可以并存,"主流"和"支流"可以交错。

在大众消费文化背后,美国社会依然能够给予小众的奇思异想和不着边际的"胡闹"提供生存环境。这不是说美国社会文化程度高,创造能力强,事实正好相反,美国人的文化程度一般,由于物质文化方便易得,大多数老百姓甘于现状,没有"穷则思变"更上一层楼的愿望,所以也就没有重新鼓捣的迫切需求。但是,美国西部开拓精神的盲目冲动,加上大众文化的无畏无知,这种奇怪的组合,不期给自说自话的发生,提供了一个胡诌乱编的空间和胡思乱想的可能。

美国不鼓励精英文化的同时，却又创造并被他人标榜成为精英文化。捉摸不定的价值观和相对民主的社会潮流，任凭大众趣味左右消费市场。尽管"精英"市场消费昂贵，但在数量上面，依然不能与大众消费的数量相比，至少不能左右大众消费市场的偏好趋向。庸俗的大众趣味可以泛滥，但在相对民主的消费经济市场里面，百货就有百客，反叛精英的世俗文化加上精英文化自己裂变的不定成分，各种不同的因素加在一起，给予不切实际的奇思异想，铺垫了一个相当有利的生机温床。

美国文化鼓励创造"垃圾"，先斩后奏，做了再说，评判是以后的事情。胡乱一百件"垃圾"，只要其中一件有用，就是成就。泛滥一千件"废物"，其中一件独特，就是奇迹。没人清楚到底是废物垃圾还是创意奇迹，如果早就知道，怎么还有可能当初胡闹？世上大凡历史悠久的文化都是过分自信，常以明智的判断，阻止生机勃勃的弱智冲将出来的可能。这是美国文化不完善的健康成分。

可是所有好事都有代价，所以我们这个凡事都有上下左右标准的古老文化看不太懂。美国大众文化泛滥，低级趣味身着金箔玉叶，招摇撞骗充塞市场。它们洗脑青少年，熏昏上班族，扼杀老人院。更有甚者，文化普及的善良愿望，通常打着拯救传统文化的旗号糟踏精英。这种努力在古典音乐上面，简直达到惨不忍睹的地步。当年舒曼①和Philistines(市侩)拼搏，对庸俗

---

① 舒曼(Robert Schumann，1810—1856)，德国作曲家。

的拜物主义痛之入骨,对夸张的戏剧效果和技巧华丽的艺术作品无情批判。然而,今天的市侩西装领带笔挺,弄虚作假的市场炒作,是笔堂而皇之的销售生意,哗众取宠的包装打扮,是门成功必备的技巧学问。不可想象舒曼再世还有勇气筹办《新音乐杂志》(*Neue Zeitschrift für Musik*),再写《大卫同盟舞曲》(*Davidsbündlertänze*)。流行音乐还好,糟粕毫不妨碍大量真正艺术家扛大旗撑天下,可是古典音乐不免遭殃,因为不像流行音乐那样有血有泪有人有气,什么东西一"古典",就有束之高阁不接地气的可能,所以古典音乐需要音乐厅和博物馆的学者"研究保护"。音乐来自人的呼吸,音乐艺术是模拟生命气息的媒体,然而假借的媒体再加一层学术研究,不再和人体的呼吸有关,音乐理论把媒体作为最终的研究对象,结果心跳呼吸的人,变成研究自己身体感应的学术理论。

所有艺术形式都是一个假借的媒体,一个交织环扣互通有无的载体(vehicle)。艺术作品是个编织起来的网络莫名,也是变幻莫测和万变不离其宗的水母离奇。我特别嫉妒作曲家的创作模式。一件视觉艺术作品,不管材料有多良好,一做出来,就在氧化凋谢的过程之中。一个音乐作品写在纸上,没有音响,大凡只是一个存在的无,可它一旦出世,每个瞬间都是机缘的复活诞生。音乐的永恒在于它的生息不定,它的创作形式,让它具体的声音在那里也不在那里。常常听到音乐家抱怨作曲只是一半的音乐,然而正是因为音乐形式的特殊,提供了一个不着边际,却又不断再生的媒体和机制,一个相对随机而遇的艺术交流模式。

　　作曲不是声音的本身,所以需要通过一种特殊的音响媒体交流①,由此音乐创作可以避免牙牙学语的拷贝模拟,这给音乐一个活性不定的环境,也给音乐的诠释再现,一个重创或者糟蹋的可能。今天古典音乐大多是演奏诠释的艺术。留给创作的余地有限,这倒不是最大的问题,问题在于音乐再现的过程。因为音乐艺术的特点,不该存在过时这个问题,可是不知怎么一来,古典音乐有了一个历史问题和一个本真的学问。原因在于,音乐艺术具备重创的可能和自由发挥的空间,所以会有戏剧夸张的滥情,涂脂抹粉的卖唱和哗众取宠的胡搅蛮缠,或者另一个学术的极端,音乐成为矫枉过正的工笔修整和专家学院的框架理论——两个方面也许吵架对骂,前者把音乐在消费市场里面窒息,后者把音乐在学术工业里面扼杀。事实上,两个极端同样脱离音乐的原始人性身体,音乐创作的奇特模式,不期变为音乐艺术的致命弱点,古典音乐落为植物人的奄奄一息,可惜可惜。

2014 年写

2016 年改

---

　　① 这种情况在现代音乐里面有所改变,有些音乐直接由音响的物质素材组成,电子音乐和音响拼贴就是这类音乐。

八　人不胜天

这个世上很多事情说不清楚,艺术更是浑水摸鱼的行当。贝多芬以后的音乐以个人英雄为上,连海顿都被长期排斥在所谓个人英雄主流之外。C. P. E. 巴赫到海顿、莫扎特,新的音乐语言逐渐形成,尽管音乐还和 J. S. 巴赫①有关,但是音乐家的精神心态,显然分道扬镳不在一个地方。J. S. 巴赫之前的音乐大在天界超然的远,眼睛看着天上,追求自我融入他者自然。J. S. 巴赫之后的音乐小在肌肤情态的近,眼睛看住自己,个性有了生命,但是多了一份超越自我的挣扎。两者之间也许没有高低可言,但是显然两个完全不同的人生世界。然而,人最终还得融入无常的自然,在天地之间找回生命的本源,就像太极道义,旨在随气息而动,依自然而行。所谓气大,不是相峙相争的扩张。人不胜天,只有与天同在,人不比地,而是海阔天空之中的一点。

---

①　C. P. E. 巴赫是 J. S. 巴赫的儿子。

愤世嫉俗的贝多芬,在 Op.111 最后乐章自我消失,心神随着天光闪烁而去,舒伯特 C 大调五重奏达到同样的境界,莫扎特更不谈了,他的慢乐章全是天上的声音,就连晚年的海顿,最终的音乐也是灵魂出窍的奇迹。

古尔德(Gould)退出演艺不是拒绝交流,而是交流心切。古尔德的智慧让他看到杂耍的危险。他切断舞台交流的途径,注重音乐的直接交流和听众的个别专一。古尔德脱离生命表皮的无用功,通过一个媒介①,直达艺术真谛的根本。这是一个奇怪的悖论,古尔德奇迹般地做到了。他在拒绝自己身边时空的同时,超越了自己物性的局限。都觉得古尔德太自我、太独断,然而世人没有看到,古尔德通过自我独断,达到一个超越自己的他我世界。他以自我超越自己的物性,用绝对断然的方式,向我们展示一个非我的精神领域。我们世人太重诀窍技艺,孙悟空是个借世的寓意,没有金箍棒和七十二变,同样具备超凡脱俗的悟空本性。宝玉没有生在贾家环境,依然能够淡漠离弃,隔着贫穷看破红尘。

尼采把上帝的权益归还人类自己的同时,也把上帝的负担交给我们。麻烦的是,我们人类很少具备第三者的旁观角度,自私自利的本能,轻而易举就把上帝与人为善的职责和自我中心的欲念搅在一起。今天的世界以我为上,除了我是我,没有我还

---

① Medium(媒介)是艺术假借的媒介媒体,media 是传播的媒体,两者有点区别。

是我。过去，救世主的世界有无知被控的缺陷，也有无我无己的轻松，我们人类很难真正理解我是自己的累赘。绝对自我的残酷无情，尤胜炼狱地狱，不说苦海无边，有时，就连走出深渊的可能，也是渺茫微末。和上帝的牢狱相比，自我的禁锢好像更加残忍可悲。我们被自己困惑，因为自己，所有残忍暴虐都可忍受。

尼采让人挑起上帝的负担和自我的迷惑面对自己，随同但丁（Dante），体验炼狱地狱的现实。做自己的主人不是无作非为，而是承担自己行为的后果结局。佛陀容纳宽怀慈悲无量，他视苦海无边，因为佛陀的慈在悲中升华。

莫扎特歌剧《魔笛》水和火的考验，贝多芬晚年人文意义上的达观，都是佛陀苦海里的慈悲和尼采所谓下去出来的磨练。不管古典主义、浪漫主义还是今天未来的其他主义，艺术都要超越自我局限，最终达到天地归一。人类挣脱自我局限的理论说法可以千变万化，但是都要通过自己的意志能量，打开自我的枷锁牢房，从零开始，从他旁观。这种意志和努力，需要执着不息的功课和救世主的宽宏大量。

今天学院教授我们丰富和不断更新的实用知识，但是不教甚至不给智慧留下余地。我们依然生活在各种实用的主义和走投无路的意识形态死胡同里。我们被自利的本能左右，我们依据暂时的功利实际，如果没有逼到绝境，我们很难退到人性的本源感知，也不会从自然客观的角度考虑；如果不做特殊努力，我们一定缺乏客观的觉悟反思，也就没有沉思默想的体验静心。我们把艺术仅仅看成一种自我表现，多么笼统！巴兰钦（Balanchine)不要肢体满是表情的舞蹈演员,施纳贝尔(Schnabel)痛恨音乐里的炫耀作态,特别是莫扎特的音乐。艺术不是主观的演艺,而是展示客观境界的宏观他者。艺术家的天才不是自我膨胀我行我素,而是旁观发现的内观体验,是天顶有目、心神有灵,随天意而行,依自然而生。用自以为是蹂躏音乐,以个人情绪强奸纯真,出来的怪物比依样葫芦的庸才更加恐怖。

自我的快车是险是福不宜随便讨论,其中各有自己上下左右的因果关系。可在音乐里面,至少传统的西方音乐范围,我不能忍受"上去"的音乐被自我表现和技艺做作下来。用施纳贝尔的话:千万别做,越少"音乐"越好。

2013 年

九　守其雌

"知其雄,守其雌,为天下溪"的感知和状态很晚才懂。老子知守两字的区别意味无穷,"知"字里面,主动的能量不可避免局限,"守"字里面,被动的状态孕育宏观无限。

老子这话有三层意思,中间"守其雌"是承上启下的转折,因为知道利器易折和兀突之雄的不足①,所以感激容纳之雌的宽厚,因为看到侵犯(aggression)的内在危机,所以珍惜无条件的笃守被动,犹如大海浩瀚的容量,没有类别的区分,所以后面"为天下溪"是自然而然的状态,文字意象潺涓细微,文字喻意宏大深远。

在阶层意识的传统中国文化里面,万物归一的"为天下溪"具有主观归纳的宏观高度,然而,我又不免稍稍歪曲我们文化传统:"为天下溪"不是我们人类的宏观认识,静的动态自在是种自

---

① 和传统的解释不同,我的重点在于"守其雌"的"守"字上面,《老子》第六十一章里有:"牝常以静胜牡,以静为下"。

然而然的状态,和我们人类智慧认同没有关系,所以,从这个角度,"知其雄"是对主动能量提出的疑问,而"守其雌"的"守"字,也不是动的努力,更不是"为天下溪"的准备垫底,"守其雌"和"为天下溪"是同处同在的被动状态,整个句子几乎就是日月星辰轮回不断的静态。我们主观的人生和客观的世界纠缠千年,但是最后每人必须通过自己的生死,通过自己的血泪磨难,悟出这个简单的道理。动在"知其雄"外,静在"守其雌"内,随后是潺潺无意和不止不息的自然和自在。自以为是的主观,在那里自说自话征服世界,而客观世界在被"征服"的同时,却是包容宽怀,甚至接纳伤害她的侵犯。当我们体会如此的海量,怎么不为"守其雌"的状态感恩感叹?

世上古老的智慧里面,多少都有"恪守""容纳"的因素。基督无条件的宽容,佛陀的慈悲开怀,托尔斯泰的善良绝对,甘地(Gandhi)对暴力的接纳无怨,所有这些善行爱心一视同仁,在秩序严谨的阶层社会里面,不免搅入上下颠倒的标准,掉进纠缠不清的理念。也许善意可以是把利剑,柔软可以刚正不阿。然而,真正可怕的是,地狱和最后审判的残酷,居然让人感觉正义可以由此得到伸张。

(一)

我有一位朋友,希望女儿能有更多机会接触中文,他从国内带回很多中文童话小书。每天睡觉之前,他给女儿读个故事。

但是我那朋友很快发现,故事结尾常常善恶报应分明,尤其恶报之可怕,读到结尾,他不得不临时杜撰,把恶报改为和解善终。这件事令他烦恼很久,最后他对我说:这种以正义为名的报复,是名正言顺的残酷,我宁愿这孩子傻一点,长大之后少点提防报应之心。

还有一回,我回国探亲,和位亲戚闲聊谈天,说到教育,他很担心自己孩子太傻,以后不能适应社会。我问:"单纯一点不好么?""哎,你不知道,现在社会残酷,孩子从小不学会保护自己,长大一定吃亏。""吃亏没有感觉,不是没有吃亏?",话一出口,我就懊悔,我对国内情况无知,居然出口胡言乱语。那位亲戚好像看出我的犹豫,叹了一口气:"这世道退一步倒一世,让不得啊!"我突然想起另一位朋友曾经对我说过:"如今关键时刻,以后你家是人上人还是人下人,全在眼下这段时间,所以人人出击,抓住一切机会,一点不能谦让,一点不能放松。"

两种不同的家长和故事,两个完全不同的看法角度,直接反映社会对待人生的两种态度。一边是无意的单纯不觉,一边是蓄意的竞技搏斗,一边是一视同仁的无备宽容,一边是爱憎分明的战争,这对千年争执不清的纠缠,就像世代相传的善恶不知,随着不同的社会环境和人文意识,以各种人模鬼样形态模式,让我们眼花缭乱真假难分。

也许自己生性儒弱,从小偏向"人之初心本善"的说法,但对基督"打了一边耳光,再把另一边伸过去"的说法还是不知所措。年轻时看托尔斯泰,即使感动,但是并不知道所以然,每次读到甘地故事都会流泪，听到马丁·路德·金(M. L. King)《我有一个梦想》(I have a Dream)和《山顶》(Mountain Top)的演说，感动之余，只恨自己当时没有在场。可是这种本能反应，都是外在的同情同感，不是自己身体力行的感知磨难，所以似懂非懂的我，只是外界的旁观，因为自己不在里面，因为自己没有化解顺溪入海，所以没有水的柔顺和大海整体的宏观。

如今一生撞墙无数，多少懂得一点逻辑道理的局限不能。尤其对于人类古老的智慧，无缘无故的利剑，劈开没有逻辑的空空世界，在悟性的云间，无条件的宽容，没有区别的慈悲，毫无缘由的接受，甚至去爱伤害你的人——名义可以种种，但是内涵相似，都是没有区别的意会和被动容纳的接受。

基督要人爱邻居，爱敌人，爱伤害你的人。有人打你一边的脸，就把另一边的脸给他，有人拿你外套，就送上你的上衣衬衫……

穆罕默德说:控制自己，宽恕向你挑战的人，原谅对你的不公正和不平等。给那些当你需要不曾给过你的人，接近对你不屑一顾的人……

弥勒佛在《忍辱偈》里说:"老拙穿衲袄，淡饭腹中饱。补破好遮寒，万事随缘了。有人骂老拙，老拙只说好。有人打老拙，老拙自睡倒。涕唾在面上，随他自干了。他也省力气，我也无烦恼。这样波罗蜜，便是妙中宝。若这知消息，何愁道不了。"

另一首《忍辱偈》又说:是非憎爱世偏多，仔细思量奈我何。宽却肚皮常忍辱，放开笑声暗消磨。若逢知己须依分，纵遇冤家也共和。能使此心无挂碍,自然征得六波罗。

他在《插秧偈》里面,形象地描绘了人生静态之中的不同角度:"手捏青苗种福田,低头便见水中天。六根清静方成稻,退后原来是向前。"

可举的例子无数,可是宗教发展至今,宽容里面多少夹杂"以牙还牙"的阴影和威胁,宗教的开怀好像并不妨碍正义的判决和残忍,不信基督的人要下地狱,连佛陀也变得正义凛然,一丝不苟一点不让。因为各持己见,彼此没有余地,为"正义"而战的恶,可以在教义的最终目的里面自圆其说。也许宽容是圣人的洪量,我们凡人只好扮演捍卫真理的凶暴残忍,或许宽容是上帝的诱饵,审判才是维持秩序的有效机制,但是等等,这些说法听来都有歪门邪道的感觉。我想宗教的原意,似乎很少以牙还牙的心眼。可这宽容和惩罚的悖论,怎么千年争持不休,历史如此悠久?

关键的问题在于:宗教信仰的理念和社会机制的政治水火不容,但是宗教需要现实社会的骨架生存,绝对的宗教信仰撞上人为的政治形态和社会秩序,纯粹的信仰不得不为之让步。更不说政教统一的社会,宗教通过机构管理,教会卷入社会结构入世,宗教不再是个人内心对于生命的自觉反省,而是社会秩序的必要和调节平衡的必须。宗教原本没有区别,没有时空,但是宗教一旦搅入世俗社会,自圆其说的演变就是不可避免的现实。

宗教里面的绝对真理,包括没有条件的宽容和没有因果关系的慈悲,其激进的成分,对于理性社会的机制和局部有限的伦理秩序,无疑是个巨大的挑战威胁。年轻时候,很多书都是白读,最近我被陀思妥耶夫斯基的《白痴》迷住,还不是小说写得好,作者把我长期迷糊不清的疑问,放在一个极端的社会框架里面一一剖析给我。我读得哑然无语,闭目感应的惊心动魄,身心犹如一个吸血鬼,吞噬作者每个刻意安排。《白痴》不是一个善良纯真的疯人故事,也不是通过"白痴"批评市侩,如果小说真有针砭现实,角度不是白痴梅什金(Prince Myshkin),而是无常的女人娜斯塔霞(Nastásya Filippovna)。通过《白痴》的故事,陀思妥耶夫斯基让我们看到激进(radical)的绝对,即使善良纯真,对于正常社会秩序的伤害威胁不容忽视。这种思维角度,通过《罪与罚》中拉斯柯尔尼科夫(Rodion Romanovich Raskolnikov)和《卡拉马佐夫兄弟》中伊万·卡拉马佐夫(Ivan Karamazov)两个主角,陀思妥耶夫斯基进一步强调这种矛盾的不可调和。

托尔斯泰晚年的《天国就在你的心中》和自己最终出走的人生悲剧,陀思妥耶夫斯基残酷无情的具体和抽象思维的喻意,所有这些故事,通过甘地和马丁·路德·金,今天的我们还在它的阴影下面挣扎迷惑,至少通过自己有口难言的切身经历,我战战兢兢体验这份苦衷,摇摇晃晃守住这份慈悲。陀思妥耶夫斯基不是油画里面那位神经质的抽象人物,而是我们身边一位善意苦笑、无可奈何的朋友。读他文字,好像和他推心置腹促膝谈心,安详之中,看到他对人类的绝望和执着不渝的爱心同情。

（二）

陀思妥耶夫斯基的《白痴》不是纯真善良和社会功利之间的简单冲突，小说叙述一个稀奇古怪的故事，解剖理念和现实之间的裂痕，作者把抽象的理念回归具体的人生局部。小说里面，梅什金的善良儒弱为社会道德常规不容。故事里面，梅什金、阿格拉娅（Agláya Ivánovna）、娜斯塔霞和罗戈仁（Parfyon Semyonovich Rogozhin），四个人物之间的戏剧性场面，把机智才能和单纯无别的善意，把伦理道德和人情世故的枝节矛盾全部推到极致。阿格拉娅代表社会的正常秩序，加上一层非凡的抢白心智，听来残酷无比，说的却是句句在理，娜斯塔霞是堕落天使在世，命中注定是个自我牺牲的角色。她以肆无忌惮洗刷纯洁，用恶作剧的玩世不恭，掩饰心底珍藏的真挚。她对梅什金一尘不染，躲避梅什金只是因为纯洁无暇的感情真挚。在无法无天的骄横下面，是自私的爱情和无我的爱心之间绝望的挣扎和毁灭性的命运。这种隐恻只有梅什金的纯真才能看出。倒霉的梅什金，无论如何不能申辩他对娜斯塔霞的感情。另一方面，可怜的阿格拉娅，智商过人，她以真挚不依的女人之心，同样看到白痴背后没有区别的纯真，并且希望通过梅什金的爱情跨越自己世俗的"瓶颈"。阿格拉娅合情合理的"专一"和绝然不依的个人意志，不能容忍梅什金对娜斯塔霞的同情爱意。戏剧帷幕拉开，在阿格拉娅理直气壮刺激之下，一心想要自我牺牲的天使，突然变成一个生活里面有血有肉的泼妇骄横，娜斯塔霞当场逼迫梅什金选择，变本加厉的蛮横更胜阿格拉娅一筹：无缘无故之真，撞上有理有因的社会机制，人之常情不许，社会道德不容，矛盾一时不可调和，几乎就是一场肥皂剧的悲欢离合，一个庸俗可笑的爱情故事，但是实际根本不是，就像《红楼梦》不是。贾宝玉搅乱秩序的滥情善意和傻乎乎的懵懂无知，只是曹雪芹说不出的针砭，骨子里面，是对人性之真和社会常规的挑战异议。

小说通过三个女人，巨细矛盾冲突的不同面目：堕落天使娜斯塔霞和娇宠自信的现代女性阿格拉娅，加上阿格拉娅的母亲，童心未泯的利扎维塔(Lizavéta Prokófyevna)。三人各具慧眼能力，从不同角度突出了梅什金的纯真善良和社会道德常规的冲突危机。

娜斯塔霞是小说里面最有个性，最为奇特，最最精彩夺目的人物，因为不切实际，所以编得五彩缤纷。娜斯塔霞自持臭名昭著的过去骄横霸道，她毫不掩饰，夸张怪诞恶意，表面粗暴无礼之下，是敏锐的真挚纯洁，肆无忌惮做派下面，是最不自私的心胸。众人眼里的娜斯塔霞是梅什金的相反，然而事实上，两人是阴阳的两个面目，两人同样都在正常社会秩序的悬崖边缘。娜斯塔霞是梅什金的一面镜子，甚至有过之而无不及。不管梅什金如何看待娜斯塔霞，娜斯塔霞对梅什金从来没有半点疑虑。娜斯塔霞这面镜子太铮太亮，所以不大真实，不易接受。这就是为什么精神病院是梅什金的归宿，而"狐狸精"的真情爱意，不但世俗不容，而且必死无疑。娜斯塔霞和梅什金之间没有隔阂，一尘不染的赤裸清澈让她心明如镜,即使失去理智的瞬间,面对阿格拉娅临时杜撰梅什金讨厌自己的谎言,娜斯塔霞没看急得顿足的梅什金一眼,当场识破阿格拉娅的平静让人不可思议。娜斯塔霞从来没有责备梅什金,就在最为绝望的婚礼前夕,娜斯塔霞把自己锁在睡房折腾,梅什金进去,心高气绝的娜斯塔霞顿然化解,抱住梅什金哭出来的话却是:"我这是干嘛!"——想的不是自己占有的爱,而是不愿毁掉被爱的人!

小说末尾,被逼迫的娜斯塔霞撑不住爱的自私抓回梅什金,但在最后一刻还是牺牲自己。有位朋友曾经对我解释娜斯塔霞不可思议的举动,觉得那是娜斯塔霞的理智,看出她和梅什金的不可能,并且进一步认为,那是娜斯塔霞操纵梅什金的伎俩——我为现代人类自持正义的实际实惠和冷酷无情的刻薄自私心中流泪,也许朋友角度不乏道理,但是,我们就是这样扼杀诗歌,《红楼梦》就是这样被人庸俗贬世。

娜斯塔霞昏厥哭泣的一幕,是人性之真的脆弱极致,梅什金怎么可能离开不顾? 有人解说梅什金对阿格拉娅才是真正的爱情,对娜斯塔霞只是同情怜悯。文字啊,真真残忍无血的文字!我欲说无语,只有读,拼命读,感受触摸字里行间不可言喻的具体和作者云里雾里的实际。也许我错,错入自己的人生,但是毫无疑问,娜斯塔霞纯得不是人,她是陀思妥耶夫斯基一个梦,用纯洁的罪恶之梦,试探善良真挚的恶果,用不切实际的故事,怀疑现实里的真实。

阿格拉娅则是现实生活里面搅入爱情的血肉女人,感情越是强烈,越是出尔反尔不讲道理。从个人角度,阿格拉娅以"通情达理"的爱和恨与梅什金没有判断区别的纯真形成冲突。机巧伶俐的阿格拉娅是朵带刺的玫瑰,是人间娇宠任性的美丽和血气凌人的妩媚。阿格拉娅是女人智慧恶习的总和,也是较劲折腾的神奇女人(diva)。阿格拉娅敏锐的嗅觉,让她看出平凡背后的非常和笨拙背后的杰出。她是内心外表的完美统一,也是感情自私和人性热情的极端结合。她的爱里容不得半点空隙,用世俗观念解释,是道德标准的纯粹,用透视的角度来看,是爱的极度不容。阿格拉娅妈妈利扎维塔一次承认:"恶劣的阿格拉娅真是像我",这话一点没错。

利扎维塔这个角色的意义很大很深,她心领神会梅什金的纯真,却又为了"人之常情"横竖不许。通过这个人物,陀思妥耶夫斯基挑明无条件的纯真里面隐藏的极端因素,就像基督宽容的大爱大度,违反常规的极端之善不为社会秩序容忍。利扎维塔这个角色,把激进(radical)的因果,一刀切在戏剧非常的夹层,血肉淋漓的不可思议,让我们目瞪口呆,老天,那是什么样的场面!

利扎维塔是配角的位置,主角的作用,在小说整个构架里面,起到最为具体的旁敲侧击和最为抽象的针砭刺激。利扎维塔是梅什金另一面镜子,陀思妥耶夫斯基以她出尔反尔的毫无逻辑,具体勾勒梅什金的非同一般。她的存在,强调夸张了小说主题的关键:梅什金无条件的纯真和准则严明的社会常规之间矛盾冲突。

梅什金毫无成见的真挚直率没有伦理道德的约束,也没有社会常规的牵制,更没有权衡计算的条件和脸面自尊的底线,甚至可以排斥感情的成分。梅什金几乎没有性格,甚至没有人气。梅什金是个机制,通过这个人物,陀思妥耶夫斯基给我们提出一个难题,一个人类文明纠缠不清的难题。

梅什金傻,他没戏,不绕圈子,中了他人的圈套马上赔礼道歉,被人冲撞,反而为人担忧。就像《红楼梦》第三十五回玉训儿和宝玉的故事,尽管故事的角色安排有异,作者的角度不约而同:同样的尖刻冷眼观世,同样的排场错位奇特。汤水泼在宝玉手上,他不觉得,只管寻问玉训儿烫着没有,弄得痛恨宝玉的玉训儿不得不笑——如此“非常”的故事,通过两个代表世俗标准的嬷嬷,从社会道德角度,用没有“刚性”和“不中用”的软弱衬托,没有区别到了尽头,陀思妥耶夫斯基觉得还是不够。对于堂吉·诃德的荒诞可笑,陀思妥耶夫斯基进一步把矛盾的焦点挑明:绝对之善也可能是种力和势的压迫(force),带有与善意相反的侵犯性质。所以,基督绝对的善意也可以是种极端的行为。这一矛盾焦点,通过利扎维塔这个角色,正反两面一一挑明。利扎维塔没有理由让自己感情搅在里面,但是随着小说发展,利扎维塔情绪瞬变,常常自相矛盾毫无道理,折腾梅什金的行为变本加厉,似乎就像一个爱情之中的女人,却又没有爱情的实际内容。这真是作者的绝笔。如果说阿格拉娅为了个人的爱情翻天覆地,利扎维塔就在社会准则和个人慧眼之间巫师做场,阿格拉娅锁在个人的爱情里面与梅什金纠缠不清,利扎维塔则是爱恨交加,通过梅什金,她在社会和人性之间矛盾冲突"谈情说爱"。梅什金的真,利扎维塔心领神会,但是转眼之间,又止不住维护社会伦理常规,伸张道德标准秩序。她控制不住要和梅什金拼搏挑战,她对白痴大吼大叫:"你搅乱所有的事情,让我们所有人感觉不好",吓,怎么这话听来那么耳熟?

(三)

善意的极端打破现存的社会秩序,破裂之中不免生出峻险奇峰,就像柔弱之极生出强迫之意,极端的弱不免带有侵犯的因素。《白痴》的好处在于没有判断,更没有通过梅什金的纯真批判社会现实。陀思妥耶夫斯基的高明之处在于没有区别,矛盾的两个极端,他一视同仁。陀思妥耶夫斯基把断裂剖析在我们面前,把悖论的不可调和,交给读者自己体会感受。

《白痴》的寓意穿越世纪的时空,矛盾悖论的裂痕,是人生形影不离的寄生,无条件的慈悲单刀直入,就是对准秩序有致的现实。同时代的知识分子,同样的理论,同样的两者不可调和,托尔斯泰晚年达到的不是大文豪的手笔,而是人文意识的断然之真。从《战争与和平》中皮埃尔(Pierre Bezukhov)的反思觉醒,到《安娜·卡列尼娜》中列文(Konstantin Dmitrievich Levin)的徘徊犹豫,再到《复活》里面涅赫留多夫(Dmitri Ivanovich Nekhlyudov)的决意执行,最后到痛苦里面磨难出来的《天国就在你的心中》,托尔斯泰让你在苦难的血泪里面,对人类充满无边的同情爱心。托尔斯泰主张宽恕善行,去爱伤害我们的敌人,对痛恨我们的人慈悲,为诅咒我们的人祝福。他说,基督的教义从来没有暴力的意思,只有和平、和谐和爱,不抵抗魔鬼,文质彬彬,和平相处,柔和温顺。

因为他对基督教义的不同解释,托尔斯泰出走教堂,东正教会至今依然不能宽恕他的言行,我倒觉得这样挺好,托尔斯泰放弃的是宗教组织机构,他为人类找回人文的道义信仰,就像尼采宣布上帝破灭之后,让查拉图斯特拉(Zarathustra)自己肩负基督的十字,以自身重新体验老天的信息:无论拯救还是赎罪,不再只是他人的负担,而是自己承受的磨难。上帝魔鬼一体,天使罪人同是。慈悲没有条件,只有赤裸的直接,就像佛陀一把无缘无故的利剑。也许托尔斯泰不会同意我的看法,他在届时的教义里面区别巨细,那是旧瓶新酒的借口,托尔斯泰的世界,是个完全不同的喻意环境和人文心态,他在人性里面看到精神,他在宗教里面说的是人——一个赤身裸体精神自在的人。当时的人们很难理解他的所作所为,反对他的人不说了,即使同情捍卫他的人,也把他图解成为抽象的意识形态和理论。托尔斯泰没有理论,托尔斯泰只有切身的人生,痴心一念之中,肝胆相照自己,托尔斯泰没有理念,他以个人的角度,借助基督的大爱平等,以纯粹的同情①引导,托尔斯泰达到的是个人意义上的无限,无限意义上的具体。可是,就像平凡的基督,他被捧上伟人的宝座,

---

① 同情(compassion),中文有怜悯的意思,好像不大对。

从而扼杀原本平凡的真谛,托尔斯泰不再是人。

同样的故事,完全不同的上下文,个人的甘地也被抽象成为甘地主义。实际所谓的甘地主义并不存在,即使有,也不是主义,不是固定的政治宣言,更不是意识形态和哲学理念,如果那是不同的想法意念,仅仅只是人性感知的源泉而已。甘地从不承认甘地主义的存在,1936 年,他否定甘地主义一说:"我不想留下任何教派,我没有新的准则和教义,只是试图运用自己的方式,真诚对待我们平时生活中的问题。我的选择并非就是结论,明天很有可能重新考虑。我没有什么新的可以教人,真实和非暴力就像自然山脉一样古老永久。"当时历史环境把他推到如此抗拒暴力的极端,可他自己却是那么微末平凡。

托尔斯泰最终出走的故事令人心痛无语,那是个人的悲剧,那是人性真实的托尔斯泰自己。好在被抽象的托尔斯泰理念与托尔斯泰无关,或者是他过世之后的事情,所以托尔斯泰的绝对没有直接波及社会,更没有暴力的结果——尽管有人断定俄国后来的动荡暴力和他影响有关。然而,甘地的故事悲惨很多。个人的甘地与当时社会政治环境关系密切,事实上,不管如何否定甘地主义的存在,甘地的个人生活方式,不可避免成为抽象的政治意识和社会改革的动力。甘地被杀之后一连串的暴力不是偶然的契机,而是当时印度社会政治大起大落的因果,也是甘地政治影响的延续。倒霉的马丁·路德·金也不例外,当年在他周围的阴谋至死未息,问题不是究竟谁是凶手,马丁·路德·金自己知道,这事早晚发生,只是时间而已。事实证明,任何动态,无论恶意还是善良，一旦超乎平衡所能承受的弹性，结局都是动态相反的回波。

我长期受托尔斯泰、甘地和马丁·路德·金的影响感应，他们的故事随着自己人生和我形影不离。我犹豫几年想写这篇文章，但是一直没敢动笔，现在真的写来，内心分裂的痛苦只有自己清楚。我的逻辑和我的感知不在一起，我的前提结论相去甚远，通过自己手中利器，我的理念思维砍杀我的信仰偏心，我知道自己正在冷酷地解剖自己最为珍视的人事，我可以感情用事坚持自己，但是，我又不得不承认自己不愿看到的事实前因后果。我的感情理智互不相让斯杀无情，一时我是感情的自己，一时又是理性的奴隶，我承认自己性格缺陷不一，没有能力自圆其说。我只能守着自己的一时，接受自己人性分裂的苦楚，我以错将错，自己行为自己担当。对我来说，绝对的宽怀慈悲没有广义，只是个人局部的相信。尽管托尔斯泰一生也是悲剧痛苦终结，尽管他的思想还是影响社会甚至超越国界，但是，托尔斯泰的意义就是在于个别的具体，就像基督一样，不是流血的革命，也不属于任何机构（institution），那是个人的磨难，以自身体验和绝对的信念，以自己的直接承受绝对之善的苦果，尽管超越有时不免造成外界冲突，最终依然还是一个个人的行为。然而甘地和马丁·路德·金不同，我不知怎么面对残酷的现实：尽管两人都是主张善行和平，然而，非暴力的动力依然引来暴力的因果——我说这话真的非常痛心。

人的"文明发展"和自然生态有机的平衡调节好像没有太大

区别。历史上所有翻天覆地的革命,不管进步意义多大,打破内在平衡的事实不可否认。和暴力的极端一样,极度的善意同样打破平衡,前者以暴力的手段达到破坏,后者以和平的手段同样达到破除的效果。不说被破的内容是利是弊,是进步还是倒退,两者最终达到的,都是打破平衡的重新开始,当年法国大革命的疯狂和拿破仑的不可一世,历史学家的解释犹豫不决举棋不定,最后自圆其说一并怪罪拿破仑的个人野心,用个人"称帝"的行为消化法国革命的"进步"意义。可是,历史的发展演变真的只是由于个人的行为突变左右?这个命题没有什么新颖,所以不用我来辩解重复,法国大革命的真实情况和历史意义更是著述如山,更不用我来锦上添花多此一举。

有机的演变包含局部个体的"破"和"立",这是生命的必须,但是,抽象的政治意识造成巨大的社会动荡,也是不可否认的事实。陀思妥耶夫斯基《罪与罚》的主角拉斯科尼科夫(Raskolnik-ov),他是社会秩序之上的超人,正义执法的杀人凶手,他是俄国革命的先声,在大革命风声鹤唳的时代,为了社会正义"不破不立",尽管他和晚年的陀思妥耶夫斯基一样"保守",没有"革命"到底,但是通过拉斯科尼科夫,我们可以看到伸张"正义"的"破坏"不是俄国革命才有,人类的千年历史,每个角落都有它的影子。

甘地的故事是个感人心怀的奇迹,但是他的结局,包括印度那段让人心痛流泪的历史,尽管甘地身体力行的主张是自己个人的行为,但是搅入如此动荡的社会环境,如此巨大的政治背景,甘地的"主义"远远超出个人的磨难经历。当年甘地的故事有多奇特,破坏平衡的裂痕就有多么深刻。不仅他被残杀几乎是个必然,就他身后印度历时长久的政治暴力,多少也和当年甘地创造的奇迹有点因果关系。我这样说很不公平,尤其对我如此尊敬的长者,我自己心里不平,但是客观历史的残酷和我的感情无关。受托尔斯泰和甘地影响的马丁·路德·金也是类似的故事。马丁·路德·金说要改变旧世界,运用的方法是非暴力的和平。以非暴力的善为革命的工具,同样达到破坏的效果。马丁·路德·金的公民权利运动显然是历史的进步,我不知历史进步是否一定需要"不破不立",或者破到什么程度。公民权利的运动是美国史无前例的近代历史,它激励民众影响政府的同时,却没波及社会动荡。当年华盛顿广场集会如此规模,和平的气氛和组织的次序,连当时在场的警察都很诧异。但是,马丁·路德·金奇迹般的成功依然埋下逆反的暗流,有一点我不得不怀疑:不谈具体的政治内容,不管运动"倒退"还是"进步",一种绝对的理念,包括无条件的善和非暴力的抗拒①,一旦搅入社会大环境,一旦赶上思想意识和政治运动潮流,断裂危机的后果难免波及社会百姓。平衡失去之后,大幅度的回归修复,也可能是种相当的动荡颠覆,这样一来一去,社会常态很难承受如此的颠簸——印度独立的历史,多少反映了表象背后翻天覆地的

---

① 当时的口号:非暴力反抗(nonviolent resistance),但我觉得更合适的应该是"非暴力接受"(nonviolent acceptance)。

现实。我这样说来，半点没有贬低甘地对现代印度历史的功绩，更不会消减我对甘地作为一个人的崇拜敬意。

事实上，任何绝对极端的行为，不管是善还是恶，破坏的能量多少存在。人类社会就像有机的人生，中文"动静"这词，动在静态之中孕育，冬眠之久惊蛰春醒，自然以静态为序，以破绽变动为启，两者相对不类，却又相辅相成缺一不可。极端的善让我们感动，极端的恶让我们憎恨，这都是人世的喧嚣和噪音。动是静态的苏醒，静是动的维护，两者都是自然不断建构解构的生态过程。

结　语

《战争与和平》里面，皮埃尔给自己一个刺杀拿破仑的爱国任务，结果却在街上为了救人被俘。在拯救一位法国军官生命之后，皮埃尔在抽象的国家责任和具体直接的人性之间挣扎痛苦。绝对的善意和社会伦理之间矛盾冲突，具体的个别和抽象的理念之间悖论不和，有机的生态里面，破和立的动态不定，所有这些问题，都在皮埃尔这段可笑的故事里面留下影子。托尔斯泰晚年谴责抽象的理想和爱国主义精神，坚持人与人之间绝对的友爱善行，托尔斯泰的慈悲在于直接的个人角度，没有观念，没有主义，没有权威。在我看来，无政府主义的高帽抹杀托尔斯泰的原本。托尔斯泰也许悖论矛盾，然而，托尔斯泰的真正意义在于他的思维体验直接具体，不是他那无懈可击的最终结论。

黑塞(Hermann Hesse)的悉达多(Siddhartha)出家苦行追求真知,求得的觉悟不是伟大抽象的真理,不是祠庙里面与世隔绝的清闲,而是回到人世,回到人生旅途身体力行,这是通过具体消化抽象的真理,通过个人磨难具象理念宏观的平凡人生。

慈悲为善好像不太适合伟大的理想和主义,更不适合为了正义奋斗争取的战争,无条件的宽容和接受①是个人的行为,不是思想意识,更不是政治口号标语。为了抽象的理念宽容是一回事,为了自己切身的利益接受磨难是另一回事,对人开导说教是一回事,矫枉自己,接受认可自己的弱点是另一回事,尽管两者之间没有根本的价值区别,就我个人体验而言,不仅后者对外界的伤害微末,在自我的绝境之中依然能够容纳接受,那是个人的卓绝,尤其面对自己过不去的沟坎峡谷。为了伟大理想行善容易,然而,没有英雄伟人的光环荣幸,身体力行的慈悲,面对自己的纠结,打开自己赤身裸体的身心,通过自身内在的精神磨难、容纳,甚至接受侵犯的兀突,不是因为害怕,而是因为心善。女人生理的容纳开怀是人性的最高境界,脆弱开放的不甚安全,不顾伤害自己的柔软和母爱无私的开怀,接纳强暴的赢弱当口,就是生命开启的瞬间。托尔斯泰的宽容接受和甘地非暴力的意义,在于平凡琐碎之中觉悟,绝对的纯真和慈悲不是拯救他人的

---

① 我把非暴力反抗(nonviolent resistance)改成无条件宽容和接受(unconditional forgiveness and acceptance)。

口号，而是个人体验的日常功课。"守其雌"的关键在于"守"字上面，是被动内向的木讷笃守，不是主动扩展的争执机智。无论善意纯真多么崇高美好，一旦转化成为抽象的意识形态强加于人，慈悲就有可能变为牵强附会的"暴力"侵犯，从而毁坏慈悲为善的原意根本。

无条件的慈悲善良和社会伦理常规之间的矛盾永远存在，生命就是永远搅合不清的爱和恨。觉悟不是理解对和错的界限，而是接受混沌世界的存在和不甚完美的可能。真实和谎言，善良和恶毒，宽容慈悲和斤斤计较之间，实际没有多大区别。至少自己不是完人，常为莫名的心眼迷惑，满是缺德的无能和盘算的计谋，我伤人无数，伤己更甚。我没有幸福的应该，但愿苦难里面，还有那么一点欣慰的感激感恩感动，我没半点正义和正当的理由，只是希望能够尽力自拔自勉。因为知道自己缺陷，因为知道完美之不可能，所以心向慈悲稚真，但我不敢拥有，只图不要间断自己的努力和可能。人性的崇尚不是天上飘来的天使，而是地上平凡挣扎出来的非常不同。也许我还是一个俗人，相比梅什金不知不觉的善良，堕落天使的真挚更有人性，更加难能可贵。娜斯塔霞的疯狂寓意，是一个人的境界，一个磨难之中的卓绝，一个不依赖上帝，人性自拔的超越，尽管最后没有成功——邪恶里面生出的慈悲更加珍贵可掬，重圆的破镜更加圆满感恩。

人可以旁观慈悲他人，但是，被伤害的自己很难依然慈悲。慈悲不是对于他人的恩典，而是在的认可，针对自己为难。不管慈悲的对象、环境、条件和原因,打开脆弱自我的宽容慈悲难能可贵。我逃避伟大的理想,远离现代人的自信和自我中心的喜怒无常,我守着悲观人生"落后",在困苦的磨难之中,开启没有设防的自己,让苦涩的锋利切割赤裸的肌肤神经,无区别地面对纯真邪恶,由此从中生出一丝甘苦的珍贵。人生不免沟沟坎坎失落倒霉,是找一个轻易的捷径跳过继续,还是面对死角自己,放下傲气,直接慈悲利剑相见,被伤害依然能够一视同仁接受宽容,这是一个考验,一个具体切肤的磨难,绝对的慈悲就在这个当口生辉,我做不好,所以只好默默接受,守其雌而不期天下溪归。

2015 年 1 月病中

73

十　万圣节

聆听柏辽兹(Berlioz)的《幻想交响曲》，尽管不乏妖魔鬼怪的古怪疯癫，但是依然还是修饰的繁华和矜持的浪漫艺术渲染，加上梦幻之中的柔情密意和想象之中的多情善感。观看任何编导斯特拉文斯基(Stravinsky)《春之祭》的舞蹈，即使感觉恐怖惊心，亦不缺乏群魔乱舞的贞洁和五彩缤纷的拙朴。艺术把野蛮残酷化为可亲可爱，从歇斯底里鼓捣出来一个灵魂出窍的含情脉脉，可是，现实的灾难却要乏味并且可怕很多。

我对节日通常没有感觉，尤其是万圣节(Halloween)，无论东方还是西方，无论纵情还是敬畏。可今年的万圣节，我倒真的有幸见鬼，不是艺术的鬼怪，而是一个暴戾的百年老鬼。

周一晚上，飓风倏忽，肆意猖狂。我特意外出街上观光。这大自然真是老实人发癫，对着决意战胜天地的人类展翅扫荡。我眼睁睁看着飓风玩树的魔法，橘色金黄的艳丽树梢，昨天还是闪烁的秋梦迷茫，眼下却被胡乱一气，连根拔出，溅入地上厚厚一层泥潭。街面狼藉水流成河不算,连纽约久经考验的老鼠,也被活活抛出暴死街上。断裂的枝干蛮横地扎入路旁停靠的车辆,平时温情脉脉的绿色植物,今天似乎巨人甩手,对着我们人为工业成就,心不在焉随意糟蹋。工程建筑的脚手架,高处断裂惊险恐怖,横笔斜插惊掠兀然,空中孑然飞旋晃荡。昏暗之中,不知上下左右,风啸携带雨声,盘旋席卷,忽前忽后,忽起忽息。我多少有点恐慌,不时拉住就近的依靠,我真正犹豫起来,不知跟着多萝西(Dorothy)一起随着飓风他去是否真的有趣[①]。当时的我,自以为躲避及时,后来得知,此时此刻城里有人就此命丧街头。

　　暮色之中目睹老天爷天地上下的施虐随意,小小的我不得不承认,飓风不但给这鬼节设置了惊心动魄的舞台背景,和着几年接踵而来的"自然灾害",也给工业革命以来得意忘形的人类反手回击,更是针对今天环保危机的一个预言警告。

　　万圣节那夜正是纽约飓风第三天。傍晚,我拖上朋友骑车下城观望。西边 25 街以下灯光全无。我们沿着第六大道逆车而行,铅灰色的夜幕,犹如无形的纱帷,缓缓笼罩下来,不时有辆车子迎面驶过,摇摇晃晃,一副仓皇出逃的模样。街道两旁,没有一点灯火的建筑,犹如一群冷漠巨大的妖魔鬼怪。从灯火通明的纽约上城,转入杳无人迹的下城街区,一条街比一条街阴暗,不知不觉,真的有点进入鬼城的阴森感觉。我们转到第七大

---

　　① 多萝西(Dorothy Gale)是美国幻想冒险记《绿野仙踪》(*The Wizard of Oz*)中的儿童女主人公。

道。这回是顺着车道下行,偶尔路过的车灯,在漆黑一片之中显得特别耀眼,也使暮色的街道更加深不可测。我们避开要道,拐入格林威治村(Greenwich Village)的错落小巷。狭小的石子街道,挤在两排不太高大,似乎同时倾向街心的建筑。天上不见月亮,隔着浓重的云雾,月色透出一片灰色的阴郁昏沉,无声无息涂抹墙角门窗的歪斜局促。尽管几乎伸手不见五指,但是心静下来,倒是不乏一番城市少有的奇观。我想起当年海丰农场的月夜景象,惨淡的银辉洒在无边无际的广袤荒原,抹在了然独处的粪池厕所水泥墙上,当时有着一种说不出的默然和感叹。

我在纽约二十多年,从来没有这样的体验。"9·11"的时候,我也乘着夜幕溜进下城。十四街以下的地区全被封锁,街景也是人迹全无。偶尔一家餐馆敞开,独有两人坐在街口喝着啤酒闲看,死寂空旷的街头,偶尔被刺耳的救护车声划破,偌大的马路似乎就是两个人的天下。但是不管怎样,那还是灯火繁华依旧,只是享受它的人们暂时不在而已。几年前,美国东部停电,纽约像座墨色浑然的巨人盘膝坐禅,街上也是漆黑一团,车灯晃动耀眼的景色,多少增添一番剧场舞台的气氛景象,满街的行人裹着夏日的蒸腾,好像时辰的钟表突然消失,到处都是热闹休闲的路人,出乎意料的混乱之中,不免奇特的节日庆典气氛。但是今天这番光景,了无人迹的大街小巷,半点人气亦无。街边大片黝黑的建筑,偶尔有扇窗户,烛光小小一簇,从里面躲躲闪闪挑出一点火光。人呢? 曾经沸沸扬扬,塞满狭窄空间里的生息都在哪里?

前面黑暗深处,隐隐出现一片灰白的影子,翩翩绕过倒在路旁的大树。影子像是一个巨大的蝙蝠,上面凌空浮出一圈绿色细珠,在墨色之中银光刻意夺目。这影子飘飘忽忽,走近方才看出,是个男人披着一片白布而已。他双手提着"披肩",蹒跚悠闲而来,犹如一个虚幻里面吹出的阴魂,加上头顶幽绿的光圈,更添一番人气全无的诡谲。真真纽约人,如此的灾难,还是有人不甘寂寞。我喜欢这种随意简单的风趣幽默,远比平时万圣节装神弄鬼的刻意有趣,和这信手拈来的奇趣相比,所有万圣节特效商店,都是无用功的做作。

不知因为气候急速转变还是夜幕气寒阴森,我的朋友浑身哆嗦。转角上看到一家烛光闪烁的餐馆,便上前询问是否有碗热汤可喝。一位高个子的男子抱歉地说没有:"只有 Buffalo wings(鸡翅)"。但是看我朋友冷得发颤,便说:"哎,真是冷得不行啊,我们可以给你烧杯热水。"听到这话,朋友一下子高兴起来。我们坐下等待这份珍贵的善意恩赐:"我们就在这里吃盆鸡翅吧?"我说,"好主意。"朋友这下来了兴致。

趁着等待的时间,我把餐馆仔细打量一番。这是一家格林威治村典型不大的街角酒吧餐馆。原先昂然高耸的空间,被哆哆嗦嗦的烛光映得低矮温馨。万圣节的装饰几乎都在烛光不及的屋顶和墙上,所以等于没有。整个环境有种特别卑谦亲近的温暖。除了吧台前面围有几人之外,朋友和我是唯一的顾客。招待是位中年男子,看来是个临时抓来帮忙的朋友。他走路轻盈,几乎是脚不着地的无影无踪,在局部的昏暗和颤悠的烛光之间晃来晃去。他给我们送水，当他几乎接触眼前蜡烛的时候，我才看到他笑容满面的歉意。他给人一种陌生家人的感觉，让客人把感激的话攒在怀里，掂量掂量，小心翼翼才敢拿出谢他。

围着吧台一群"酒徒"，尽管话兴有余，也许因为气氛的缘故，语调也是轻声细气。有一家四口进来，在我们斜对面的桌子坐下，桌上两颗蜡烛的光亮，悠悠颤颤，从他们两边对坐的下颌投影上来，四人脸色毕恭毕敬，像是长途劳顿之后，终于有了食物充饥的希望。我眼前仿佛出现卡拉瓦乔（Caravaggio）、伦勃朗和维梅尔（Vermeer）的画面，自然也有凡·高《吃土豆的人》的影子。我一时感觉光阴倒流，好像自己身处古代荷兰乡村，或者亚瑟王（King Arthur）时代的小酒馆。

我想起平时上好的餐馆常用烛光装饰情调，可是鬼鬼祟祟的昏暗，总是让我感觉不安不堪，但是人家以情绪调味佐餐，我当然不敢妄加异议，可我怎么觉得，这里的烛光特别令人感觉温馨亲切喜欢？又想起信教朋友饭前祷告的仪式。我对那种感恩的心态充满敬意，可每每又为他们"仪式"之后毫无顾忌的举动茫然。眼前这里用餐的一家四口，没有仪式，没有祷告，小心翼翼无声无息用餐的景象，远比信教朋友的仪式可敬可观。

离开餐馆时分，我依依不舍，知道这是历史片刻的梦景，从来没有，也不会再来。我们靠着体内的热水和食物的余温，又可以在冷风和漆黑之中游荡一阵。我们穿过西村到东村，又转到东村下区，一路空旷却又无奇不有。有群年轻人脚踏人力车发电，装饰妖魔鬼怪的洞穴，在寂静的街上，一路喧闹过去，留下余音空敲寂寞的街景。一群南美家人,利用汽车电源,把电影投在街面高墙上面,几个男女老少,兜着寒风,坐在街的对面观赏自乐。我们又拐到中国城,如我所料,我们这个实际精明的民族,不会无缘无故出来凑合这种不切实际的热闹。平时这里街头人气旺得烂俗,现在却是没有半点人烟火烛。我禁不住站在街道中间,就这漆黑一片大喊大叫,这也是史无前例和时不再来之间偷来的历史瞬间。

我们沿着东边拐回中城。由于飓风毁坏东城更烈,一直到三十多街都没电源。我们由三十三街往西,撞上麦迪逊(Madison)大道,突然有了红绿灯。街的对面灯火通明,全是另一般世界。我一脚踏上麦迪逊大道,差点给疾驰而过的车子撞倒。刚才习惯在无灯的街上与汽车你谦我让,现在醒悟过来,谁有这份空闲?我突然意识到:这一街之距,就是百年的时空距离,我停住脚步,尽情体会感受这个机不曾有,时不再来的百年间隔。

三十三街已是韩国城的边缘,这里灯红酒绿,一如既往,好像什么都没发生。这种强烈的反差叫我懵懂疑惑,四面八方的灯光让我步履缭乱。我们随手拐进右手一家韩国餐馆,店门一开,一阵喧嚣的热气迎面扑来。好像是撑不住这廉价粗俗的繁华,我们匆匆抓住门边一张桌子坐下。我几乎忘了这顿晚餐怎么吃的,食物又是什么。整个过程,我的身心处于强烈的错差感应之中。眼下耳濡目染的一切,都是鞭挞针刺般的鲜明淋漓。灯光通明的餐厅,老板娘和跑堂没头苍蝇似地满屋乱串。食客毫无顾忌的话音一个比一个高亢,喧嚣嘈杂的声音频率,撞击廉价而又装腔作势的墙面装潢,和着热气腾腾的食物,搅成一团雾气音响,悬空高挂天花板上。大概是空间之宽大,明目之了然的缘故,在座的客人一概据咫尺为家常,尽量占据都市局促有限的空间。餐馆里的吃客,每个都是自由自在视若旁无,即使坐在身边的同伴,似乎也是各自为政。有人高谈阔论,一边是心不在焉的同伴,更有人翻着白眼,仰目呆望天顶,把着手机和看不见的对方争论吵架。另有一人,坐在同桌朋友对面,专心致志面对的不是眼前的朋友,而是把着间隔两人的手机自玩自乐。一盆烤肉上来,跑堂为整桌客人分盘割肉,在桌上几乎没有一人注意这位可怜虫的服务,好像跑堂并不存在。不知怎的,大家就有本事绕过跑堂的人体,说话的说话,各自为政的各自为政。我惊讶地看着今天人类理所当然的无礼粗俗,坐在一旁瞠目哑然之余,心里满是对于自己同类无地自容的愧疚难堪。

我向来感觉金钱世界大有把人丢在纸币背后的危机,但是没有想到今天的感受如此强烈。这让人一刀两段、快意恩仇的金钱交易社会,也许真有可能简化复杂的人世琐碎纠纷,但是它的代价,却是我们有血有肉的人性自己。现在我才知道,为什么自己总不喜欢这种金钱交易的一干二净和经济调节的社会环境。记得三十多年前,我在上海博物馆遇到一对美国老年夫妇,看他们对中国古代艺术兴趣盎然,我就和他们一起聊天看画。告别的时候,他们突然塞我几张纸币,当时的我不知所措,满心屈辱撒腿就跑,留下两个尴尬的老人,看着自己手上的纸币和甩手而去的背影。事过之后,我也觉得这样对人不太礼貌,说服自己这是他人的习惯。现在多年过去,我也随乡入俗给人小费,但对人与人之间干净利落的买卖关系依然不能妥协。记得以前笔记写过:给他人的报酬只是心感意诚的一个部分,另一部分无法偿还,那是欠人的情意和揣在怀里的感激。

回家路上,我不免叹息。仅仅一个晚上,老天让我亲身经历两个时代的间距:一个物质贫乏微末温馨,一个光亮豪爽廉价消费,一个慎重小心可亲可掬,一个物质泛滥没心没肺,一个人心温暖交融可亲,一个人心空洞粗鲁无礼。

人为的光景表面煞有架势,其实脆薄沙器一场,经受不住自然的一呼一吸一伸一张。相比之下,无论柏辽兹的《幻想交响曲》还是斯特拉文斯基的《春之祭》,飓风来得远比艺术更加纯粹潇洒,教给我的道理更为直接简单。这个晚上,陈年的老鬼携带现世的错位赐我当头一棒,我们今天的悲剧,就是在于人类自以为是的能耐和狂妄。我们感觉优胜,自视超越自然。我们不再是人,至少不是阳光雨露之下的天人自然。我们把生命人气,从泥土和空气里面抽空消毒,从而隔绝保护自己不受外界影响,我们把精确无误的工具和计算精明的手段,错当有血有肉的生命,不期之中,我们已是温室里面嫁接出来的第二自然。我们懒惰的本能,把周围一切视为理所当然的坐享其成。我们醉生梦死度日,在舒适享乐之中,不知不觉异化成为另类他物——也许,届时人类真会"永生不朽"。

2012 年 11 月

十一　音乐里的平和平在

今年冬天,纽约几场大雪,把布鲁斯特(Brewster)乡下房子前的车道堵得冰天雪地,加上坡陡路滑,我只好把闲搁一年之久的吉普拿出来使用。不料一出家门就被警察叫住,因为这辆吉普很久没用,所有车辆登记和安检都已过期。美国法律,可以算是不小的违法,所以到头来,不得不被叫去法庭认罪受罚。

今天下午初庭,目的是吓你一通,让你放弃正式法庭程序,因为政府没有足够的人力物力满足公民这一民主权利。美国对于这种实际与犯罪无关的"案件",高压为虚,榨钱为实。初庭对你说,政府对你宽怀,给你免罪,但你必须用钱来赎。因为没有时间和法庭纠缠,多数人都就此了解。这样政府既宽宏大量,又赚钱省事。

因为我的姓氏,字母排列总是最后一个。三个小时坐在下面等待,严肃得好像随时都有可能去上绞刑。布鲁斯特是个小镇,大惊小怪一本正经的架势,是在大城市的压迫之下,边缘小镇的扭曲心理。几十个人下面正襟危坐,没人胆敢乱说乱动。我带着电脑,也不好意思拿出来做事,所以只好坐在那里,旁观周围发生的故事。

法官是个年轻高大的美男子,自我感觉良好,挤眉弄眼自持不住的样子,活脱是个初出茅庐的演艺小生。三个小时的法庭,他不停挪动下巴,嚼着口香糖的那张嘴脸,和旁人尊称"阁下"的威严很不相称。他的言语举止潇洒轻浮,不断向人表明他的前途无量,小小的城镇法庭,拴不住这头初出茅庐的牛犊。他给人一种不修边幅随意不究的感觉,当他威胁出庭者是否真要坚持正式法庭程序权利的时候,好像这事与他无关,可那一副刻薄讥讽的笑容,全是看不起人的模样。他身边坐着一位敦厚的中年妇女,一个律师事务所里典型的秘书人物。认真卖力的女秘书刹有介事,她止不住的笑脸,不时对着得意洋洋的年轻法官挤眉弄眼。台前左边,有个持枪的警察振威,他盯住可怜的出庭人,就像老虎守着兔子暂时不吃的样子。持枪的警察一时铁面无私,告诫出庭人站直尊重法官,一时自己却又手脚不停站立不住。出庭人的右边是个理事人,满头白发的矮胖个子,毫不影响他那疲沓松懈的油嘴滑舌。也许因为例行公事的缘故,总是让人觉得心不在焉,不过要是出庭人对他的提议不满,他会立马咄咄逼人,双手交叉胸前的傲慢,一脸看死人的样子。他仰着脑袋,从下面看住出庭人的鼻尖,可是眼梢却从屋顶上面俯视下来,那付鄙视人的漫画模样,和他这位中产阶级年轻爷爷的和善面目相去甚远。

这不是我第一次给搞到法庭上来受罪。我不是说没有像个人样的正直法官，很久以前，我曾经有过幸会，一次居然和法官在法庭大谈艺术。因为我的展览期间他正好不在纽约，所以那天下班之后，他居然真的来看我的装置展览现场。但是，很多地方社区的法庭大都吹毛求疵，一本正经滑稽可笑的场面令人哭笑不得，装腔作势小题大做的仪式不免悲惨可怜，所以我是想好绝对不同他们计较，随便罚我多少，就算我对地方政府捐款贡献。最后轮到我嘻笑上台，大概是乡下少有东方人的缘故，我立刻感觉台前台后的紧张气氛。我很快答应他们的条件，这回，心不在焉的法官却是出奇的严肃："听懂没有？""听懂了。""你同意放弃法庭程序权利？""我同意。"法官好像不信我的回答，抬头侧脸，固执地看我良久："我问你是不是接受理事人的条件，真的不再继续法庭程序？ yes or no！""yes"。我想止住笑容，觉得不太礼貌，但是没有忍住。一边的警察看到，很不耐烦，随即挥手让我离开。

我从法庭出来，到外面窗台付钱，看到前面法庭上的倒霉鬼，都在那里排队等待支付罚款。大概我的笑容未退，一位中年男子恨恨地冲我而来："笑什么笑，还高兴哩！"我马上觉得不好意思，讪讪地说："又能怎样？"

窗台里面收账的女人自然一点表情亦无，排队付款的另外一边，是两个持枪的警察，两人挺着肚子，一幅强盗蛮横的摸样，给人一种强迫交付保护费的感觉。窗台前面小小的空间，却是空荡紧张的感觉。平时超市杂货店里排队付账，人和人的眼光

84

相遇，多少还有一个招呼，更不要说我们都在这里捐款。看来他们也觉得抢钱有点过分，所以放点距离，不易掺杂人性成分。付款的人个个小心谨慎，没人出气更没人说话，似乎双方保持默契，尊重不太合理的交易之中，人性仅剩的一点尊严。可是，我的脑子就是闲散不住，不知为何，老是看着收账人的脖子，觉得她在盘算今天吞食多少倒霉百姓的金钱。

　　总算了结一件烦人的事情，我开车回来，觉得心里空空，更做不了什么事情。我到琴房，打开琴盖。不知是我心情古怪，还是乡下这琴好久没碰，钢琴声音有点诡谲奇怪。我几乎花了整整一个小时，才在琴上回到自己"家"来。我突然发现，尽管音乐，尤其是古典音乐，有时有点高处不胜寒的意思，但在音乐里面，完全没有社会结构的框架距离，他人近如自己，旁肢亲如手足，不像外面冷酷的现实和功利效应的世界，音乐里面还真是人人平和平在。大概这就是人人喜爱音乐的缘故，它把我们带回自己的心里，甚至比自己的内心更亲更近，所以贝多芬表面傲视权势，实际只是坦诚公布自己音乐里面看到的平常人情。巴赫写了那么多伟大的作品，却从来没有把自己放在音乐上面，更不要说现实社会的功利效应和阶层档次，因为在他音乐里面，上帝平民一视同仁，手足之间相亲相近。

2013 年 4 月 11 日

音响社会

一 失乐园①

当 Bill Moyers(比尔·莫耶斯)问一位意大利历史学家,为什么文艺复兴的音乐给人一种忧郁悲伤的感觉,专家笑了:"想象一下从禁欲自持的中世纪,跨入阳光明媚的物化人生和享乐主义的文艺复兴,是自由自在的失落,使得文艺复兴的音乐笼罩一层旧鬼新衣的阴影。"

表面看来,问答各说各的,似乎和文艺复兴音乐没有直接关系。但是不知怎的,我觉得这段擦边球的对话很有意思,它们绕过史实的繁复和具体的音乐理论,接触一个不太为人注意的文化现象。

从中世纪早期格列高利圣咏(Gregorian chant)的单调音乐

---

① 此文失乐园(Paradise Lost)是 1998 年我为雷曼(Lehman)大学美术馆的网络装置《复调现实》(Polyphonic Realities)所写。

（monophony），经过中世纪、文艺复兴和巴洛克的复调音乐（polyphony），再到古典风格的主调音乐（homophony），西方音乐由早先自然简明的单线条音乐，发展到平行重叠的多线条织体①，然后再次回到轴心稳定的中心回归②。从某种意义上来说，音乐*形式*的"发展"，多少和社会机制结构的形成有关，也和文化价值观念的演变有缘。

从文艺复兴到古典风格，音乐由多线条的平行重叠，到和声中心的金字塔结构，从层叠的网络编织，到整体统一的中心模式。通过巴洛克，音乐的织体由多层声部的和声重叠，逐渐让位于个别调性主导的中心回归，从而完成阶层（hierarchical）分明的中心结构音乐模式，和文艺复兴的音乐不同，古典风格具有固定的中心结构，和声不再游离不定，曲式是 ABA 的金字塔式。和声通过相对于主调的远近关系，把音乐统一在一个阶层有序的调性整体和大小调的和声体系里面。音乐在一个固定的和声框架范围之内出界入界，有离有归，在平衡与不平衡之间流动迂回。古典风格有个家室，可以外出旅游、长途短途不等，但是最终有个回归。这种伸缩自如的动态，加上中心有致的心理归宿和回家休息的安全感觉，让我们听觉舒适惬意。对于生存在地球引力环境的人类，平衡的中心感觉是我们生理心理的慰籍。从社会学的角度，安全归属的感觉是人类生存必不可少的条

---

① 指从文艺复兴到巴洛克的复调音乐。

② 指古典风格调性中心的主调音乐和奏鸣曲式。

件——不知所有这些因素，是否和我们倾向阶层中心的社会心态有关。

和古典风格不同，中世纪晚期和文艺复兴的音乐，不是建立在单一调性中心的结构。通过和声对位和复调多层平行并进，以及相对独立的线条重叠交错，音乐结构不是中心的回归，而是几乎没有开始也没结束的音响编织。

西方音乐走到现代主义，复合线条的音乐织体又被重新启用。表面看来有点标新立异，实际不乏旧瓶新酒。从贝恩德·阿洛伊斯·齐默尔曼（Bernd Alois Zimmermann）的《士兵们》（Die Soldaten）到格伦·古尔德的《北方观念》（The Idea of North）和约翰·凯奇（John Cage）的《欧罗巴》（Europera），我们可以清楚看到，复调"思维"已经不是简单的音乐结构，而是今天艺术家对于社会环境的人文思考。

今天，为了对付持续入侵的外来因素，传统自给自足排外封闭的社会环境，被迫相应调节平衡自己原有的体制形态。这种重叠交织似连非连的衔接，逐渐形成一种网络有机的机制。今天交错并置的社会环境，失去中心的飘忽感觉，就在我们周围，也在我们身心，就像有待发生的基因变体，一点一滴渗透我们日常生活的细节具体。它们隐藏在内，小打小闹慢慢破坏，有待一日对着我们人为控制的成就反手一击。

就每个单一社会而言，也许具体环境不尽相同，但有一点可以肯定，不同的文化背景和价值观念今天被迫重叠交错，不同的社会结构不得不随之相应重新。今天的社会环境和文化现象，与网络交错的形态很有相似之处,各种文化现象相互影印渗透编织,它们是有机的自生自在,没头没尾的繁复交织层层叠叠,它们纵横蔓延伸张随意,由于数量的增长和重复的堆积,阶层社会轴心相对松动的同时,传统的社会结构,不得不和毫不相关的社会结构交集相关。传统金字塔的阶层次序模式被搅乱,单一的社会结构,被其他无数单一的社会结构并列重叠。原先社会内部的关系被迫重新组合,社会功能不再依据传统单一的阶层次序周转运行。传统的阶层社会结构逐渐分化瓦解,新的社会环境在旧的模式内部滋长诞生。世界不再沿着单一的线性发展(好像从未有过,只是我们无法确定),也不再是中心回归的封闭自我。也许正是因为单一社会机制的固执,一点一滴消磨传统社会的环境,导致明天中心社会结构的解体。未来社会的发展形态,似乎没有上下左右的明确标记,只有依靠相对平衡的关系,那是失去中心的飘逸,无止无尽的诞生蔓延,潇潇洒洒地离异他去。

这个现象和新近的网络技术相互印证,但我个人并不以为网络技术就是促使今天社会演变的唯一因素。事实上,所有变化的基因,都是传统社会内在裂变的分支(mutation),是其自身内变的机制,导致网络技术甚至将来其他更为离奇的科幻可能。相反,不断发明的科学技术,又将进一步瓦解传统社会的结构和价值,今天的网络环境,将会一并吞噬自己以及滋生它的母体,然而所有一切,并不都是科学技术的功劳罪过,而是人性自发的生息和社会宏观的必然趋势。

我经常在想，大概只有我们脆弱的人性搅和，干净有效的科技才会对于社会现实产生相当的影响感应。就像人类创造天神上帝反观自己，我们创造纯粹的科学技术，来和自己不尽完善的弱点纠缠较劲。新的技术不是今天社会的图解，而是社会发展至今，自然演化的本身。因为这个原因，最有意思的好像不是科技发明，而是我们人类文化对于这种技术发展的连锁反应。也许一天，我们会在自己的发明之中演化变种，最终我们发现人为的创意和"破坏"，只是自发自生的一个部分，或者之间根本没有区别。

　　这是明天的现实，也是今天我的艺术。

　　就《复调现实》和其他艺术作品而言，我没图解今天社会演变的现实，也不是公子季札观闻周乐，通过音乐体察国家兴衰和帝王淫雅之声。我的作品是对社会演变过程背后的结构形态思考提问。不知是我幸运还是命运安排，我不喜欢固定的中心标准，我对社会演变过程之中，没始没终的多线平行织体特别敏感。我热衷于不同社会结构的重叠交错，喜欢透明交织的文化织体，通过多种语言的生存环境，让我看到艺术形式和社会形态之间，形影相连的关系和万花筒中碎片闪烁的不同可能。

　　我们正好处于质变的时代，个体的主观能动，迟早摧毁群体共性保护之下惯于依附的个体。传统金字塔的阶层体制一定坚守阵地，然而，正是因为封闭自存的努力，最终摧毁封闭的结构机制，到头来，我们都被整体抛弃，流落成为绝对意义的个体，同时又是无限空间里面，无别与他的游魂。我们不再有所依靠，没有国家，没有民族，没有思想意识的认同，没有集体意识的保护，没有中心聚焦的引力共识，没有归宿渊源的安全舒适——在无光无色的无常里面，个体独特的细微差别，映印周围通透的环境，折射其他物体的关系连接。我们将失去作为我们的我，被迫面对自己的我，就像佛陀面壁无有，这将是个不太容易的将来，可是如此无有简洁的社会环境，不免让人有种跃跃欲试的感觉。明天，我们也许失去人为的个别，换来交错相互的自然状态——不知那时的人类文明会是什么模样。

1997 年英文原稿
2013 年中文翻译

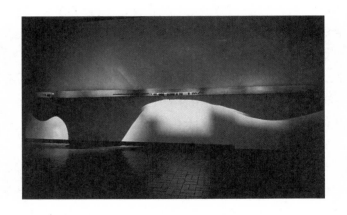

94

二 失乐园补遗①

每每要说一种"理论"，总是觉得有点牵强附会。我对艺术形式和社会结构之间的关系和联想，是自然而然的感受，不是条目在先的学术理论，如果真要拿到桌上"讨论交流"，作为一种理论，感觉不免漏洞百出，如果硬要对人解释，一定逃脱不了东拉西扯的破绽和不可回避的悖论。

当年写《失乐园》是实际需要，展览要有关于《复调现实》的文字资料。我一向讨厌作品解释，借此罗列平时零星片段的念头，借题发挥艺术范畴之外的旁敲侧击。因为都是个人的独腹心思，因为生活在自言自语的环境里面，所以写出来的文章没头没脑。我没专门去做研究，没有特意要从音乐语言结构，解读社会文化信息，我也不知哪来的念头，莫名其妙错把复调艺术多元思维的角度，搅入不同时代的文化心态和社会结构。我只是旁

---

① 最近，当我把《失乐园》翻成中文的时候，发现文章没有解释西方音乐发展的上下文，十几年后再写《失乐园补遗》，作为进一步的补充解释。

观好奇,无意发现它们之间的关系巧合。最初这个想法来自于1994 年的装置作品《贝尔沙泽的宴会》(*The Feast of Belshazzar*)。当时完成作品音乐部分之后,再听文艺复兴时期的复调音乐,突然发现不但音乐,甚至整个作品都有早期音乐的影子。随后我做《复调现实》,这个想法有了更加具体的概念轮廓。英文《失乐园》(*Paradise Lost*)记录了当时作品想法的灵感部分,现在离开当年的创作环境,再把《失乐园》作为文章单一翻译整理出来,觉得有必要进一步解释自己的想法,尤其关于我对文艺复兴音乐不太正统的"视觉透视",从而引申我对社会结构演变的古怪"理论"。

八十年代刚来纽约,我从各种渠道,有意无意受到由叔本华、尼采、阿多诺(Adorno)一路过来的哲学和后现代哲学思潮以及伽达默尔(Gadamer)诠释学(Hermeneutics)的影响,当时各种不同的理论之多,尤其文化艺术界,有时过激的程度,连我这个充满好奇的艺术青年也会哑然失色,但是,当年理论概念的混战和解构文化的环境,让我这个自以为冲出中国文化禁锢,但又没有具体上下文的愤青,思维心态在宏观的层面沉淀下来。我通过音乐结构解读文化信息的想法不是理论,而是每天纽约街上打滚,工作室里折腾的切身感受和晚上灯下读书的心得体会。

这里的想法也许过分出格,我不搞理论,不和具体学说挂钩,更没有一成不变的体系标准。我是艺术旁观的偏颇,我不求正统,但求万花筒里色彩缤纷。我胡说八道的时候,没想建立体系学说,更没改变历史哲学的狂妄。我的想法拼凑瞎撞,来源都是自己工作室里的琐碎和一时创作的灵感。我的奇谈怪论是我自己拐腿走路的方式，别人不定合适，所以希望读者千万不要以此类推一概而论。如果我的想法有点刺耳醒目，不管有益无益，破绽之处，也许还能打开思路。我的想法只是另类的一种，它是探索的无意，脱离常规的旁观边鼓，也许不期凿出一个洞来。我是好奇错入门户，随后又从边门出口，我没正统的学术累积，更不是逻辑推理出来的体系学说。

我做事不按规矩，自说自话不着边际，小人与我没有间隔，权威对我没有意义。我走在街上，灵感对着头顶言语，空气推我出去呼吸。我在此罗列史实，实际只是借题发挥。历史帮我思维，助我体验胡思，如果我和历史事实有所出入，不用稀奇，因为我是梦中自语，故事情节的前因后果可以颠倒错乱，反正醒来都已模糊忘记，剩下只有切肤的直感，敏锐清晰动听。

（一）

教科书把音乐的文艺复兴，看成人文思潮和文学艺术的依附。尤其视觉艺术，教堂的宏伟建筑，人体的肌肤醒目，好像复兴光环艺术专有。然而，就我旁观的角度，视觉的文艺复兴是物象的肉体，音乐的文艺复兴是物性繁华的魂魄。

文艺复兴的开始常以十四世纪为起点，但在音乐方面，中世纪到文艺复兴的过渡，没有视觉艺术那么明显。或者可以说，音乐的文艺复兴，早在中世纪就已酝酿开始。事实上，不管以后几百年的音乐发展是否与复调音乐有关,西方音乐的大树,不可脱离中世纪这片肥沃的音响土壤。

十四世纪的西欧战事频繁,社会环境极其不安,可怕的百年战争,农民起义,法-佛兰德(Franco-Flemish)战事,更加上黑死病泛滥。所谓中世纪黎明之前的"黑暗",好像不是宗教思想意识的禁锢,而是现实生活的艰难。政治上,中世纪是个中心分散的浑沌现状,它远比我们所说的"封建割据"松动散乱。从我不太正统的历史角度来看,中世纪的欧洲,实际分为无数的地方政权,它们在政教纠缠纷争的环境之下,天高皇帝远,地方势力多少幸存一点自己的社会制度和行政权力,以及略有不同的价值观念和文化风俗习惯。现在的法国地区周围,当时就有300多个地方政权,尼德兰则有将近700个地方中心。文艺复兴初期的意大利,政治体系是由不少城邦(city state)组成,它们各制法律,各自独政。意大利城邦政治中的共和制度和民主平等的意识形态,带有多元思维的可能和中心分化的倾向。就是文艺复兴中期,中央集权的王国,把小片土地一一征服归属,然而当时当地的传统风俗,依然阻止大权在握的国王我行我素。欧洲中央集权的最终形成,还需经历17世纪上半叶的宗教改革和无数宗教战争,真正独裁的君主政治,要到十八世纪末,方才达到全盛,届时正值巴洛克的艺术高峰①——历史怎么会是如此这般巧合?

---

① 以不同的历史事件为依据,所谓的:"高峰"可以有时间上的不同划分。

文艺复兴原由错综矛盾,是段本末倒置的历史——今天的我们可以从任何一个侧面探索。不说文化的纠缠,就从地理政治的角度,局部地区的割据状态,渐渐被帝国的集权政治代替,因为新的利益和可能,导致新兴的社会群体和知识阶层跃跃欲试,因为新的政治需要,传统小国寡民的经济税收,不能支撑不断扩大的政治机构和军事计划规模,以前的贵族政治,被迫随着君主政体(absolute monarchy)的集权结构改建重组。中世纪末,欧洲政治动荡不定,整个文艺复兴时期,是从零星散落的贵族政治,逐渐归属统一集中的君主专制。到文艺复兴晚期,这个过程不但已经形成,而且趋向完善稳定。如今,从艺术形式的角度读史,连我自己也不免吃惊,相对文艺复兴的音乐形式,巴洛克音乐和视觉艺术的整体中心建构,艺术形态繁复的壮观豪举,似乎就是当时政治结构和社会意识形态的缩影,这和我们春秋战国时期社会动荡的开放状态,最终汉朝儒家思想百家归一的历史不乏相似之处。历史是个平衡有机的关系,秦始皇的"统一"没有能够完全阻止先秦文化的回潮反复,中国文化意识归一的形成,经过剧烈的颠簸折腾,相比之下,文艺复兴的过渡似乎是个循序渐进的过程,加上人文启蒙的觉醒,巴洛克的宏伟辉煌好像人类文明发展顺理成章。然而事实并不那么简单,历史的发展,人为和自然的因素错综复杂,所有政治和文化的"统一",某种程度来说,多少都是对于个别的制约,对于人性变着花样的强权。

　　西方文艺复兴以后的历史不是教科书里的美丽童话,也不是对于中世纪禁锢的简单复兴。导致人文意识的开放觉醒,如果说是人文思想的萌生,中世纪中期已经开始。十世纪左右,欧洲僧侣开始翻译古希腊苏格拉底、柏拉图、亚里士多德和希波克拉底(Hippocrates)等人的哲学著作。中世纪后期,教会对于知识和科学的兴趣,不但启动文艺复兴思潮,同时携带音响和声的探索研究。教会专注神学的同时,把数学和音乐融会贯通。西方对于和声共鸣的现象和复调对位的实验,历时将近千年,远比文艺复兴思潮要早。因此在我看来,文艺复兴温床有二:一是当时社会政治环境的相对松动;二是教会内部求知探索的"祸根"。

(二)

欧洲九世纪开始,罗马天主教堂把格里高利圣咏唱诵出来的同时,从文字里面挖出音乐成分,从而音乐脱颖而出喧宾夺主。音乐的发展,原先简单的"哈勒路亚"四个音节,不再能够支撑日趋复杂的音乐织体,在教堂复活节的仪式里面,不得不开始增添带有故事情节的文字修饰比喻(tropes)。中世纪的戏剧艺术复活,经由音乐艺术的旁敲侧击,通过最早宗教剧(liturgical drama)的发展演变,戏剧艺术兜了一个圈子,在一个更加广泛复杂的平台上面,回到古希腊文字、音乐、舞蹈和仪式的综合表演艺术。

教堂复活节的仪式里面,现在知道最早音乐添加文字的故事记载是在925年。音乐是对话的形式(antiphon),是两个合唱队的对应关系：

> Angels: *Whom seek ye in the tomb,*
> *O Christians?*
>
> The three Marys: *Jesus of Nazareth, the crucified,*
> *O Heavenly Beings.*
>
> Angels: *He is not here, he is risen as he*
> *foretold. Go and announce that*
> *he is risen from the tomb.*

复活节仪式的引子部分

这种轮流对唱的形式（antiphon），从宗教的角度，是上帝和信徒的关系，从艺术的角度，是双重空间的平行交织，从音乐的角度，是层次重叠进出的复调艺术，从哲学的角度，是主体客体的双重对应关系，是主观客观随意转化的可能，从人文的角度，是多元思维的状态环境。

复调音乐的诞生远比人类文字记载的要早。我们今天所说的复调音乐，主要是指西方音乐的传统，但是实际上，民间声乐的复调因素，来源不但只有欧洲大陆，还有分布在撒哈拉以南的非洲大陆以及大洋洲的岛屿和地区。有人甚至认为，人声的复调传统和人类的古代文明有关。现在不能确切最早的复调音乐，就教堂音乐而言，西方最早有文字记载的复调音乐理论著作，是九世纪的《音乐手册》（*Musica enchiriadis*）[①]和《学术注释

---

① *Musica enchiriadis* 是九世纪无名作者留下的音乐论著，至今所知西方音乐最早试图建立复调音乐准则的文字记载。

手册》(*Scolica enchiriadis*①)。书中罗列运用八度、五度和四度两个声部的复调织体,同时建议演唱的时候即兴对位的可能。一千年前的《温彻斯特圣歌集》(*Winchester Troper*②),是现在可以看到最早为教堂吟唱的复调音乐——尽管乐谱中的音符没有切确的音高和音值。

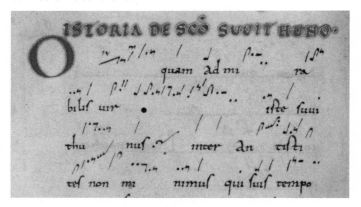

《温彻斯特圣歌集》(Winchester Troper③)

通常,就西方音乐而言,复调音乐主要是指中世纪后期、文艺复兴和巴洛克音乐。当时的音乐家出手就是复调,这在今天

---

① *Scolica enchiriadis* 也是九世纪无名作者留下的音乐论著。*Scolica enchiriadis* 和 *Musica enchiriadis* 有关,它比 *Musica enchiriadis* 长三倍,其中大部分理论是关于奥古斯丁(Augustine)的音乐概念,其中特别强调数学对于音乐的重要性。

② 《温彻斯特圣歌集》*The Winchester Troper*,十世纪流传下来也许是欧洲最古老的两声部音乐手稿。

③ 歌集拉丁文 Troparium。

的我们不可思议,好像音乐生来就是多层乐思并进的模式。复调是当时音乐家多元思维的音乐语言,也是乡村民间娱乐歌舞的民俗风气。托马斯·曼在他《浮士德博士》里面,开篇就写一个村妇带着几个男孩遍野狂奔,疯玩多声部对位合唱的乡村景象,这在我们中国文化上下文里,是个不可想象的场景。西方音乐不仅穿梭殿堂居室,同时蔓延屋檐街角,当年音乐家之多,欧洲大陆每个角落甚至英伦岛屿,到处都有他们的身影,这个感觉就像我在意大利大街小巷乱窜,每个街角都是教堂,每个教堂都有让人惊奇的图画,我在教堂里面看得神魂颠倒,回到街上突然有个错觉,好像满街都是当年画家的鬼魂,提着画具奔波忙乱。同样,意大利的阳光,透着音响的光亮飘在街上,音魂袅绕周旋不断,不知不觉就在吸进呼出的空气里面。音乐是当年的生存空间,不是今天被动消费的锦上添花。复调音乐通过中世纪和文艺复兴,给西方未来的音响世界打开不可估量的可能,没有这段历史,就没后来所谓的古典音乐,更不可想象现代艺术的反叛,以及开放容纳的价值观念,包括今天中心解构分化的社会环境和时空交错多元的哲学理念。

杜费(Guillaume Dufay, 1400—1474①)是早期文艺复兴的法国作曲家,被认为勃艮第(Burgundian)乐派的中心人物。杜费的音乐注重大的线条结构和朴实无华的圣咏排列,是拉丁文在语音上的对位和谐。他为我们提供了假低音(fauxbourdon)

---

① 这里几乎所有音乐家的出生年代都有猜测的成分。

103

的对位范例。以下八个小节音乐是杜费《海星颂》(Ave maris stella ①)中三个声部的片断,和声之间的对位关系相当接近,是典型的假低音模式。三个声部由同样的圣咏组成,中间声部是高音声部纯四度的照抄,低音声部和高音声部基本是六度的对位关系(不是绝对)。音乐基本在同音的八度上面进行,间夹一个五度和四度,音乐绝对和谐,最高和最低两个声部稍有不同,对位变动进出之时,音乐让人体会微末之中的动态表情:

杜费的重要在于,他是中世纪到文艺复兴复调音乐的转折衔接。从他那里,通过整个十四世纪,不但可以听到未来音乐的启示,更可以看到较早的中世纪复调音乐,如何发现简单的和声对位关系,如何突破单线条的格里高利圣咏,如何由单音音乐(monophony),发展演变成为复调音乐(polyphony)的整个过程。杜费开始运用中世纪晚期等节律(Isorhythm)复调规则作

① 早期音乐的曲目名字翻译麻烦。好友杨燕迪先生告诉我他正在组织翻译一套六本的 Norton Introduction to Music History,刚刚翻完古典时期和20世纪。全部出齐后之,这些术语、曲目(特别是拉丁文的弥撒)会有统一规范的翻译。所以这里只好暂时留下原名,以便读者搜寻。

曲,Isorhythm这字希腊文的意思是"相同旋律",等节奏是运用固定节奏和旋律模式排列对位的复调形式,通常的方法是几条旋律平行共进,同样的音值不同的速度,按比例伸缩对位。起先这种处理只限高音声部,到十四世纪末,等节奏的运用扩展到所有声部。等节奏声部之间时值伸展收缩的变化和可能,是早期复调音乐结构演变的开始。同时,杜费也是最早运用早期文艺复兴光滑悦耳的和声效果和旋律分句的音乐家之一。

约翰尼斯·奥克冈(Johannes Ockeghem,1410—1497)属于法-佛兰德(Franco-Flemish)乐派的尼德兰音乐家,在杜费和若斯坎之间,他被认为具有相当影响的人物。尽管他的作品遗失很多,但从少量留下的作品里面,可以看到他的音乐语言之特殊。奥克冈的复调声部旋律独立清晰,他的声部相对独立,之间有时没有主次依附关系。和当时很多尼德兰乐派的音乐家不同,他避免使用对圣咏主题的模拟变化和辞藻华丽的语音游戏,音乐是和声变幻的音响织体和不断持续展开的线条,他织体丰富的经文歌(Motets),脱离以往对格里高利圣咏主题的依赖(如《圣母玛利亚》*Intemerata Dei mater*),给复调音乐的发展提供了一个新的可能。

奥克冈的音乐以感情表现力度为最。奥克冈的低音声部复杂,因为自己是个低音歌手,他对低音特别敏感,这种能力丰富了整个音响织体,使得他的音乐具备节律不同的形态和线条穿插的层次。奥克冈看到人声幅度宽广的可能和音乐调性的特殊表现力,在《任何音调弥撒》(*Missa cuiusvis toni*)里面,他突出和声纯粹的音程关系,因为乐谱没有具体的音高标志,声音架空,只有音程关系存在。

奥克冈的另一部杰作《度量弥撒》(Missa prolationum),音乐是由度量卡农(mensuration canon)写成,mensuration 也被称之为 prolation 卡农。在这种卡农形式里,主题旋律声部和其他模拟主题的旋律声部并列,并列的声部不受主题限制,模拟的方式依据中世纪和文艺复兴度量(mensuration)的规则(通过一种数的比例,渐续变化音的时值速度),并列重叠的旋律,时值速度有别,音乐可以平行共进,也可以长短伸缩不同。度量卡农是种精密的数字排列,运用最多的是早期文艺复兴和 20 世纪以后的现代音乐。

度量卡农的发展非常重要,相对等节律(Isorhythm)的复调音乐结构,度量卡农是个重要的突破。因为声部旋律之间的关系进一步开放松动,为最终"相对"平行交错的复调形式和没有中心的音乐织体打开门户。这层突破的意义还不仅仅限于文艺复兴,甚至还对现代音乐起到相当的影响。不难想象,为何这种早期文艺复兴的复调形式,会被 20 世纪的现代音乐看好。事实上,现代艺术家的兴趣不是简单的音乐形式,而是多元层次并列的思维角度——一个相对相持的平行织体,一个层次多面和中心离异的艺术观念,由此,艺术的思维角度,直接针砭传统的文化形态和社会结构。

法-佛兰德乐派音乐家和歌唱家若斯坎(Josquin Des Prez, 1450—1521)继承发展奥克冈的传统,他的主要贡献有三个方

奥克冈,《度量弥撒》(Missa prolationum, Kyrie II)首页

面:弥撒、经文歌和法语香颂(Chanson)。他的风格多样,包容当时各种音乐语言。他的音乐风格之多变,他的作曲技术之能耐,使得今天学者很难给他一个确定的归属。若斯坎可以写平稳不动、几乎没有装饰的朴素圣乐,转眼又会写出技巧华丽的篇章,甚至嘲讽诙谐的嬉笑怒骂。通过音乐,若斯坎对文字和感情的挖掘奇特惊人。他艺术原创的天赋,总给自己难题,他的复调内在结构,总是不拘寻常。

一次偶然翻到若斯坎的《武士弥撒》(*Missa L'homme armé*

super voces musicales)谱子,其中的《羔羊经》(*Agnus Dei II*)也是度量卡农,三条对位声部同在一个音上开始,但是旋律的速度错开,高音旋律最快,是中声部的三倍,低声部其次,是中声部的两倍。音乐进行过程之中,由中间开始变形,逐渐分开三层,中声部迟缓拖延,似乎连累低音声部的发展:

相比之下,不说当年自己音响作品《贝尔沙泽的宴会》有莫名抄袭的可疑,就连斯蒂夫·莱奇(Steve Reich)的简约主义作品,运用录音磁带不同速度错差并列的"奇思异想",也不可避免雷同的儿科游戏。

拉吕(Pierre de La Rue,1452—1518)也是法–佛兰德乐派的音乐家和歌唱家。和若斯坎相似,他的音乐风格多变,拉吕以各种悠长而又抑扬顿挫的线条编织为特长,他运用半音音阶,常在不和谐的丰满里面逗留。他对低音区域特别敏感,是灰色层次里的大师。像奥克冈和若斯坎常做的那样,拉吕不惜断裂,打破冗长繁复的音乐织体,穿插两个反差对比的声部醒目。他偏爱复杂的卡农写作,同样的旋律材料,以不同的速度错开。他违反常规,把通常的四声部扩张到五声部甚至六声部的规模。安魂曲弥撒(Requiem mass)是拉吕相当重要的作品。

身处英国政教动乱时代的塔利斯（Thomas Tallis，1505—1585），历经四个朝代，他以随遇而安的心态生存，但是他的音乐多少反映了当时不定的社会环境。塔利斯的音乐，在自控和精湛的技艺之中，带有忧郁的沉思默想和寂静的内观倾向。从他人声交织的和声织体作品《其他的希望》（*Spem in alium*），到他左右轮唱（antiphon）大型六声部《大荣耀经》（*Gaude gloriosa*）的不同之间，可以听到比较完整的塔利斯。他的作品包括拉丁文经文歌（motets）和英文颂歌（English anthems）。塔利斯生前也是管风琴家，作有相当数量的键盘音乐，可惜，如今留下只有两套《费利克斯集》（*Felix Namque*）里面 23 首精致小品。

　　意大利音乐家帕莱斯特里那（Giovanni Pierluigi da Palestrina，1525—1594）的复调音乐是典型的罗马风范。他的音乐直接影响罗马天主教音乐的发展。西方中世纪的复调音乐发展到了帕莱斯特里那手里，已是极致的边缘。他的音乐追求平稳光滑，复调进行过程之中，繁华的声色里面，是和声圆润的光泽和细腻通透的音响。他的音乐小心翼翼裹在一个行将破碎的完美里面，那是不可思议的总和以及所有一切的极端，我真不知在他如此华美繁复的音响之后，多声部的音乐如何再写。由此可以想象蒙特威尔第音乐不得而已的转向，看到巴赫音乐语言的开拓承传。

　　通过帕莱斯特里那的弥撒，可以看到作曲家的风格演变。他的《无名弥撒》（*Missa sine nomine*）对巴赫 B 小调弥撒有过直接影响。也许帕莱斯特里那著名的《马切里弥撒》和传说之中教会对于复调音乐的干涉没有直接关系，但是关于复调音乐繁复重叠的层次，尤其对于不和谐音程淹没文字清晰的争论，从复调音乐进入教堂的第一天就已存在。教会向来对于复调音响层次模糊教义原文持有异议，希望听到中心有致和更加直接的主音音乐。这种疑义不但有其道理，也是传统文化意识的本能。复调音乐为权威中心的传统社会意识服务了几百年，也"欺瞒"主子几百年。有意思的是，复调音乐的宏观无限，又是上帝万能的象征，通过无所不能的上帝之口，让我们超越自我中心的局限，感受世界宇宙的宏观。复调艺术是天机泄漏，只能上天，不能下地，因为其形式的本质，就是瓦解中心单一的阶层体系，打破单向一元的思维逻辑。好在预感危机的因素不成气候，而且音乐家小心谨慎自知之明，尤其对此敏感的帕莱斯特里那，以他精明的准则维护复调音乐的生存。帕莱斯特里那的音乐悦耳动听，他把不和谐的音程藏在弱拍的阴影里面，从而创造了所谓华美光洁的"后文艺复兴风格"。十八世纪音乐家理论家福克斯(Johann Joseph Fux)，在他1725 年的《艺术津梁》(*Gradus ad Parnassum*)里面，系统整理了帕莱斯特里那复调音乐的准则：

- 音乐不能静止僵硬，必须富有生命，流动不涩。
- 为了保持线条整体，旋律必须尽量避免大幅度的音程跳跃，努德·杰普森(Knud Jeppesen)解释说："线条是帕莱斯特里那风格的起点。"①

- 一旦旋律跳跃发生,必须控制在局部,随即音乐要向相反的方向运行,以求尽快回归平衡。
- 不和谐的音程必须保持在过渡音(passing notes)和弱拍之中,如果不巧落在强拍上面,必需马上求得解决。

　　然而事实上,所有这类规范都从某种角度抹杀帕莱斯特里那的精华,尤其是他晚期作品。当复调对位技巧的条条框框拙于图解音乐的时候,无可言喻的帕莱斯特里那音乐,在纯粹的音响世界里面穿云夺雾。帕莱斯特里那一生追求复调织体的线条清晰,不管围绕《马切里弥撒》的故事是否真实②,复调音乐的多元层次和格里高利圣咏单一线条之间的矛盾,骨子里面早已不是简单的音乐形式之争,更是政治理念和社会意识的分歧。尽

---

①　摘自 Knud Jeppesen 的 *The Style of Palestrina and the Dissonance* 英译本,2005 年 3 月 Dover 出版社。

②　历史曾经一度认为帕莱斯特里那的《马切里弥撒》(*Missa Papae Marcelli*)是为挽救复调音乐,说服罗马天主教 Council of Trent(特利腾大公会议),不要禁止复调音乐在宗教仪式中的运用。这种误解在 1917 年慕尼黑上演的德国作曲家汉斯·普菲茨纳(Hans Pfitzner)的歌剧《帕莱斯特里那》之后影响更大。普菲茨纳属于晚期浪漫主义音乐家,他的歌剧《帕莱斯特里那》,是二十世纪初期德国主流歌剧舞台之外的创新作品之一。普菲茨纳的创作观念独特,就像当年门德尔松复兴巴赫音乐的歪打正着,普菲茨纳从浪漫主义艺术角度出发,假借帕莱斯特里那故事情节,随意改变历史事实,针砭当时社会政治环境。有意思的是,在现代艺术的冲击之下,普菲茨纳这样浪漫主义音乐家,同样看到复调艺术形式的特殊和可能。二十世纪对于多元音乐思维的倾向,不是单一个别的努力,艺术文化的磁场超越具体的艺术风格,人类总体的文化文明是集体智慧的总和(collective wisdom)。

管帕莱斯特里那作曲技巧卓绝,修饰光洁的表皮掩饰冲突,大师的能量可以挽救行将破碎的巨舟下沉,这种豪举宛若可歌可泣的灿烂夕阳,然而这种努力的本身,进一步加深矛盾内部的危机。

拉絮斯(Orlando de Lassus, 1532—1594)的音乐以丝绸般微妙的复调织体闻名。法-佛兰德乐派的拉絮斯是真正的世界公民,他用充满表现力的意大利旋律,包裹精湛的法国语言,以北方风格的复调携带轻盈的经文歌。他的二千多部作品包括各种音乐形式风格,他对语音的敏感让他跨越拉丁文、法文、德文甚至英文。他的才能满溢宗教音乐,更在世俗音乐里面伸展开拓。他不但有意大利牧歌(madrigals)、法国香颂(chansons),居然还有德国艺术歌曲(Lied)和荷兰歌曲,他有严肃的赞美诗,也有嬉笑怒骂的饮酒歌,拉絮斯是当时欧洲音乐多才多艺的典型人物。

伯德(William Byrd, 1540—1623)是当时重要的英国作曲家,以后很多音乐家受过他的影响。伯德曾是 Tallis 的学生,但他精力充沛生气勃勃,和内向的塔利斯非常不同。伯德融汇当时所有的音乐形式,他吸收拉丁文的对位技术,转而成为自己个人化的英伦-欧洲大陆语言综合。他的作品数量惊人,除了弥撒和经文歌之外,伯德在前辈相当简单的模式上面,推动了都铎(Tudor)王朝时代的器乐(consort)发展。他创造了各种形式的世俗歌曲,他的器乐歌曲(consort song)和教堂赞美歌(church anthem),在西方音乐史上具有特殊地位。除了声乐作品之外,收在《费兹威廉维吉纳集》(Fitzwilliam Virginal Book①)里的键盘音乐和《内维尔斯夫人集》(My Ladye Nevells Book),也是以后音乐家的必读。和拉絮斯和帕莱斯特里那相比,伯德的多才多艺有过之而无不及。

维多利亚(Tomás Luis de Victoria, 1548—1611)是作曲家、管风琴家、歌唱家和天主教神父。他受帕莱斯特里那影响,被称之为西班牙的帕莱斯特里那。帕莱斯特里那的音乐具有清晰的线条和宁静的和声,维多利亚的音乐带有浓重的西班牙天主教神秘主义和感情强烈的狂喜,他和帕莱斯特里那西班牙意大利两地相望,同在一个时代平台,都是反宗教改革②的卫士,面对同样的挑战和机缘,创造各自独特的音响语言。

维多利亚对旋律以及不和谐音程的处理也和帕莱斯特里那不同。他偏好简单的线条和主调音乐的织体,避免当时精心制作的复调音乐,但他追求韵律的多种性格,爱好充满张力的音响和突如其来的对比,他寻求不谐和音的表现力,经常运用十六世纪复调对位禁止使用的音程关系。

维多利亚是重叠交织的大师,他的宗教音乐借用牧歌形式的戏剧描绘,他在合唱中把管风琴当作独唱人声,有时更在宗教音乐里面加入乐器,他把乐师分队,像威尼斯乐派那样把声乐分组,他注重音响的空间,让音乐悬空,然后层层飘逸,缓缓消失。

---

① 维吉纳羽管键琴(Virginal)是中世纪-文艺复兴时代的一种小型键盘乐器。

② 反宗教改革(Catholic Revival),或 Catholic Reformation。

维多利亚的音乐带有强烈的个人宗教感情,在对圣灵的奇思异想和追寻探索的过程之中,他从帕莱斯特里那纯净丽质的音响世界挣脱出来,创造了自己超越升腾空旷萦绕的复调音乐,更给未来巴洛克音乐的发展,从旁打开一个门户。他的安魂曲弥撒《亡灵之室》(*Officium defunctorum*)和《西斯廷教堂的圣周日》(*Officium Hebdomadae Sanctae*)都是奇静的经文歌曲,是文艺复兴杰出的音乐文献。

　　加布里埃利(Giovanni Gabrieli, 1555—1612)是跨越时代的音乐家,他的音乐只在教堂里面生存,他是威尼斯的复调艺术大师。加布里埃利坐镇威尼斯圣马可教堂(St Mark's Basilica),他的音乐注重具体环境的音响效果,他以特殊的合唱排列组合,创造了文艺复兴独一无二的音响空间。在他著名的《教堂之内》(*In Ecclesiis*),他对人声和器乐有着奇特的音响方位设计,他把轮唱(antiphone 或 antiphony)的对话音响效果,发展到了极致的可能。通常轮唱的复调写作是指双重合唱队的对话形式。加布里埃利的合唱,不但具有左右两边交替对峙之分,更有音乐共鸣形成的音响造型拱门。加布里埃利另加一组乐师,位子安排在教堂中心的祭台前面。他的《教堂之内》是三度空间的音乐,犹如歌德式的教堂建筑,拔地而起高耸入云。

　　《教堂之内》的音响共鸣效果,特地为威尼斯圣马可教堂设计。加布里埃利把音乐家分组,安置在教堂的不同位置。《教堂之内》有两组人声和两组乐器。四组乐师之外,另加键盘乐器(Continuo/ Organ)和低音弦乐背景。第一组担当动态旋律的角色,由超男高音(countertenor)男最高音/女中低音(alto)男高音(tenor)和男中音(baritone)担任;第二组描绘复调对位的音乐织体,由两个alto,tenor和bass(低音)担任;第三组是器乐的组合,由三支科内特(cornett,一种中世纪,文艺复兴和巴洛克的木管乐器)组成;第四组也是器乐,由古提琴(Violino)一种小型古提琴,类似高音的六弦乐器(viola da gamba)、次中音长号(Tenor Trombone)和低音长号(Bass Trombone)组成。最后,给整个音乐垫底的是低音管风琴(Continuo-Organ)和低音弦乐(String Bass)。

加布里埃利的音乐和传统文艺复兴复调音乐不同,他对音响现场所钻的"牛角尖",是从文艺复兴音乐里面,兀凸出来的犄角奇特。他受晚期文艺复兴思潮影响,意识到旋律清晰的必要,他开始运用通奏低音,晚年音乐逐渐倾向主调音乐。

蒙特威尔第(Claudio Monteverdi,1567—1643)生活在时代交替的边缘,他的音乐带着过去的语言,预示未来的可能。无论小型的牧歌还是大部的歌剧,蒙特威尔第通过文字挖掘人性内涵,同时梳理性格不同的情绪交错。他的音乐沿着戏剧发展模进,表现人性内在感情深邃莫测的冲突和最终归一。蒙特威尔第的戏剧音乐是莎士比亚的舞台,亨德尔、莫扎特和威尔第的先声。他第一个戏剧作品《奥菲欧》(*Orfeo*),是西方戏剧音乐极其重要的文献。蒙特威尔第的音乐跨越两个不同音乐体系和语言模式:1.文艺复兴多线条平行的复调传统。2.以通奏低音(basso continuo)为主线的规划统一和巴洛克的音乐织体。蒙特威尔第对世俗复调音乐贡献巨大,他戏剧性的牧歌,是他戏剧音乐的实验室和自留地。因为跨越时代,他的八本牧歌记载了当时音乐发展演变的整个过程,最后第七、第八册牧歌之奇特,把音乐形式带到一个全新的平台,其中包括第八册《牧歌》(*Madrigali dei guerrieri ed amorosi*)里著名的《哀叹》(*Lamento della ninfa*)。

从《温彻斯特圣歌集》(*Winchester Troper*)单纯的两声部清唱,到帕莱斯特里那声色俱下的销魂和维多利亚疯魔迷离的音响,复调思维的演变从内部繁衍扩张侵蚀,在上帝的关照之下,不知不觉之中,不但修建了一座不可思议的音乐大厦,更是继承发展了自古希腊以来地中海文明的思维模式,从而形成感官-理念合一的悟性感知,达到衔接沟通天地神祇鬼神人性的可能。

随着复调音乐层次不断扩充增长,音乐需要一种相对统一的和声织体结构支撑。由于不和谐的音程关系不断出现,音乐创作想方设法解决(resolve)过渡不和谐的音程关系,寻找能够包容统一的音乐形式,由此,音乐逐渐转向相对统一整体的规范模式。西方音乐通过巴洛克时代和古典风格,层次中心(hierarchy symmetry)的音乐结构成为主流,主调音乐占据西方音乐几个百年历史,音乐艺术的复调织体和多元思维的文化心态,一直要到二十世纪的现代艺术,才会再次出现复苏觉醒。

帕莱斯特里那精致华丽的复调语言,维多利亚神秘的奇思异想,加布里埃利独特的音响空间和蒙特威尔第宗教思维里面的人性具体,文艺复兴音乐的高峰盈育了危机和转折的根本基因,尽管西方音乐传统没有中断,尽管复调音乐的门户要到巴赫之后才会关闭,然而,对于单一中心的整体意识和通奏低音的控制统一,以及即将来临的巴洛克音乐形式,西方音乐为一个全新的和声"集权",铺垫了音乐形式的过渡和基础,一个新的家族,一个独门独户的专一,就在不远的将来。

（三）

夹在文艺复兴和古典风格之间的巴洛克音乐大约在1600—1760年间。从文艺复兴到巴洛克,平行相对的复调音乐,渐渐让位于通奏低音统筹规划的复调结构,然后逐渐过渡到主调音乐——真正的主调音乐还要等到古典风格的出现。如果说复调平行的文艺复兴音乐是时空的相对,巴洛克的通奏低音就是趋向中心的层次分配,古典风格的和声离异回归,就是中心结构的阶层体系。自中世纪末以来,音乐打着上帝的旗号,暗中偷偷解体单一的传统社会,结果不是教义的禁锢出来阻止多元的解体,甚至不是追求语言纯粹单一的教义之争,相反,是人类的惰性和通俗易懂的本能,是世俗政体的专制集权,出来收拾过早出生的自由主义多元思维。中世纪看似政教统一的欧洲,实际是个局部松散的现实,文艺复兴的意大利,依然还是零星的地方割据,因为小国寡民政治逐渐被集权的君主统一,文艺复兴以前的自由散漫不再符合社会环境,音乐形式从巴洛克到古典风格的演变势在必然。

巴洛克这字来自于葡萄牙语(barroco),原意扭曲变型的珍珠,是对当时装饰过分的贬义,也是对于锦上添花、额外累赘艺术趣味的质疑。① 巴洛克音乐是从文艺复兴复调音乐到古典风格主调音乐的过渡。文艺复兴至巴洛克的演变相对微妙平稳，像蒙特威尔第那样的音乐家，很难把他定在某个时代框架里面。从某种角度来说，巴洛克集中世纪和文艺复兴汪洋大海于大成，转手递交一个条理具体，相对集中但又内容丰富的音乐体系。古典风格的文化背景相当不同，在不断演变的社会环境之中，尤其是在世俗民生的城市文化里面，音乐家的个性角色日益突出，自我表现的卓绝和个别情绪牵肠挂肚的出奇，以及艺术功能和艺术语言的快刀崭新，音乐不再是外在的客体，而是内在自我表现的主观意识。如果没有巴洛克的中转交替，古典风格的诞生不可思议。

 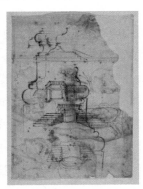

米开朗琪罗素描　　　　　**米开朗琪罗，佛罗伦萨**
Laurentian 图书馆进口扶梯设计

---

① 不管不同时代对巴洛克风格的褒贬，这个词的原意倒也从一个奇怪的角度道出了艺术创作的具体。至少在我看来，艺术不是关于精致完美，而是微妙错差类比之中的再造和重新——这突来的念头与本文内容无关，所以放在注里。

没有一个历史演变出于一日之功。就视觉艺术而言,米开朗琪罗雕塑里面巨人般的张力,骨子里面早已就是巴洛克的精神气象,更不要说他的晚年建筑设计,视觉上的形态和巴洛克艺术直接相关。音乐风格的转型亦是如此,尽管演变的基因也许更加复杂深远。不说杰苏阿尔多(Gesualdo)的个性奇特出格,他的音乐可以色彩艳丽,也可以暴烈绝情,半音阶的巨细和不和谐音程的表现力量,使他很早就已冲破文艺复兴的平衡格局;从加布里埃利传统复调音乐之外的音响空间和维多利亚神秘主义的疯魔,可以听到,甚至看到巴洛克的波浪起伏和未来艺术的宏观景象;就是力挽"旧时代"平衡宁静风范的帕莱斯特里那,他主观刻意控制的本身,从相反的角度,预示了另一个不同的音乐潮流就在地平线上。

巴洛克之前,音乐里面所有不定的因素,曾是动态相互牵制的关键,在折中交叠的互让平衡之间,复调音乐形式能够维持多元相持的状态,但是这种相持平衡的机制,总有一天要被个别兀突的现象打破。巴洛克音乐力求维持个性层次的对话交织,但是个性表现的欲望,初生牛犊不怕虎的强暴,天地不怕的独立不依,突破"平衡相持"的无畏,具有讽刺意义的是,这种模式心态正好符合逐渐统一的封建君主政治,怂恿保护中心机制里面滋长出来的"个性"奇突——只要还在驯服规范之内(个别的独特和君主的唯一,本质几乎没有区别)。专制统一的集权社会,在选择包容个性突出的同时,扼杀其他相对层次均衡的可能,从而创造一个主仆相依相存的阶层文化心态和艺术形式。巴洛克通奏低音的暗中控制,衬托上面个性美妙的阿娜多姿,中间层次的穿插依然留着文艺复兴的尾巴,直到古典风格,通过金字塔形的奏鸣曲式和调性中心的阶层体系,终于把复调音乐最后阉割。浪漫时代的大合奏,是强权的个人主义在弱者群体意识里的极端疯魔不可一世,也是对于古典风格扭曲变形的挽歌。现代音乐假借古老的复调艺术,试图多元思维的反叛是过早出世的先知先觉,犹如拿破仑滑铁卢败局里面,冲出三百送死的禁卫军兵,必败的可歌可泣让人肃然起敬。

如果能以不同角度读史,以旁敲侧击的心态观察音乐艺术的形式变迁,我们可以看到,自文艺复兴以来,西方音乐结构的发展是从平行多元到中心统一的演变过程——不说哪种艺术形式高低,旁观这场自相矛盾的"发展进步",我们不得不为音乐艺术和文化心态的演变感叹唏嘘。

(四)

从杜费到蒙特威尔第两百多年,从简洁的复调音乐发展到繁复华丽的庞大音响织体,要不是帕莱斯特里那那样的大师手笔,复调音乐的结构几乎垮台。从中世纪到古典风格,西方音乐经历了一个不断周旋反复的过程:通过简洁的格里高利圣咏,音乐渐渐由单一旋律的单音音乐分解出来,重叠相对的音响线条,穿越层次相间的三度空间和动态穿插的节奏布局,形成一个多线条平行对位的复合织体,这就是所谓的复调音乐。然而,音乐发展没有就此结束,平行散点的复调音乐,经过文艺复兴晚期和巴洛克的梳理,又在另一个历史回旋的阶梯上面,提供了回归中心结构的主调音乐。这种音乐形式的演变过程,不仅只是音乐艺术的历史,更是社会结构和思维意识的转变。文艺复兴的音乐形式,是个多元思维和平行相对的人文环境,古典风格的艺术形式,回到整体统一的阶层社会结构。复调音乐形式的诞生和兴衰,隐射了中世纪末和文艺复兴社会结构的转型和文化心态的变迁,从某种意义来说,复调音乐形式的发展,远比所谓"人文复兴"对于传统社会的挑战更加直接尖锐——这个观点对于文艺复兴的人文主义"觉醒"提出异议,更把欧洲文化发展定位的传统观点,放在一个可以重新讨论的不同平台。

从历史的角度来看,复调音乐的形成、发展和兴衰是历史发展的必然。西方音乐每个历史转折,都和当时的社会结构和人文意识有关。今天几乎很难想象,中世纪和文艺复兴的音乐家,如何一步一步探索,离开线性单一的局限,进入飘忽离异的繁华世界。如此潇洒洋溢毫无顾忌,如此飘忽散落没有中心,创意的奇思异想不可思议。然而,历史演变发展继续,音乐的思维形态回到中心环绕的结构,这次却是阶层有致的复合织体。二十世纪现代艺术异军突起,反思反叛不仅只是限于音乐范畴,加上今天多元交错的社会现状,复调音乐的多元形式结构,有了全新的文化背景和社会环境,复调音乐又给人类的今天和未来,提供了珍贵的启示和可能。回顾复调音乐的演变过程,就以纯粹的音乐角度,整个西方音乐发展经历了千年的波折和旅途:

◆ 由单一线条的格里高利圣咏开始,对自然和声关系的发现,导致对五度四度①音程关系的认同以及音响对位的可能,纯粹文字诵唱转而成为音响／音乐的因素。

◆ 复调音乐在杜费前后被进一步发展,平行的线条之间稍有不同——尽管圣咏依然是音乐的主题,但是单线独一的结构形式被打破。通过音程关系,其他线条是对主题的对位和模拟。

◆ 在奥克冈和若斯坎的形式游戏里面,可以看到其他线条逐渐脱离圣咏主题形式上的依赖束缚,各个声部的线条逐渐达到平行的相对独立,线条的声部可以进退自由。圣咏主题的中心体系被分化瓦解,声部不再只是单一的固态,而是相对的游离关系(奥克冈的《任何音调弥撒》*Missa cuiusvis toni*),每个声部的动态是由其他相对声部的关系决定。(复调平行的相对空间关系,可以类比现代物理多元形态的思维理论。)

◆ 复调层次的华丽繁复和个别性格的突出(帕莱斯特里那),打破相对平衡的折中(维多利亚和加布里埃利)。通奏低音暗中主导,重新整顿复调音乐的织体层次,从而形成巴洛克音乐。趋势:给独特的个体提供一个主次有序和包容环绕的中心环境。

◆ 主调音乐排斥折中相对的"离题",调性中心是金字塔的

---

① 在中世纪,三度音程曾被一度看成不和谐的音程。

阶层体系(hierarchy),音乐是围绕和声调性的结构,最后导致古典风格的形成。

◆ 浪漫主义音乐继承前辈古典风格的语言,功能和声成为自我表现的工具,是个别情绪感受的图画描绘。

◆ 现代音乐是对浪漫主义的反叛掉头,就像现代艺术,在自我表达的极端之中,看到自我内在不可避免的危机。艺术家在绝对的自我中心里面,试图超越禁锢局限的自我个体。现代音乐艺术从文艺复兴的多元思维汲取灵感,试图非中心的思维心态和形式语言,对中心机制的社会文化整体提出反思。

复调音乐的文化内涵,是对单一中心的解体。也许因为人的自身局限,人的生命是时空交界的具体和个体单一的进程,人的本能似乎不可避免线型中心的思维心态。然而,如果我们劈开主观的自我意愿,从第三者的旁观角度,我们就会看到自然世界并非固定单一的线型状态。就拿泛音和声以及黄金分割的规律来说,人体动态具备打破中心的动态本能。音程之间的关系,不是绝对中心的平均分割,人对和声的感应不是主观的理论,而是声音震荡的身心物理和动态有机的生态气息。黄金分割规律的发现,和生物形态的相似不是偶然巧合,它让我们看到人类身体内部偏离中心的动态本能。自我中心的思维角度,是我们人类一厢情愿的主观,不是自然的原本状态。如果不把人类看成自然的中心,我们就有可能超越人类自身的主观局限,就能接受世界并非中心单一这个事实。

这里恕我强词夺理，我把复调音乐的多元思维心态，看成现代文明的窗口。原因之一，它是基于自然科学的探索实验，不是人类主观的自说自话，如果说古代地中海文明，在传统西方文化占有特殊地位，那是因为地中海文明里面身体力行的实践精神。伽利略（Galileo Galilei，1564—1642）的科学实证心态不是偶然，尽管他被当时的宗教唾弃，伽利略的文化根基在于毕达哥拉斯（Pythagoras）的地中海文明，那是科学理念和感知"错觉"的融汇贯通。古希腊的帕特农神庙（Parthenon）不仅只是建筑史上的奇迹，也是理性感性的巧妙结合，更是西方文化的根本精神所在。原因之二，复调音乐的结构模式，给予多元思维的心态，以及多种社会形态交织共存提供了可能的模式。从哲学的层面，复调音乐的思维角度，是对中心单一思维的解构，它是人类文明的觉醒，是从主观个体到相对客体的突破。复调音乐之"危险"，远甚于赤身裸体的美女诱惑，只是赞美上帝的外衣和音乐数理的间接不及，能让音乐专家关起门来玩物丧志。音乐从传统社会机制内部拆墙破砖，从中世纪末开始，一直都在偷偷编织代替单一阶层社会的网络有机。

（五）

从复调艺术的平行相对，到通奏低音的规范统一，通过巴洛克音乐，多元的音乐思维被逐渐拉回中心结构和阶层体系，经过古典风格和浪漫主义,多元思维的艺术心态几乎销声匿迹,开放不定的状态被工业机械的完善所代替,非中心的相对关系被中心回归的固定形态纠正。可是,实际的历史又不全是如此,途中艺术家的智慧本能经常超越自身的时代环境,从贝多芬晚期的赋格音乐和莫扎特歌剧里面层层叠叠的重唱争执,从施特劳斯(Richard Strauss)晚期作品《变形》(*Metamorphosen*)①到德彪西(Debussy),甚至瓦格纳飘忽不定的音响,不管作品当时的上下文如何,也无所谓具体作曲技术和音乐形式的道理缘故,音乐家的自由灵性不会泯灭,文化的多种角度从未关闭。西方音乐进入现代主义的文化反思,整个艺术思潮突然醒悟过来。查尔斯·艾夫斯(Charles Ives)的《没有回答的问题》(*Unanswered Question*)里面,音乐三个层次渐次相叠,相互对话却又毫不相关。和声专家勋伯格把十二个半音玩了一遍,最后不得不跳出传统音乐的调性中心,自己建立一套没有中心的音乐语言。贝恩德·阿洛伊斯·齐默尔曼(Bernd Alois Zinnermann)的《士兵们》(*Die Soldaten*),不但只是复合交织的音乐织体和毫无关系的音乐因素并列组合,更是哲学意义上的时空颠倒错位。古尔德的《孤独三部曲》(*The Solitude Trilogy*)②是平行重叠的"复调"音响作品。菲利普·格拉斯(Philip Glass)和罗伯特·威尔

---

① 《变形》*Metamorphosen* 1945,副题《悼念》(*In memoriam*),为 23 件弦乐所做,其中包括 10 把小提琴,10 把中提琴,5 把大提琴和 3 把低音提琴。

② 由 CBC 和 PBS 制作的 *The Solitude Trilogy* 的音响作品被 Gould 称之为"contrapuntal radio",*The Idea of North*, 1967,*The Latecomers*, 1969,*The Quiet in the Land*, 1977。

逊(Robert Wilson)的《海边的爱因斯坦》(*Einstein on the Beach*)颠倒逻辑是非,通过音乐舞台艺术,在数字关系里面,玩弄交织错差的裁剪拼贴。凯奇(John Cage)更是颠覆西方文化的理性和逻辑,他粉碎传统割裂时空,在他多种时空错位并列共存的《欧罗巴》(*Europeras*①)里,打破舞台前后的环境和历史上下文的时空。可举的例子无数,所有这些尝试,都在试图打破传统音乐的形式结构和中心思维的文化心态。整个 20 世纪是个解构重新建构的时代,可是不知因为岔道歧路还是时机没有成熟,可歌可泣的唐·吉柯德层出不穷,但是依然没有扭转阶层中心的倾向和现实。当今社会在民主自由的麻痹之中,加上网络技术控制和误导,自觉自愿趋向中心专一的社会心态,反映在音乐上面,除了一个不变的节拍和一个简单的和声以及吊在上面的旋律自恋,余下什么没有。

复调音乐表面只是音乐的一种形式结构,其实可以看成偏离单一线型思维的文化心态,也是相对传统阶层中心结构支离破碎的因素——至少背后的形态模式如此。世界直到今天,几乎所有的社会体制结构,包括人的价值观念和思维判断角度,和传统单一的中心阶层体系千丝万缕纠缠难分。人类千年的历史,在音响震荡里面,发现和声共鸣和音响的层次类别,但是没有想到,音乐的形式居然和人类文明的价值观念以及社会机制

① *Europeras I and II*, 1987, *Europeras III and IV*, 1990, *Europera V*, 1992.

结构有关。表面看来,复调音乐和今天的我们毫无关系,也许这样更好,反而能够超越音乐技术的表象功能,旁敲侧击音乐之外的人文内涵,反正解构中心的复调只是一个音乐技术问题,它没威胁,更不遭灾惹祸,它有足够的时间慢慢消化,最终将以一个哲学问题和文化现象呈现我们面前。

今天,复调音乐的喻意石化不冥,它所挖的墙脚,它的人文内涵被音乐的技术表层掩盖,它的破坏直接文化根基,小打小闹也许暂时不觉,因为不切实际,我们不屑一顾,因为无形无态,我们任其败坏腐蚀。传统的社会概念坚不可摧,不是一场革命或者改革修补可以挽救。大凡消磨败坏到了极点,新的生命才有可能。今天网络世界的异化和中心结构的分解,包括人为控制误导,正面负面加在一起,所有一切只是一个开始,人类文明也许依然绕着圈子回归中心模式,然而,类似复调音乐模式的多元思维和社会环境是个不可避免的现实,它的出现也许就是明天的明天。

事实上,明天的明天就在眼前。今天世界整体文化的碎片瞬间,不同事件矛盾相关的交叉重叠,所有一切都是我们日常生活的现实。

从学术理论的角度,今天物理学家已把我们推到物性奇观的边缘,只是我们文化意识不愿看到而已。物理界对于平行宇宙(Parallel Universes)和量子力学场(quantum mechanics field)的探讨研究,从根本上打破了传统的主观思维心态和单一线性的封闭模式。传统牛顿古典力学是单一的线性思维和固定不变的角度,如果我们能够脱离主观的自我,从宇宙他在的角度,传统的规则理念也许需要相应调整。自然是三维的动态不定,不是我们人类主观固态的角度,就连相对论也只是你和我的两度关系。量子力学超越我们人类线性单一的时空局限,打破传统主观固定的认知角度,因为自然从来不是单独的个别发生。量子力学告诉我们,自然的发生是动态相对的场(field),不是孤立发生的点。量子力学的场,不为任何个别中心因素左右支配,它是动态相应的关系和关系相对的自发自生。从客体他在的角度旁观,量子力学场的理论,不管正确与否,至少对于传统的思维前提提出疑问:线性单一的思维和个别独立的结构也许只是我们人类主观的一厢情愿——人类的思维终于超越我们人类自身的局限,突破了主观固定的时空交界。

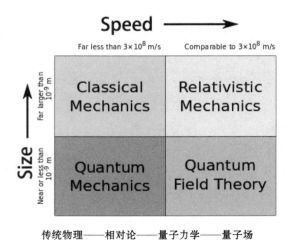

传统物理——相对论——量子力学——量子场

现代物理从科学的角度分析解释了"道可道,非常道"的古老哲理,也从科学的角度,向我们证实了传统单一线性模式的缺陷和主观思维角度的不切实际。从今天物理科学的角度,艺术上的非中心形态和多元思维不是什么创新,但在文化艺术领域,我们还在阶层体系里面讨论传统的价值标准,还在推崇明星主导的艺术时尚圈子。就像消费的工业产品,表面的多种多样掩盖工业产品背后的机械准则,主流艺术还是抱住政治正确的时尚模式和理论概念的学术标准,就连鼓吹消费自由的大众文化,经过市场经济的鼓捣催眠,最终还是自己欺骗自己,自投罗网追随转眼即逝的风尚潮流。文化艺术的形态和趣味,通过学术权威的推波助澜和经济效益的明星制度,制造统一有序的工业产品和大众消费的审美标准。

传统艺术创意思维的前卫角色,这次被飞跃发展的科学思维代替。作为人类文明意识形态的先锋良知,今天的文化艺术居然自甘落后退受自闭。人类的文明已经走到一个质变关口,但是社会学的文化艺术,好像蒙在鼓里,什么也没看到,什么也没发生。今天的文化艺术,固守单一的标准和阶层社会的秩序,历史似乎一如既往,以前从未有过,将来不会发生。

结　语

今天,我们无条件地接受市场环境提供的"便利",我们都在追求安分守己的中产阶级生活。被动舒适的人生被先入为主的现成环境绑架窒息，长期以往的懒散被动，逐渐消磨生命的本能。日长月久，舒适现成安逸，终将导致人性异化转型。相反，如果我们凡事能有一点别出心裁的主见创意，如果我们能够静下心来，用自己身心感悟体会琢磨，用自己脑子独立判断分析，也许我们的文明会是另外一个面目。

美国公共广播公司(PBS)《海边的爱因斯坦》节目访谈之中，有位舞蹈演员谈到规律和非规律的区别，他说最初先入为主，以为无非三步四步的舞蹈节拍，就像摇滚音乐一样简单痛快，可是不料音乐完全不是那回事情，后来静心体验，逐渐发现节奏严谨之间的错差，居然还有如此微末不同的区别。

今天大众对音乐认识的概念单一让我惊讶。一次我在电器商店帮助朋友挑选音响，一位顾客以为我是专家，过来要我推荐低音最响的音响设备。我问什么程度，他说越低越好。我当时张口结舌无言与对，就音响设备的而言，低音分贝的实际听觉不是简单的低音程度，然而这还不是问题，关键在于音乐，好像音乐除了低音节拍之外，其他什么都不重要，难怪有位朋友曾经问我一个颠倒是非的问题："为什么只有流行音乐才有节奏，古典音乐没有？"——音乐被简化到只有单调的低音节拍，我们听觉的粗糙麻木，可见今天的耳朵已被洗刷制约到了什么地步。我没想到，一个简单的大众音乐趣味，居然能和我们市场经济共享的社会结构，集体意识雷同的社会环境，以及黑白分明的社会价值观念相差无几。

都说中世纪单一禁锢没有自由，相比之下，至少从音乐形式的角度，今天的音乐远比中世纪的音乐单调乏味，也许洗过脑子的我们,自己囚禁自己也算一种自由?

回到我的主题,我想所有这些现象,多少都和文艺复兴一路过来的个性危机有关,也和启蒙运动和工业革命带来的后果有缘,这个后遗症一直延续至今,逐渐把文艺复兴留下的多元思维心态消磨殆尽。也许文化的演变就是如此,只有沉淀下来,静观之中,微末方始。我想,任何事情应该都有自己的轮回规律,周转可以二十四小时,也可以百年千年一次。人类生命时空有限,很难感知千年的时针。但是我的直感真切,没有阶层中心的思维心态,包括多元网状平行交织的艺术形态一定回来,也许不是文艺复兴的复调形式,也许不是二十世纪初的解构反叛,但是一定不是传统的中心固态单一,如果她有再生的一天,必定认出自己相别已久的兄弟姐妹。

2014 年 2 月

三 不可消费的勃兰登堡协奏曲

"消费"一词,中文比英文更为形象。英文 consume 仅仅只是一种行为,可是中文"消费"两字,表达了"花费消耗"的具体状态。发达的现代文明,把我们从与土地打交道的生命变为超越自然的"异类",把这生息的来龙去脉两头截断,唯独留下舒适现成的消费享乐。奇迹般的科学技术和无孔不入的商业经济,让我们享受与世隔绝的幻觉和不劳而获的清闲,加上一尘不染的洁癖挑剔。可惜我们还是逃脱不了吃喝拉撒的生存习惯,连素食者也躲不过和泥土打交道的必需。今天我们文明高超,吃肉可以不见生死,吃素可以不沾泥土。我们把超市视为自然,却在杀生和肉食的问题上面争执不休;我们对茅房的要求比厨房还高,可对卫生间的管道却一无所知;我们把干旱、暴雨、海啸一概视为自然灾害,因为它们不合我们心意;我们在健身房里面拼博,因为室外的自然风光不大方便;我们坐在银幕前面观看别人的悲欢离合,只是为了明哲保身和自身的无奇平淡;我们热爱运动,但是我们的脑子更加管用,也无需伤筋动骨,所以球迷的仪式是:我喝啤酒你踢球,拼搏好坏,不费力的我比你更清楚——这是消费的运动,现代人的娱乐。

现代文明追求轻松享乐的被动消费。今天的我们,去看电影是为一场生理心理的休憩按摩和伦理道德的教育洗脑。音乐厅也是相差无几。瓦格纳绝对是个超时代的伟人,他的人文意识,给我们留下一个意想不到的人文咒语。他的豪情壮志和英雄伟绩,不知怎的不再是人,他给现实中的我们,留下的余地几乎是零。工业革命的奇迹超越我们物性的局限,造就一个人性之外另一个现实,播种耕犁我们身心每个角落。在现代巨型音乐厅里,一边是共性无限的集体环境,另一边是微不足道的个人自己;一个是肆意作态的主宰首领,另一个是任意宰割的被动小人。音乐厅的热浪轰然而起,连妖娆妩媚的圆舞曲,也是英雄气势,渺小的个人在肉感的豪言壮语之巅,被崇高得灵魂出窍,千人共享的剧场,声色俱下的洗礼,我们怎能不被这幕宏伟的群体意识震撼吞噬?如果贝多芬再世,一定目瞪口呆。创意不是另类独特的角度,艺术不是个别的、私密的、精神的,相反,艺术是被动的、共性的、宏伟的、国家的、全民一致的豪举。

今天表面的民主自由平等,实际还是传统社会的模式。今天社会打着资本主义的文明幌子,实行大众文化的工业专制,外表披着市场经济的民主外衣,本质里面依然还是金字塔的阶层社会意识。所谓市场消费经济的文明,实际就是经济专权的机制,联同专家学院的上层建筑,编织多样选择的假象幻觉,达到文化标准的统一——在自由经济的幌子之下,金钱效益成为有效的制约工具。

我们把"人"从自然之中"提炼"出来,对超自然的人为运作得意非凡。奇怪的是,我们不断膨胀的"个性"却对自己微末的、私密的、也许并不光彩的那么一点真实毫无兴趣,更不用说信心了。我们对超人的幻觉痴迷颠倒,十九世纪的浪漫主义狂热,今天换了一副实际的经济头脑和星球之外的动漫科幻,惰性自私的享乐主义,有了一个叫做民主平等和市场经济的堂皇面目,裹着上班族的西装笔挺,骨子里面却是扼杀个性的抽象集体和权威制控的中心意识。今天,我们一头钻进金融制约的社会政治,加上变本加厉不可一世的"市场体制"①,它们上有大学教授敲鼓,下有金融界的唯利之徒定音,俨然以人文的民主自由和经济的自然规律自圆其说。

工业生产的文明和经济制约的文化机制精确严密,机械的文化产业一丝不苟一点不漏。现代艺术的消费市场不谈也罢,可是百年的音乐,当时的上下文可以完全不顾。不知是大众需求还是明星作怪,或许整个社会都在共谋。我们实用的拿来主义,这次赤裸裸地强差人意,谎言一骗就是百年的历史。就拿巴赫降 B 大调勃兰登堡协奏曲为例,这是一个相对小型的乐队组合②。如今,用现代庞大的交响乐队,在巨大的音乐厅里音响轰

---

① 我称之为扼杀人性的"Dollar-driven Economy"。
② 为了强调巴赫小型室内音乐的性质,我用"组合"将就 Ensemble 这词,原谅我不甚确切的翻译,不大符合我们中文诗意的翻译习惯。

鸣,肉体的刺激让麻木的我们兴奋一时,以今天功利效益的标准,效果出奇,用当下流行的话语,爽得刺激,可是当年室内音乐对话的近,不免惨遭扼杀歪曲。

西方音乐的发展与当时社会的人文环境有关,更和音乐功能以及传播方式有缘。以前的音乐家同时附带演奏家的角色,他们不是今天的职业演奏家,"演奏"只是交流的一个途径。当年音乐家依赖乐谱传播音乐,"听众"通过自己的乐器乐谱和音乐家交流。这种双向沟通的交流方式,与今天单向被动消费的状态完全不同。音乐家的灵感来自主观的体验,但是通过相对共识的符号,记在"乐谱"上面,听众通过乐谱媒介,从不同角度聆听自己的认同。创作和"主动"的消费之间互动,是音乐交流双方必不可少的环节。然而现代技术的便利,引诱惰性的我们不再需要主动参与,艺术不再是双方的对话交流,而是单向的服务享用。

所谓西方古典音乐的死亡不是一日之损。演奏家和作曲家生涯的分裂,电台广播、唱片录音以及今天日新月异的音响便利,在推动和传播音乐的同时,渐渐扼杀西方传统音乐最为根本的基础。对人直接而言的音乐被排斥在肢体感应之外,音乐创作和演奏技艺的分道扬镳,让听众在音乐之间被动地寻找两者之间的关联。音乐不再是人体直接相关的沟通和人性表达的交流认同,而是为了作曲写作,为了演出表演,为了文化修养陶冶性情和为了轻松愉快消费享乐。原先,作曲家和听众没有太多的区别,没有如今的界限,他们同在一个乐谱两端互动分享。这就是为什么巴赫的乐谱没有额外累赘的表情记号，因为音乐本身是个有机的整体，作曲家和听众一同创造，一起钻在音符里面鼓捣。乐谱表情记号的逐渐增加，表明音乐家和演奏家分工的现象过程。作曲家和听众在音符两边逐渐疏离，最终越走越远互不相干。音乐变成学问，不得不有个学者夹在中间解释翻译。

今天，音乐是各种程度的"背景音乐"。我们被动地旁听消受，或者利用音乐设置一个以我为中心的音响环境——两者功能也许不同，实际内在本质没有区别：参与共享的成分被割裂，音乐家和听众两边各自为政被动相持。音乐不是你中看我、我中见你的主动沟通。背景音乐是现代电子技术的私生子，百年以来，偷偷摸摸长成一个包容万象的庞然怪物。背景音乐的概念，在要从谱子上才能听到音乐的时代不可想象。我总有个奇思异想：如果我们需要通过临摹，才能看到一幅绘画，不知那时视觉艺术的环境又是如何？

我们知道巴赫的家庭是个有机的乐队组合（Ensemble）。为他太太安娜·玛格达勒那（Anna Magdalena）所写的音乐集，实际是家庭的音乐教材，这里甚至包括两册高深的《谐和律键盘前奏曲与赋格》（*The Well-Tempered Clavier*）。我想说的不是巴赫家庭音乐教育有方，以及他的后代对于西方音乐所起的重要作用[①]，我只是希望提醒一个事实：音乐不是一个外在向往高尚的攀登，也不是陶冶情操的追求，就像人性的创意本能，音乐是

---

① 《新格罗夫音乐大词典》记载巴赫家族前后有一百多位音乐家。

生命悸动的不得不。对于巴赫来说,音乐是家庭生活的一个部分。玩弄音乐的娱乐是自然而然的日常生计,不是面向大众的表演仪式。我没巴赫家庭成员的福份,但记得小的时候,家里也常调音弄乐,大凡是母亲、哥哥和我三位一体,父亲是唯一的听众。记得每次玩都没具体目的,开始之前,总是先把大门和天井院子的门户道道关上。尽管邻居小孩会在门外聚听,但家里的游戏,是闭门自守的家私,无需外面张扬。因为这个记忆,可以想象当时巴赫写下这些音乐的环境。

十九世纪发现巴赫是在浪漫主义旗帜下的豪言壮语,从门德尔松①到斯托克夫斯基②和卡拉扬,他们巨型的交响乐团把巴赫甩出家门,扼杀了个体之间交流和游戏的乐趣。千人瞩目之下,巴赫音乐摇身一变,煞是一个超人的宏伟壮观。对于巴赫的音乐,我偏心古乐器(period instrument)的质地细微清晰,这里不仅只是一个乐器问题,也是时代文化甚至社会心态。然而,卡尔·李赫特③和赫尔曼·舍尔欣(Hermann Scherchen)都没用古乐器,可是虔诚的细微和室内乐的音响依然可触可听。我对大众媒体的聚焦,对明星体制搞出来的音乐毫无兴趣,卡内基(Carnegie Hall)的音乐会经常让我失望,有时都有怕去那里的犹豫。几个星期之前,偶然看到莫扎特乐队(Orchestra Mozart)

① 门德尔松(Felix Mendelssohn,1809—1847),德国作曲家。
② 斯托克夫斯基(Leopold Stokowski,1882—1977),波兰和爱尔兰后裔指挥家。
③ 卡尔·李赫特(Karl Richter,1926—1981),德国指挥。

2007年在瓦利市剧院(Teatro Municipale Valli, Reggio Emilia)演出巴赫的勃兰登堡协奏曲的录像①,其中包括我特别喜欢的第六首,指挥是阿巴多②,尽管那首他不在场,想来是规模实在太小的缘故③。看来经过病危的人生考验真不一样。阿巴多大病之后,指挥过维也纳爱乐和柏林爱乐乐团,居然会有如此的极端。这个演释让我耳目一新,音乐各个声部独立相关,乐器之间玩得那么默契,个性的交流在共享之中得以充分表现。乐队人气轻松活泼,完全没有大型交响乐团那种仪式的肃穆和做态的俨然。演奏是娱乐的兴致勃勃,眉目传"乐"的乐队成员常为伙伴的俏皮禁不住微笑。我羡慕他们自娱自乐的游戏,这不是特为他人的演出,而是几个乐师自玩自乐。这里没有什么可以被动消耗浪费,乐师之间相互交流意会,留给我们听众旁观羡慕。这像当年纽约的爵士音乐家,晚上赚钱的演出一结束,半夜三更蜂拥聚集哈莱姆地区④,黑人白人乐师凑在一起玩乐,通过奇思异想的即兴自由发挥,通过乐器对话比试音乐的不同可能,当时

---

　　①　现在世界各地有很多小型的乐队,有时是季节性聚会演出的"无名"乐队,但其音乐严谨的心态和质量的良好常常高于明星制度下的传统大型乐队。我想这种分化和淘汰,对于今天传统大型乐队的困境也许并非坏事。我曾有过一个学美术的学生,她就是这类乐队的成员,每年演出三到五次。一次他们在Houston演出,我正好在那里开会,顺便赶去听他们演出。我和翊功兄同去,演出结束,翊功兄很吃惊,说这个乐队质量居然比Houston交响乐团还好。

　　②　阿巴多(Claudio Abbado, 1933—2014),意大利指挥。

　　③　在巴洛克时代,没有指挥这个行当,指挥的角色是浪漫时代大型乐队的产物。

　　④　当时黑人和白人音乐家不能在公开场合同台演出,所以半夜一起挤在纽约Harlem(哈莱姆区)自玩。

多少传说轶事，都和这类毫无功利的乐聚有关①。

波兰有个莫卡特（Grupa MoCarta②）弦乐四重奏，他们的幽默风趣是台上"随意"的音乐游戏。他们继承海顿、莫扎特音乐玩笑游戏的传统，通过不同音乐的主题和音乐的即兴变奏，从音响意象和形式的角度，把音乐玩得活灵活现妙趣横生。

西方音乐以"玩"为本，就演奏乐器的动词而言，我们中文眼睛死死盯住具体的动作，不知怎么一下子就事论事起来。我们这个把什么都看成游戏的民族，似乎突然忘了自己传统。我们把钢琴说成"弹"，小提琴说成"拉"。这回可是西方人占了我们便宜：无论什么乐器，西文以"玩"字一概而论。英文 play，德文的词根 spiel，弹钢琴是 Klavier spielen，法文是 jouer du piano，拉丁文是 ludere，诸如此类的字都和游戏玩耍有关。拉丁文不甚雅观，还有一点狎妓的意思。这里我对"玩"字小题大做，因为觉得文字不仅只是一个交流工具，也是人文社会环境的喻意反观。各种不同文字之间的区别，常常带有历史文化的前因后果。就西方音乐而言，除了超越的宗教精神之外，不知还有什么比"玩"字，更能确切道出西方音乐的精髓，我想，至少巴赫、莫扎特的音乐，都是玩出来的奇观。

艺术的游戏性质和角度不是消费的享用，而是玩的主动和

①　*A Great Day in Harlem* 1994 是根据当时在同名的一张所有爵士音乐家的照片拍摄的纪录片，1994，Jean Bach。

②　英文 MozART group。

交流的互通。我没有因为强调艺术的"游戏"因素,从而忽略艺术的精神成分。游戏和精神①都是我们人性的自然状态,两者不可分割。如果说创意是我们原始本能一个部分,那么所谓的艺术形式只是创意的一种形态。无论是篝火边的舞蹈还是洞窟里的涂抹,艺术的创意不是外界被动的消费享用,而是人类自身的主动和人类不可竭止的自发本能,这在我们人类祖先的故事和原始部落的记载之中,已是确凿无疑的事实。

这里,推荐莫扎特乐队在瓦利市剧院演奏巴赫的勃兰登堡协奏曲。勃兰登堡协奏曲是为朋友和同事所写,也就是说,作曲是巴赫编织自己音乐环境的过程②。其中降 B 大调 BWV. 1051,是规模较小的第六首。音乐六把弦乐外加一个羽键琴,③中段规模更小,一个乐器一个声部,各自独当一面毫不含糊,室内乐的音响透彻清晰。

我不想评判演奏的好坏,更没有权利辨别正确与否。这个演奏让我同时产生音乐直接的感受和音乐间接的念头。我想说的是:"冷战"早已过去,英雄恶魔的黑白分明,是权威控制的便利和奴才惰性的刻板印象(stereotype),伟人动听的故事是可怜奴性向往主子的美梦。毕加索天才独霸的神话,是人为书写的

---

① "精神"这里好像不太确切,应该是"相对于物质和形而上的部分"或"超越物质的部分"。

② Brandenburg 协奏曲的写作横跨多年,协奏曲的配器经常为了音乐家的来去改动。

③ 巴赫的原谱是两把中提琴 viola da braccio,两把古大提琴 viola da gamba,一把大提琴 cello 和一把低音提琴 violone,再加一架羽管键琴 harpsichord。

历史①,也是道听途说的传奇和神通广大的"天才"之空洞。所有这些故事,可以是课本书上的范例,但是从来不是曾经有过的事实。各种抽象概念的集体主义、民族精神和国家意识,一概逃脱不了洗脑昏聩的自欺欺人。我们在电影院和音乐厅里"洗脑""娱乐"是回事,出来街上又是另一回事。无论是超我的世界还是自我的天地,只有通过切身切肤的在和本能感知的自己,才有可能直接体会真切。这世界不是彼岸的伟大神奇,不是外在的消费享乐,而是我们自己身体内在的感知,是我们身体具体的触摸,连接他人生命动态的关系,是我们自己的感知,融入自然无常的环境,这就是我听莫扎特乐队勃兰登堡协奏曲之外的念头。就我这个怀旧的、常常喜欢"古乐"的人,看到这群年轻乐师玩得如此生动忘形,顿时高兴起来,觉得我们人类真有能力自我修复:生命总有希望重新。

2012 年 9 月

---

① 英文 history 直译是"他的故事"。

四　创意的有机过程

（一）

巴赫的勃兰登堡协奏曲有很多版本，基本分为两个不同来源：一是 1721 年献给业余音乐家马格雷夫（Margrave）侯爵的版本，巴赫在献词里面表示希望为马格雷夫侯爵效劳的意愿。但是由于种种原因，协奏曲的谱子闲搁在马格雷夫图书馆里，一直到侯爵去世，从未被人过问，之后经过一番转折，最后落在柏林图书馆里。另一个版本来源很多，巴赫从献给马格雷夫侯爵的谱子里面，不断修改整理出来一套器乐作品。这些作品是为克滕（Köthen）的星期天晚间音乐会所用。

当时的音乐创作是音乐生活的有机环境。克滕星期天晚间音乐会的内容相当松动，那是随遇而玩的聚会，也是一个有机则变的音乐活动。因为这个原因，勃兰登堡协奏曲一直处于不断修改调整之中(第五首 D 大调 BWV1050 就有 13 个出处)。由于音乐条件和环境的变化,巴赫必须届时就地修改调整乐谱。巴赫不但自己在中提琴和羽键琴间充数,更是到处拉人,朋友、学生、儿子加上资助人一起参与。乐队的乐器数量经常随遇而配,有时甚至不惜改编乐谱。小型的室内乐可以有三把小提琴、三把中提琴和两把大提琴的组合,有的协奏曲自然而然发展到更大的规模。有意思的是,一次,两位圆号演奏家来克滕过周末,巴赫绞尽脑汁,拼凑一个能与圆号平衡的乐队,尽管弦乐部分还是力不能及,但是结果有了第一首协奏曲的"交响"作品,同样的原因,第五首协奏曲也是玩出来的键盘协奏曲雏形。

　　1723 年巴赫带着他的勃兰登堡协奏曲到莱比锡(Leipzig)。巴赫从此再也没有离开那里。在莱比锡的泰勒曼(Telemann)音乐会上,巴赫曾经转换改编很多自己的作品,其中当然包括勃兰登堡协奏曲。不尽如此,协奏曲的音乐甚至被巴赫用在莱比锡写的康塔塔(Cantata)里。当时音乐家转抄、改编自己和他人作品是常有的事情,巴赫去世之后,协奏曲的版本成了问题。现在被认为最有权威的是彭策尔(Christian Friedrich Penzel)版本,因为彭策尔版本是巴赫早期克滕的手稿抄本。年轻的彭策尔在巴赫去世之后,承接了大师留下的很多事务。有趣的是,彭策尔从来没有见过巴赫给马格雷夫侯爵的版本。彭策尔版本被认为权威版本,据说那是从巴赫自己整理马格雷夫版本的时候,同时参考"旧版"转抄而成,具体的故事现在谁都说不清楚,可是,巴赫自己的克滕协奏曲手稿却早已去向不知。

就像巴赫所有手稿一样,协奏曲是他纸上的"音画",然而,美观的视觉效果多少掩盖了当时繁忙的草率和生活琐碎的困境(巴赫前妻在 1720 年去世)。现在学者一致认为,协奏曲是巴赫乐思不断发展的有机过程,也是大师对大型器乐形式的思考。由于这个原因,几乎没有机会演奏的"善本"本身,就是对 living music(活的音乐)一种"失真"。手抄的协奏曲里笔误多处,加上巴赫一再修改,所有这一切,都给力图考证是非的学者出了很大的难题。事实上,艺术家和音乐家的创造都是自己内在源泉的不断再生,对于一个创造者来说,不尽完善是自然而然的有机过程,只是作者辞世他去,原本有机的演变发展兀然终止,被动的学者只好从时间的终点倒回去研究。音乐学理论试图明确无常的规则,研究捉摸不定的有机变化,因为人类追求完善的本能,加上不可完善的沮丧,迫使我们无止无境地寻求大师最终的定位。然而事实上,我们很难说清哪一个版本更为优胜,哪个版本是作曲家的最终"善本",它们都是出之于作曲家的手笔,不管当时的起因是环境的限制还是艺术的追求,所有手稿,都是作曲家艺术思考的不同角度。

就自己的创作经验而言,我从来没有固定不变的想法。歪打正着的侥幸和精心制作的错误,今天修改明天回去的没有逻辑,绝对完美的固定标准和实际艺术创作没有太大关系。古尔德(Gould)曾经希望能把一个曲子的不同录音放在一起,他预言未来的音响技术,可以让听众自己切割拼贴重新组合同一乐曲的不同诠释角度。音乐家留下的不同手稿让人迷惑,布鲁克纳(Bruckner)不断修改的谱子也是一个极端的例子。《红楼梦》的各种版本,卡夫卡(Kafka)没有被烧毁的手稿,可举的例子无数,也许正是因为艺术创作的有机过程,对于艺术批评和艺术史提出挑战,最终,艺术理论不得不成为艺术哲学的课题。

(二)

第一首 F 大调 BWV1046 第四乐章的音乐非常有趣。它由一个不断重复的小步舞(minuet)和夹在两个三重奏(trio)中的 Polacca 舞曲组成。音乐的结构是 A-B-A-C-A-D-A 的模式。(克滕协奏曲中没有波拉科 Polacca 舞,是 A1-B-A2-D-A3 的结构。)第一个三重奏是三支双簧管和巴松的对话,第二个三重奏是两个圆号和三支双簧管的交织。

第四乐章的 Polacca 舞曲典雅别致。指挥家李希特(Richter)的诠释不偏不倚无与伦比。李希特没有卡拉扬现代工业的金属感觉,也没有本真学究的理伦。他的音乐层次丰富,古朴悠然轻巧诙谐的小步舞,在平衡雅致之中,趣味别致横生。两个管乐的三重奏性格绝然不同,第一个三重奏里,两支双簧管和巴松的对话,是室内客厅的私密环境。第二个三重奏的音乐在粗犷的号角声里,搅入三支双簧管的叫嚣欢欣,广场群舞的喧闹里面,可以听到男人炫技耀武的吼声,那是街市人气的沸沸扬扬和庆典狂欢的群众场面。夹在两个三重奏之间的 Polacca 舞曲更是别致新颖,那是小姐妹的窃窃私语,拉着裙子文绉绉的调笑矫情——当然,所有这些都是一时听来的感觉,不是具体不变的音乐场景。音乐的好处在于乐谱只是一个符号,不同音乐家的不同解释,重新语言不同的信息,给于听者不尽相同的音响含义。

指挥家古斯塔夫·莱昂哈特(Gustav Leonhardt)的 Polacca 舞曲庄严肃穆,但是好像不是我所想象的那种轻盈古朴的舞步。他的三重奏对位交替奇特,一如他平时整体有致的严谨风格。哈农考特(Harnoncourt)的 Polacca 舞曲速度缓慢,音乐性格和李希特的完全不同。如果说李希特的诠释注重主观个性,Harnoncourt 是在客观的角度取胜。另一个是档案(Archiv)上鲍姆加特纳(Baumgartner)的录音,那是李希特冷静的一面。I Musici 的录音典雅清晰,有霍利格尔(Heinz Holliger)、布鲁根(Frans Brüggen)、加拉蒂(Maria Teresa Garatti)这样的音乐家聚在一起,可以想象音乐的格调一定非凡。我也喜欢平诺克(Pinnock)的录音,他的勃兰登堡协奏曲是轻盈的类型,特别他的 Polacca 舞曲,舞蹈的姿态正是我所想象的那种形态趣味。富勒(A. Fuller)在史密森尼(Smithsonian)做的录音也是独具风格,他的 Polacca 舞步是快速中的庄重。戈伯曼(Goberman)与李希特有相似之处。我向来喜欢霍格伍德(Christopher Hogwood)对巴洛克音乐的诠释,但是这里的舞步太快,好像缺点古风的轮廓。马林纳(Neville Marriner)的第一次录音和霍格伍德一样,用的都是克滕协奏曲的谱子。马林纳 1981 年的录音聚集了谢林(Szeryng)、朗帕尔(Rampal)、霍利格尔、马尔库姆(Malcolm)

之类的大牌独奏音乐家,这次用的是1721献给马格雷夫侯爵的版本,整个音乐效果好得出乎意料,一点没有通常大牌合作的凌乱感觉。卡萨尔斯(Casals)的录音又是一绝,古老的小步舞在他手里变成交响的宽广宏伟,那是卡萨尔斯惯有的悠长气息和拱门式的骨架结构。三重奏是谨慎之中的透彻清晰,其他中段的处理也是各有区分不同,可见卡萨尔斯有他"三明治"的总体想法。卡拉扬的演奏奇慢,光洁平整的音乐缺乏巴洛克的节奏感觉。想来他的立意在于宏大,但是结果却是宏而不大,空而无物,尽管三重奏略有特色,但是整体听来,总是有点不伦不类的古怪感觉。

记得昆德拉(Kundrea)在他《被背叛的遗嘱》里指责伯恩斯坦对于斯特拉文斯基《春之祭》的歪曲。就这一具体的争议,我基本倾向昆德拉的说法,但是,话又得说回来,从音乐的角度,这是一个音乐处理的艺术问题。今天我们看到 Big Four 给爵士音乐提供了即兴音乐的可能,事实上,即兴的传统可以追溯西方音乐的源头,倒过来说,就是具有即兴传统的十九世纪浪漫主义和现代音乐,今天都已成为历史。我想,即兴的因素是所有艺术的根本,如果我们能把创意,从固定的准则里面解放出来,也许其中的含义,可以不再局限某个具体的框架标准。

这里,以巴赫的 Polacca 舞曲为例,在卡萨尔斯和平诺克(Pinnock)之间,可以说是两个极端,甚至音符的时值都有可能不同,但是两种不同的诠释,都有自己独特的创意信息。我想,如果我们真要追求"本真",至少在巴赫音乐里面不大可能,不说

《勃兰登堡协奏曲》很多不同抄本,巴赫晚期《赋格艺术》都没配器,每次看到《赋格艺术》的唱片,总有一种好奇的冲动,想听同样一个曲子,配出来的音乐可以如何不同。今天我们听到的《赋格艺术》,没有一个感觉相似,巴赫给予今天的我们留下一个悬念开启,音乐是个生的机缘,什么角度都可尝试,什么模样都有可能,好像只有这样,生息不定的音乐才有意义,所谓活的音乐living music 才有可能。

(三)

无论我们如何追求原汁原味,事实上,绝对的原本真实并不存在。原创不是一种能力,也不是固定不变的形式,更不是完善绝对的标准。原创是种心态,是个独特角度。演奏最终还是重创的艺术活动,所以,艺术家必须通过自己进入作品的内涵关系,由此,创造的再现才有可能。

古钢琴家比尔森(Bilson)在他康奈尔大学的讲座《正确读谱》(Knowing The Score)里面,强调的不是绝对的"本真",而是如何正确阅读乐谱。他说如果能够真正理解音乐家的乐谱标记,也就能够跨越常规,体验创造更加直接的音乐艺术。古键琴家和古乐指挥莱昂哈特说过,如果真的要去刻意追求本真(authentic),那就不免堕入"本真"的迷宫失落,因为事实上,我们没有可能确定不变的"本真"。这话出自于一生追求"本真"音乐的莱昂哈特之口,思维的广度和含义的精深令人品味琢磨。

今天古典音乐在"本真"问题上面纠缠不清。首先，"本真"的原意在于清洗时代的误解隔阂，还原具体音乐作品的历史环境。然而，学术研究往往容易歧路亡羊，"本真"一旦成为固定的理论框架，艺术作品本身就会遭殃。通过历史环境，梳理具体艺术作品上下文的工作非常重要，这是一个研习的手段和探讨的过程，目的在于提供不同角度，给予认识艺术作品更多的可能。"本真"是个学术的环境和备用的工具，不是创意有机的艺术本身。所谓的"本真"只是不同角度的一种，不是绝对固定的标准。古尔德从来不为"本真"问题焦虑，但是他的音乐可以比"本真"的准则更为绝对，也可以比"浪漫"的随意更加自由。问题的根本在于，"本真"也有可能成为"正统"的学术教条。对于莱昂哈特和比尔森来说，他们追求的不是简单的"本真"，不是音乐学的理论，而是他们自己听到音乐的内在信息。

我想，音乐犹如生命，是生死并存的自然发生。就像爵士音乐一样，音乐里的即兴因素非常重要。无论是乐队作品还是个人独奏(也许这是我的夸张，一般公认乐队的演奏最难具有个性)，无论多少次的演奏，无论多少雷同的曲目，演奏总有重新创造的余地。指挥家富特文格勒(Furtwängle)演奏贝多芬多次，没有一次雷同相似。就我自己的经验而言，创作视觉艺术的过程也是如此，灵感不是档次高低的固定标准，而是细微点滴的异样不同。作品最后完成之后作者完全失控，作品的物象随即开始自己的生命旅途。最后"定形"的作品随着时间环境变化，伦勃朗"夜巡"的名字是画面色彩变化之后所得，西斯廷教堂天顶

149

壁画色彩"还原"之后，很多人不能接受米开朗琪罗当年色彩鲜艳的"本真"。再说，观者听众的趣味认同也是随着时代的不断改变，很难想象我们如何用个固定的"本真"标准，衡量所有艺术作品。

一件视觉作品，一个音响艺术，观者和听众都是再创的参与者。原先乐谱上的音乐是一回事，重新体现的音响又是一回事，听众的反映感受更是另一回事。这里没有矛盾冲突，甚至没有学术间隔。我常在想，像哈农考特、加德纳（Gardiner）、平诺克和霍格伍德这类"本真"音乐家所演奏的音乐，尽管都用古乐器，同样主张忠于原作的"本真"理论，然而，不管这类理论具备多少历史价值，也不管这种努力解决多少具体的技术疑问，如果我们能够去掉表层的区别不同，"本真"复古的音乐，实际是个借尸还魂的艺术创新。"本真"的音乐假借"复古"的途径，揭开我们时代的声响回音，它的声音质地，它的音响织体，那是一个未来的语态气息，一个全新的音响环境。所谓追求"本真"的理由，其实是个旧瓶新酒的创新借口，就音乐趣味和音响效果而言，今天，我们听到的是对巴洛克音乐面目一新的特殊解释——音乐本身的感知神奇不测，常常超越音乐的学术理论，艺术创造的灵感不可而知，通常走在学术理论的前头。

根据 2000 年 2 月 29 日笔记整理

五　键盘指间的随想

　　一早醒来,坐在琴上阅读巴赫 *WTC*,第二册降 A 大调赋格 BWV 886。我跌跌撞撞,在乐谱里的调性记号、还原记号和变音记号之间纠缠,辛苦之间,渐渐发现声部的模进,是数码几何的关系:不是平行的对称,就是倒置的排比。对于视谱的我来说,这不是一个音乐理论的问题,而是一个技术捷径的可能,但对艺术家的我来说,这是艺术审美的命题和艺术内在的形式。

　　视谱迫使我把所有的注意力放在谱上。在时间流动的读谱过程中,我不但需要应付临时的变音记号,更要注意和声的变化模进。视谱没有太多时间光顾键盘,邻近的琴键,是由手对音程的间距感觉摸索而就,比如用拇指和中指对付 C 和 E 的大三度,如果 E 上出现一个降半音符号(b),手指的三度形状不变,中指稍稍倾向降 E 的黑键,升号($\sharp$)和降号(b)一样,只是手势的角度和位置稍稍不同而已。有时两个声部在同样的音程度数之间平行,尽管手指变换交替,手指的架势基本不变。但是如果音程跨越太大,黑白的键距不在规范里面,再加上中间的变音记号,有时就会失手弹错。具体情况也许还要复杂,类似这种情况,视谱就有相当的难度,视谱之可怕,以巴赫的赋格为最。巴赫的音乐看似相似,但是很少重复,他的音乐微妙出奇变幻多端,加上复调层次的穿插,狗胆包天的我居然视谱巴赫,技术的困难是我自己找来的麻烦。

我提这个简单的技术问题只是一个开题契机。我的视谱能力有限,好在没有旁人给我折磨,可以一路跌跌撞撞摸索下去。我全心全意和这上窜下跳的变音记号之间拼搏,体内慢慢渗出一丝非常奇怪的感觉,好像看似凌乱的音符背后,是几条平行渐续的清晰线索——音乐似乎是个数据组合、纵横颠倒的造型游戏。

写到这里,突然发现我的所谓"顿悟"没有什么新奇,早已有人从各种不同角度阐述过了。可对我来说,这是一个身体力行的切身体验。我一路读谱,感觉不是个别手指的动作,而是整个手势的造型和姿态变化的模式。这个游戏玩多了,我的手指,不是我的脑子,渐渐悟出一点似有似无的形体感觉。音乐在进行,感觉不是我的十指,而是整个身体,正在编排罗列井然有序的几何方阵,就像电脑上的视频图像,数据的图案给予视觉感官一种生命的错觉。我突然感觉数据的魔网和紧箍咒的痉挛。我屏气慑息,一种莫名的恐惧,烟雾一般蔓延缠身。

Great Tyranny!(可怕的制控!)我起身离开钢琴的瞬间,不知为何想到这两个字。生命的每个角落层面,不同形式的制控和被制控无孔不入。人类文明历史过程之中，不同程度面目的"控制"和"反控制"，更是影响深远褒贬不一。残酷无情以牙还牙的《汉谟拉比法典》①，多少维持了当时基本的社会秩序；秦始皇平定诸侯统一的中央帝国，不管顺理成章还是矛盾牵强，秦代的中央官僚政体给予千年的中华民族，提供了一个不断延续发展的社会意识形态和文化价值观念。同样，不管肯定还是否定，彼得大帝改革的副作用，通过他的皇孙皇后一直延续至今。世上历史重复无数，是益是弊，各种历史评判的角度可以各据其理，反正矫枉之后还要过正，过正之后，还会翻出重新估价评定，这是历史的偏颇，也是读史的不同角度。

透过历史的宏观透视，我们可以看到，建树的伟大和体系的完美，常和破裂的极端和矫枉过正的剧烈有关，最终的保守顽固和反作用的激烈，与其本身的完美完整形成正比。也就是说，一种秩序和体系越是完美，之后保守关闭的形态也就越是僵死顽固，最后变迁断裂的破坏也就更加惨烈恐怖。中国文化根基的稳定不变，历代王朝能够维持如此长久的奇迹，就是现在不得不付出断裂的巨大代价。相比之下，美国的强盛历时不长，但是今天也在开始偿还当年强盛遗留下来的债务，了结强弩之末的前因后果。

---

① 汉谟拉比（Hammurabi，公元前 1792—公元前 1750）是第一巴比伦（Babylonian）朝代第六个国王。《汉谟拉比法典》（*The Code of Hammurabi*）刻在 2.4 米高的石碑上，1901 年在伊朗发现，是至今知道最早有文字记载的法典。以今天的眼光来看，《法典》残酷无情，用"以眼还眼，以牙还牙"的简单方式判罪。

以中国完美健全的封建王朝为例,正是因为中国权力相对平衡牵制的官僚机制,加上机会相对均衡和人才疏通的教育体制,使得中国社会可以维持如此长久的稳固统一。然而和中华帝国的杰出伟大相比,中国近代历史的阵痛惨状和当年的盛世一样可悲可叹。

同样,西方音乐的高度发展,使其达到没有其他文化能够与之相比的繁复完善。西方音响体系之辉煌,它给人类创造了丰富的音乐宝藏,然而这个体系过分"完美",到头来的结局也是令人唏嘘,最后的破碎也是可泣可叹。

从西方音乐的角度,以振荡频率为基础的和声泛音体系,是声学的物理现象和人类听觉的自然状态①。但是,经过现代艺术思潮的冲击,西方音乐的根基被挑战破坏的程度同样可观。印象派在东方五音体系里面寻找灵感;对西方传统和声体系了如指掌的勋伯格(Schoenberg)②过河拆桥,重新建立一个音乐体系取而代之;凯奇(John Cage)通过东方宗教哲学的无常,看到可以冲出完美牢笼的一线希望;史特拉文斯基(Stravinsky)破罐破摔,试图在传统的框架里面,撞出一个自己的新颖面目。印象派绕道外国念经的和尚,追求不同质地的音响。勋伯格以法现法,目睹传统的伟大,无可奈何之余,只好制造一个试管婴儿取而代之。凯奇没有德国人勋伯格对西方传统音乐爱恨交加的情

---

① 实际上这种体系也许只是对于听觉相对合理的一种认同而已。

② 勋伯格(Arnold Schoenberg, 1874—1951),奥地利作曲家,新维也纳派代表和十二音体系的创始人。

结,他借道哲理文化,绕了一个圈子,尽管毫无"建树",倒是真的脱胎换骨挣脱出来。凯奇砸了西方传统音乐体系的锅底,给后人留下重新开拓的一片空地。印象派是系统中的体系,只是有点异国情调而已,勋伯格的十二音体系是没有体系的体系,凯奇既无系统又无体系,孑然一身潇洒不羁。

乍的一看,近代西方音乐几乎是场无用功的折腾搅合,实际全是事出有因。所有"标新立异"的流派,宗旨只有一个,都是相对西方和声体系、调性中心和各种"制控"规律的反叛。这种解构破烂的"阵痛",是时代的症候和健康的现象,人类历史正在经历一个前所未有的巨变,这还不是时间概念上的世纪界线,而是社会结构和价值观念的根本转变。世上所有一切都在面临变迁,也许,这不只是传统概念的去旧存新,我们身处旧世界的躯壳,透着天亮的光明,激进保守都在拼搏努力,各自坚守自己阵地,可是,就像我们去到古代战场凭吊,感叹唏嘘因为眼前景象的无限,当时余地全无的时空只是一个死角错觉。我们今天不比古人幸运明智,我们犹豫徘徊不知所措,同样夹在自身局限的时空里面。现代艺术的阵痛只是一个寓意,我们生在她的魔咒之下,不谈广义上面对今天现实的悲天悯人和明天环境的跃跃欲试,就我这个对传统音乐颇怀留恋的人,看到西方音乐专制政权的末日,不免有点悻悻。好在当今音乐世界是君主立宪,所以还有选择的余地。

2013 年 2 月 23 日

平日拾碎

一　文字文化

上个月在北京,美院朋友对我说了他们邀请塔克(William Tucker)讲学的故事。国内最近翻译了比尔①在70年代的著述《雕塑语言》(The Language of Sculpture)②,美院很多老师学生对他非常热衷,讲座现场挤满了美院的师生,但是讲座的效果却是不可思议的冷场和间隔,结果讲座会场的热点不是讲座内容本身,而是对于语言不同的翻译争论不休。英国雕塑家比尔是80年代我在纽约读书时的老师,现在比尔和我同在一个铸铜厂里做作品。并不是因为正好我和比尔相熟,美院讲座的误解不仅只是因为比尔的内向性格,和他自嘲的幽默风趣和不切实际的若即若离,也是因为两种艺术心态和文化环境,而且根子就在语言的思维角度不同。美院讲座的冷场,可以说是两种文化背

---

① 比尔(William Tucker, 1935—),英国雕塑家。比尔(Bill)是William的昵称,我们平时很少有人叫他William。

② 第一版印刷,赫德逊出版社(Thames & Hudson),1974。

景和价值观念的误解,甚至可以说,是由文字文化引申出来的文化差异。交流的双方,通过文字的思维渠道,编织衔接各自臆想的对象,交流的根本意图正好错过。很多年来,我一直觉得文字不是简单的交流工具,更是语境的结构和思维的角度。语言是人文历史演变的痕迹,是具体文化的语法规则,是社会环境有机的反观反映。世上任何语言的区别,任何方言的不同特点,都是世界文明的一个部分。从这个角度,中国象形文字文化和其他拼音文字文化,几千年的孕育,演化出来沟沟坎坎的自己,这种特点不是简单的文字翻译可以衔接弥补。

我在不同语言文化的夹缝里面生活,早年,我对这种两边不着边际和碎片割裂的生活环境不知所措,但是后来渐渐习以为常,甚至觉得不同语言之间的"误会",错差出来的火星正好就是文化交流最有意思的切面。它们之间可以模棱两可两厢无对,也可以徒然生出不期的灵感新奇。事实上,重要的并不在于语言本身,而是语言包涵的不同文化语境。从不同文化环境来看另一种文字文化,再看自己熟悉的母语,就能看到平时不易发现的独特新意,所谓庐山之外的真实面目就是这个道理。如今,不管我用中文还是英文,我会有意无意感觉两种文字之间错差出奇的另类角度,不解的朋友以为这是人文的分裂和失去固定文化认同的缘故。

语言不是固定不变的机械模式,所以翻译交流的时候很难照搬不误。两种不同文化不能交流的时候,文字语言常常就是替罪倒霉的因素。然而实际情况往往不是语言的过错,关键还是在于价值观念的区别和文化心态的不同。事实上,文字的单纯翻译不是交流的目的,文字文化的上下文才是真正的内容,所以直接翻译的文字不能解决问题,因为这个缘故,我想谈谈语言之外的文字文化问题。

(一) 语言学习的不同心态

象形文字和其他拼音文字最大的区别,就是两种文字不同文化的心态和角度。象形文字是图画的喻意,其他拼音文字由抽象的语音组成,是结构的符号象征,前者是主观臆想的图画拼贴,后者是客观物态的定位衔接。

不记得小时候怎么学的中文,反正免不了死记硬背的磨练。中文每个字都有自己的图画风景,就是拼凑起来的边旁,也有价值观念的喻意和画面图象的联想:"母"从"女"字,只是强调增加了生育乳房的两点。女字旁的字都有姣好妩媚的意思,"好"字更是我们注重传宗接代文化的延伸——"女"字加上"子"字才算是"好"。小时候把单独的文字图画拼凑起来,没有看到中文每个字都有自己独特的图象渊源和文化喻意,然而,语言文化的种子,就在这种剪裁拼贴的思维心态里面滋长生根。

打开古书,字里行间很少具有今天白话文的语法环节,现代汉语多少受到西方结构语言的影响。我们文字精髓的诗歌,是拼贴跳跃的穿插画面。这种图像自成一体的内观独立倾向和词组裁剪拼贴的文字文化,让我们养成一种特殊的文化心态和思

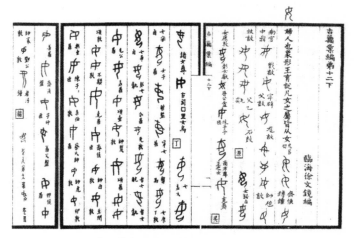

徐文镜编《古籀汇编》十二下、一"女"

徐文镜编《古籀汇编》十二下、八"母"

162

维习惯。我们文化注重单一的内涵和观念专一的标准,但是我们的文字,却在拼贴裁剪之间,如鱼得水穿梭自由,而我们的语言,更有不可言喻的画外之音和伸缩自如的跳跃节奏。

和逐一识别的象形文字不同,拼音文字以音节为单位,音节的符号是音节组合不定的衔接关系,没有固定的象形意义。语言是音节和结构演变泛生出来的字句,字是音节不断重新组合过程之中的暂时,从某种意义上来说,字和句的区别在于音节之间的长短距离——这在拼音语言的诗歌里面特别明显。

记得最初学习英语的时候,朋友之间老在询问需要掌握多少单词,这种心态离不开学习中文象形文字的习惯。我没经过正规教育,当年自学英语背字典的愚蠢,是私下的得意和欣喜,因为一背字典,突然发现自己词汇大增。后来发现英语不用死记硬背,一个简短的音节词根,前缀后缀加加减减,一下子多出很多词汇。现在想来,这种无意的发现,就是象形文字和拼音文字的根本区别。怪不得西方小孩要学希腊文和拉丁语,不是因为古代希腊拉丁语言高深,而是几乎所有西方文字的基本元素,都和古代希腊拉丁语的词根有关。对一个西方长大的小孩来说,这种灵活拆装的语言习惯,从小就和身体一起长大形成。

我的英语基础很差,因为没有正规学过,所有都是零敲碎打的感性片段。说得好听,那是小孩牙牙学语,不然就是缺乏基本功的训练。以前"文革"期间在乡下偷偷自学,多少带点反叛的心理和崇洋媚外的莫名。后来回城读书,因为有点基础,英语课可上不上胡混过去。出国之前不得不自学,把许国璋语法书的题目全做一遍,结果更是一头雾水。最后还是跟着几个西方朋友乱说一通,倒是莫名闯过说话交流的关口。以至于后来国外读书,居然可以勉强对付。除了书写阅读之外,我的英语学得不知不觉,因为我有一个名叫 Jonathan Tucker 的同学,读书时候我俩形影不离,每天海阔天空无所不谈,我的英文都是听来的,然后再从书本里面看到面熟。有时读书看到生字,一念出口,就会认出它的含义名目。那种感觉非常奇怪,好像词汇不学自来,莫名呼唤而出。

我们中国人学习外语,老祖宗留给我们死记硬背的能力,是一贴医治百病的传世妙方。当年国内学习英语,我的好奇什么都有疑问。一天,英语老师终于忍耐不住,她严厉告诫我,如此好奇提问的学习态度,是学习语言最大的障碍,她的理由是语言没有理由,没有因果关系,就像我们名字,学习语言就得死记硬背。最后老师断言,像我这样老是提问的学生,永远不会学好任何一种语言。当时我被老师的严厉吓住,觉得真的有点道理,不然为什么老师的英语比我好,我的英语那么糟?

以后生活在英语环境,没再想过这个问题。多年过去,回头再看,当年老师说的不是一点没有道理,只是问题不在提问的好奇和死记硬背的学习方法。学习语言需要相当的环境和被动接受。死记硬背是我们学习中文的习惯,多少获得一点童子功的懵懂能力和知识拼贴的习惯心态。事实上,提问研究的好奇和被动感受的有机心态并不矛盾,相反,两个不同角度,正好衔接语言背后的文化现象和因果关系。

（二）英语的拼音因素

　　从传统的汉语角度,尽管语言的气息节奏和拼音文字有相似之处,但是,象形文字每个图像一一认可的文字特点,还是和拼音文字的语感完全不同。英语单词的基本要素是音节的组合和音节强弱的区分,比如 present 这个单词,重音在前的名词 'pre-sent 是礼物的意思,重音在后的动词 pre-'sent 是介绍呈递的意思。单词 con-tent 也是同样的例子,重音在前的是"内容",重音在后的是"满足"。

　　诗歌是所有语言的骨架精髓,不同的文字文化,可以通过诗歌看到之间的区别。英语诗歌的节奏以音节的强弱布局为主,通常被称之为"韵脚或音步"(foot)。音节和字的长短没有关系,英语诗歌里的抑扬顿挫和音节强弱的节奏模式有关。

　　英文诗歌句子(stanza)里的节奏通常由强和弱的音节排列组成(STRESSED 和 UNstressed 音节)。音节的排列组合有四种:强弱、弱强、强强弱、弱弱强。音节排列的模式可以是长短不同的节奏,节奏相错的音节模式被称之为无韵诗(blank verse)。莎士比亚的戏剧语言,是由对白、散文、无韵诗和五音步诗行组成。他常用弱强的音节模式,弱强音节模式是一个弱音节和一个强音节的组合。莎士比亚十四行诗运用弱强音节模式(iambic),每句由两组五音步诗行组成,一共十个音节。弱强音节的五音步诗行模式如下：

弱强　／　弱强　／　弱强　／　弱强　／　弱强
baBOOM/baBOOM/baBOOM/baBOOM/baBOOM.

例句：

Shall I / com PARE/ thee TO / a SUM / mer's DAY?
Thou ART / more LOVE / ly AND / more TEM / per ATE [①]

　　小时候把朱生豪翻译的莎士比亚全集通读一遍，没有读懂剧本不算，更不知道为何莎士比亚的十四行诗长短不一，当时的疑问显然受到中国古代诗歌影响。然而即使现在，从音节的角度，还是不知如何翻译莎士比亚，就是运用现代白话文的诗句，好像也难解决这个问题。用象形文字的汉语套用莎士比亚音节起伏的文字语气，很难想象翻译如何同时保持诗歌的内容和音节的韵律。任何语言都有自己的独特具体，至少我的经验体会，英文翻译中国古代诗歌的时候，还不仅仅只是字义精确与否的问题，更有语言的结构和语态语气的不同。翻译是七拼八凑的黄连苦心，这里不是译者的无能和错误，因为任何语言都有不可替代的特点，诗歌语言之绝对，就是不容跨越具体语言的局限和

---

　　① 莎士比亚十四行诗 Sonnet 第 18 首开始第一组句子："我能把你比作夏日？你更加可爱和温柔。"（Shall I compare thee to a summer's day? Thou art more lovely and more temperate.）

特征。

（三）英语具体定位的客观空间

我们学习英文最大的错误在于逐字翻译拼凑。很多人以为只要掌握基本语法规则，字典里面一个一个字对上去就可了事，这是软件翻译的功能，不顾语言语境和文化背景的强词夺理。就我个人的体会而言，无论哪种语言，文字背后的文化心态，好像要比具体逐文逐字的语言更加重要。

中国学生最头痛的就是英语里的时态和介词。一个简单的动作，时间行为上的具体定位，对于中国文化来说是个枷锁忌讳。从中国文化意会想象的角度，英语介词的运用是煞风景的多此一举。我们一个简单的"在"，英文就有一堆不同的空间方位和角度："at"和"on"都是上面的意思，但是一个注重上面的点，一个泛指上面的面。比如说时间，具体的时间用"at"（at 12 pm，或 at noon），但是一段时间要用"in"（in the afternoon），可是"in"又是在里面的意思，比如"in a box"。有趣的是"in bed"，我们说"在床上"，英文说"在床里"，这点完全不合我们汉语的习惯，但是仔细一想，今天我们睡的"床上"，身体陷入床垫的空间位置，又不得不为"in"的感官知觉五体投地。

英语里的介词是动作和状态的具体空间位置，这在我们以想象喻意为特点的中文里面几乎没有。类似 behind, besides 和

in front of 都是具体空间的定点方位。即使比较抽象的介词，也有相对的时空概念，只是留下一点想象的余地,给予主观客观两端可以替换交错的可能:"upon"是"on"的进一步,强调上面的在,但是上面多少,上面什么,上面的主客角度可以变化。beyond 有 behind"后面"的意思,behind 是具体的空间,明确具体物体"背后"的空间关系,但是 beyond 不同,首先,beyond 模糊了主客位置的关系,它是主体观看的第三者角度,比如英文可以把简单的"我不知道"说成"Beyond my knowledge",直译的意思是:超过我的知识(知道)范围。介词 beyond 有点抽象的具体,但又不是中文诗意的模棱两可。Beyond my knowledge 强调客观的状态,不是主观的意愿。类似的例子 give up"放弃"是主体自己的动作,可是 give off"释放",则是从客体的角度,观看主体的现象状态。叫人走开"leave me alone",不是直接从我的角度出发,而是要求客体(他人)的动作,留给主体(我)一个空间的余地。

从我们文字文化的角度,英语动词加上介词的变化是个陌生的概念。break up 和 break off 同样可以用于人事的关系,"断交""断离",也可以用来表示物体的"破坏"和"断裂"。另外,break down 也有坏死坏掉的意思,但是区别于介词"up","break down"是死下来不动,而"break up"则有断裂开启的涵义,而且如果介词换上"in",那就更加复杂。break in 可以是主观的角度也可以是客观的状态,比如:闯入房间,破入一个关闭的物体,相反,break in 也可以描写一个客观的过程,比如:新的汽车开起

168

来不顺手,新的钢琴弹起来不敏捷,需要一段 break in① 的磨合时间。

从以上的例子可以看到,介词的空间位置非常具体。英语句法的两头有主宾之分,介词可以帮助衔接主宾的谓语动词,确定主观和客观的不同角度。比如 give up 和 give off,这两个词组只有介词"up"和"off"的区别,但是动词的主客观角度完全不同。give up 或者 give up doing sth, 是 to stop trying to do sth 的意思。中文翻译是"放弃"。例句:She doesn't give up easily,她不轻易放弃②,动词 give 加介词 up,是个主观的动作和行为。相反,give off 的意思:1. to produce(heat, light, smoke etc.)中文翻译:发出,放出(热,光,烟等),例句:Burning apple wood gives off a pleasing smell,燃烧苹果树散发出芬芳的气味,2. to emit 中文翻译:散发出(气味,气质等),例句:She give off an air of confidence,她表现得很自信③。动词 give 加介词 off,可以表达主体直接的动态,也可以是被动的现象和客观的状态。

英语时空的具体定位和主客两边的不同角度,有点类似西方绘画的定点透视,而中文不着边际的喻意,又和中国绘画时空不定的艺术审美有关。从更大的层面来看,这种区别和思维的不同心态和文化的不同环境有缘,就像古代中西两种不同的逻辑思

---

① 实际上"磨合"这词这里并不确切。

② 例句来自于《牛津短语动词词典》,外语教学与研究出版社/牛津大学出版社,2005 年。

③ 同上。

维。中国古代哲学往往是故事叙述的道理和主观灵性的开启，西方哲学则是客观逻辑的推理和时空定位的具体。故事的叙述是内向直观的感性，逻辑的结构是外向旁观的理念，故事的直感有可能失去整体歧路亡羊，但是单刀直入的直接，往往胜于客观的理念分析。相反，结构性的客观可能忽视独特和具体，然而旁观的理性角度，可以不失大局的宏观整体。再从另一个角度来看，两种文化角度和概念也不一定就此绝然不同，德国有人认为讲故事的歌德，要比做学问的康德包容更多。文学艺术不免缺乏逻辑道理，但是直观的摸棱两可也许更能接近真实具体。东方文化里面，很少有"是"和"不是"的明确心态。我曾经有过一个日本来的助手，有一阵他和系里其他同事没有搞好关系。我找他谈话，想知道问题出在那里，更想知道他是不是愿意留在这里继续工作，但是无论我从什么角度试探，他的回答都是模棱两可的"是"，最后我不得不和他直截了当：我自己是中国人，多少知道东方文化的特点，但是我们处在不同的文化环境，我有具体问题需要解决，我要一个明确的答复：是或者不是。当时这样出口，自己感觉惊讶，然而，也在那个瞬间，我突然领悟两种文化有时误解的原因。

（四）中文背后的文化心态

翻译是件吃力不讨好的行当。中文象形的喻意和其他拼音文字的角度完全不同，汉语文字内在的潜力超越文字含义的表层，文字想象的余地，可以直接表达自己，也可以转弯抹角借题发挥。汉语的文字文化太庞大、太丰富，汉赋唐诗宋词元曲，每个时代都有自己的文字文化和人文环境，用个简单的翻译转换，尤其是从西方语言的角度，我从来不敢轻易去碰翻译这个行当。

中文对于文字的想象潜力，很少其他文字可以比拟。中文翻译其他文字的时候，出其不意的角度，充分体现中文的想象和可能。中国高档写字楼的玻璃上面，美国街角廉价的快餐摇身一变，"赛百味"（Subway）的黄绿招牌，不可思议地挤进中国白领的吃客文化。第一次看到的时候不禁一愣，不免感叹现代交通工具的便利和自己时空错位的强烈感受。我们把毫无意义的Coco-Cola，翻成声色俱下的"可口可乐"，据说 Coco-Cola 的原创，意在发音响亮而已，可是中文翻译保持音响音节的同时，平添栩栩如生的饮用快感。

同样，把法国香水 Chanel 翻成"香奈儿"，中文名字里面莫名跳出一个婀娜多姿、天真可爱的女孩形象。意大利城市佛罗伦萨的翻译不期做了英语 Florence 的尾巴，意大利原文是 Firenze，徐志摩的"翡冷翠"不但接近意大利原文，更是中文声色的玲珑剔透，"翡冷翠"以旁敲侧击的角度，凭空造出一个诗意盎然的视觉感触形象。记得在上海曾经看到法国面包房 Croissants de France 被翻译成为"可颂坊"，"可颂"两字是今天夸张的文字文化，可是和法文 Croissants 正好音谐，加上对于西方文化的憧憬和上海洋场百年沉淀误解出来的创意想象[①]，"可颂"两

---

① 在西方人看来，旧上海曾是东方的乐园、迷宫和天堂魔窟。

字真的不乏沉醉糜烂之中一点清馨,符合今天上海民族资本主义的崭新面目,而"坊"字又和如今西方社会对于手工作坊的恋旧心态一拍即合,"可颂坊"的巧妙翻译,是音译的相似和文字文化的创新转换。

每次回国,总会有些新近流行的文字词汇让我一时不知所措,撞上朋友脱口而出的不懂,还可以随时请教,但是对于路边街角的创意发挥,只有胡猜乱想的可能。一天路经一家商店,斗大的"挥泪甩卖"四字,以"文革"大标语的风格涂在大红纸上,这种想象的浪漫和刻意的夸张,夹着商城金箔的玻璃铮亮,那种豪爽逼人的错觉,让我一时感觉毛骨悚然。

北京、上海地铁鲜亮的广告到处都是,连急驶而过的隧道空间也不放过,车厢窗外晃晃悠悠的图片是广西"皇氏乳业",另外还有宣扬东方贵族服饰的民族自豪——声称"适合女性上班及平时日常穿着,体现东方女性"时尚、典雅、个性和高贵的"传统风韵"。明亮高调的广告在车窗外面颤抖不已,好像跟你一起随车飞速奔驰,相对陪衬之下,车厢里面是无动于衷的平民百姓,他们随时准备追求幸福,随时准备攀登广告里面向往皇家贵族的阶梯,但在现实里面,两者其实毫无关系。今天的商业经济风潮和当年"文革"风暴没有区别,排山倒海的气势和家喻户晓深入人心的模式没有改变。今天国内生活的每个角落,都是发财致富的豪言壮语,就连呼吸的空气里面,都是欣欣向荣的经济和毫无顾忌的可能。

我在上海住的旅馆,电梯里面有张巨大红亮的烤鸭广告。

不说那油光铮亮的肌肤上面,毛孔欲滴的鸭皮也是曾经一度的生命,那文字更有意思,中文:古法果烤北京鸭,英文:Roasted Duck Noble Style。不就是北京烤鸭么?档次的高低第一,食物的内容第二。旅馆外面高墙顶端,是出售高级公寓楼的广告,衬着上海昏沉欲睡的天空,红色镶金的巨幅标语,是醒目的商业口号和今天崇尚富贵的人文心态:"众人仰望,独家拥有"。做广告的商人挖空心思之卓绝,把我们传统"贵族"文化唯我独尊的精髓,在残酷的市场消费经济社会环境里面点缀升华。不管是真是假,西方的市场经济,理论上和大众消费的选择有关,不是阶层社会里的"众人仰望",更不是金字塔上的"独家",可在中国阶层意识的社会环境里面,奴才心态的"主子",做了一辈子的奴才,今天乘上"市场经济"的火箭,摇身一变,就是"众人仰望"的皇亲贵族。今天中文的文化字典里面,"皇家""贵族"都是日常必不可少的形容词,从广告商品的标牌到日常生活的闲散,我们文化除了最高级的噪音之外,已经很少具体实在的内涵。

我在复旦讲课,附近有家美国 Howard Johnson 的旅馆,中文翻译:"上海财大豪生大酒店"(Howard Johnson Caida PLA-ZA)。国人玩弄文字游戏的聪明才智真的让人惊叹不已,"财经大学"翻成"财大"一点没错,但是连上"豪生"两字,犹如猛虎添翼,财大气粗的模样,正是今天暴发户的豪迈形象。把 Howard Johnson 翻成豪生也就算了,让我糊涂的是,不知怎么 Marriott (读音:Mar = mæ, rio = ri a,tt 不读)的万豪也和"豪"字有了缘分,这回好像和发音没有太大关系,也许因为 Marriott 里有个

"o"的元音？可是这里的"o"读"a："，不知是否我们中文字穷，除了"皇"、"贵"、"豪"、"财"之外，没有其他文字可用？

我们国人当今强势，更把这种文化传播到世界各地。纽约中国城 Canal 街北边，曾经有家 Dime 银行的分行。Dime 英文意思是 10 个美分，它曾是纽约一家为了适应小户生意需求的地区性银行。这家银行以 10 美分都有价值为旗号，与大银行分庭抗礼。可在中国城里，"10 美分"的银行（Dime Bank）被赫然命名为"大亨银行"，翻译之妙不仅在于音谐，更是文化和价值观的巧妙转换。取中文名字的人一定清楚，我们国人以最为准，以贵为上，小者决不看好，个个都有做大亨的文化心态。

我想今天文字的夸张滥情，以前因为宋词元曲败坏古风简朴的学者一定哑然。商业文字的弄虚做假，远远超越商场交易的心机换算，今天，我们对于文字迟钝麻木，滥用的粗暴夸张，是享乐消费文化没心没肺的自信匆忙，也是繁华缭乱之中，体而不察视而不见的常态习惯。然而，夸张的标准以古为标榜，理想的境界以皇家贵族为高尚，我实在糊涂不解，中国人从封建文化的血泪里面挣扎出来一个多世纪，人精豪杰平民百姓，那么多人填进这个巨大窟窿，可是权威至上的价值观念和阶层意识依然不变，我真真不懂，不知这种根深蒂固的文化心态和我们文字文化究竟是否真的有关。

今天的汉语文字处在十字路口，现代主义文人自我膨胀的艺术表现不算，西方翻译文字的影响已是百年的历史，但是，好像我们至今还是处在它的负面阴影之下。反文化的粗俗滥情是这个欣欣向荣的时代心声,也是反叛以往精神支柱的矫枉过正,加上贪图享乐不负责任的人生理念,好死不如赖活的价值观点更是雪上加霜,它让已经残缺不全的语言,滋生出来一种毫无顾忌的粗暴矫情,正好赶上网络语言断裂的快车,趁火打劫的牙牙学语天真烂漫,以痴呆可爱的模样渗透我们生活每个角落。语言断层的悲惨,即使古人不哭,明天的中国人一定也会惊讶。但是等等,我反过来一想,也许这也不是坏事,中国传统文字太精太细,今天把什么可能都来尝试一遍,破罐破摔折腾到底,或许真的有救。我想到简练的古代文言和生动活泼亲切体贴的地方语言,我也想到乔伊斯和贝克特对于英文的离异破坏和回归,好像现在需要静下心来检查自己,整理语气陈腐的枯枝败叶,简化语言累赘的臆想表情,躲开形式空洞的官腔习俗,清洗老生常谈的语义沉淀。中国文字具有如此丰富的传统渊源,象形文字的想象意会,是个出其不意的生命动态,在今天文化快车出轨之前,汉语定会生出一个自己文字文化的新生继续。

结　语

英语是结构组装的文字,不管是时空方位的具体音节,还是抽象不及的逻辑概念,英语通过音节、词组和语态的结合变化,意在确定具体时空的位置和主体客体的不同角度。英语文字是个相对客观的定位工具,文字的本身几乎很少带有意味模糊的空间和价值判断的成分,这种特点和意会的象形文字区别很大,因为两种文字不尽相同,造成语言学习的困难和中英翻译的障碍。然而,正是因为它们之间的区别差异,给予今天我们跨越两种文字的创新,提供了意想不到的空间和可能。

我想无论学习中文还是英文,首先需要搞清的不是语言规则,而是文字文化的区别差异。中文偏向图象喻意,英文注重时空具体。两种语言的出发点和文化语境完全不同。了解文字文化的区别,能够帮助学习语言,也可以省去死记硬背的无用功。当年我的疑问,老师的回答没能跳出当时国内学习外语的环境,提供今天我的思维角度。好在盲目跌撞的我,最后还是绕过沟坎,回到问题的根本。今天感谢日常生活的语言环境,让我自己身体感受文字文化的不同角度,只是希望今天外语课上的学生,不要重复我学语言的岔路。

2016 年写

2017 年 3 月改

二 再谈文字文化
——好奇象形文字的社会心态

至今世上留下的纯粹的象形文字,大概只有汉语了。我手边有本民国二十三年(1934 年)徐文镜①先生的《古籀汇编》,里面的文字从最早的图像一路过来,每个都是栩栩如生的原始画面。

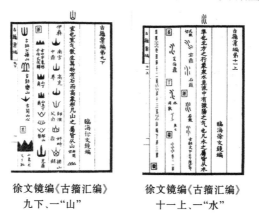

徐文镜编《古籀汇编》　　　　徐文镜编《古籀汇编》
　九下、一"山"　　　　　　　十一上、一"水"

---

① 徐文镜(约 1900—?),篆刻家、书画家、诗人、古琴家。

就亚洲文化而言,日本和韩国都曾受过中国象形文字影响,但是,不说日本明治维新对文字的改革,事实上,汉语日语是两种完全不同的文字体系。日语引进汉字,实际是个消化象形文字的过程。韩文也有相当数量的汉字,但就语言的主谓宾语法结构而言,韩文和日语的关系要比汉语近得多。韩文接受容纳汉字的过程类似日语,也是通过拼音容纳汉字的历史。

　　从八世纪奈良初期开始,《万叶集》里有和日语语音相近的汉字,但是这种汉字是拼音的记号,不是表意的图象。通过平假名和片假名的演变发展,日语一直试图把象形的汉字拼音化,这种努力到了明治维新时代,尽管保留了一部分简化的汉字,文字改革的结果,作为拼音语言的现代日语正式形成。同时,从语法的角度,日语和西方语言更为接近,日语的动词有七种形态,动词的形态和具体的时空有关,符合具体的社会环境以及说话人的角色。日语还有起到介词作用的助词,用来连接动词和名词之间的关系,表达动词主观和客观的角度以及主动和被动的不同①。从文字文化的角度,日语使用"假名"标记语音,象形的汉字只是一个表象,语言内在的根本藏在假借的名义之下,这种语言文化的托词以及消化不同文化的心态,符合日本整体文化的特色内涵。

　　印度的梵文更是拼音文字的体系,渊源在于拼音文字传统的中东地区。最早的梵语是吠陀梵语(Vedic Sanskrit),属于古老的印度-雅利安语(Old Indo-Aryan)。语音的根子在印欧语系

---

　　①　这种现象类似英语 give up"放弃"和 give off "释放"的区别。

（Proto-Indo-European）的印度-伊朗语族（Proto-Indo-Iranian）里面。梵文和古代中东的语言文化相近，并且影响了西亚和东南亚的语言文化，在某种程度上，也影响了中国汉族的文字文化。

和象形文字相反，很多拼音文字体系，类似古代阿拉米语（Aramaic）、希伯来文和阿拉伯语、古代希腊文和拉丁语，都是途经古代楔形文字，由 22 个腓尼基的字母承传下来的文字语言。

尽管早先拼音文字体系的字母多少也有古代埃及象形文字的痕迹，但从一开始，拼音文字就脱离了文字单一形象的主观意会（subjective imagery），形成纯粹文字的客观符号（objective symbol）。文字不是个别图像的描绘，无需大量独立的文字和词汇，拼音文字大大简化了语言的基本要素，因此反而扩大了词汇的数量和演变的可能。音节只是符号，没有具体的图象涵义，文字没有望字生义和含沙射影的可能。因为拼音元素是符号的有机，不在单一的文字里面臆想发挥，也不开拓逃避现实的创意自由；拼音文字是个音节排列组合的旁观游戏，不大可能隐育对于个别文字的恋物情结和膜拜心理；拼音字母文字和图象物态没有直接关系，容易产生相对客观的文化倾向和心态意识，从语义的范围角度，没有象形文字的意味无穷，拼音文字的字义相对"简单"，文字内容依靠形式逻辑结构衔接，直接的感知需要通过间接的文字语言来表达。①

---

① 当然，这只是相对而言。Wittgenstein 曾说："整个神话储存在我们的语言之中"（An entire mythology is stored within our language.）摘自 Ludwig Wittgenstein 的 Remarks on Frazer's *Golden Bough*, Ch. 7, p. 133。

以英语和传统汉语相比,英语文字的本身相对单纯,没有喻意的想象,但是句法具有严格的中心框架结构。相反,汉语每个象形文字都有自成一体的意味核心,而语句的组合,却是没有中心的创意自由。如果说汉语的句法也有所谓的"结构"模式,那是诗的不同艺术形态形式,不是英语句法的纯粹逻辑结构关系。

传统汉语和英语比较:中心对称和非中心排列的文字文化

	具体文字	句　法
英文	文字本身没有具体的图像意味	句法具有结构严谨的逻辑中心和形式
传统汉语	文字具有自己图像意味的核心	字句的组合是没有中心结构的创意

（一）两种文字的文化心态

一天我向朋友解释中英文区别的时候,突然发现逐个学习象形文字的习惯和以音节为基础的拼音语言体系,从一开始就导致了两种完全不同的文化心态。拼音文字是音节组合的空间方位,象形文字是图像之间的臆想拼贴。因为音节的本身没有具体形象,更没有向心的内聚倾向。作为一种语言,拼音文字具有自己句法中心的结构,但是个别文字的本身,很少意味想象的余地。与之相反,象形文字的每个字,都有自己独特的画面,连在一起,就是错落有致的图画拼贴和语言语义的音响造型。"月落乌啼霜满天,江枫渔火对愁眠"的"月"字,是具体的物象,"落"是动态的图画,两字加在一起,就是一个团状向下的动态画面,随后"乌"和"啼"字连在一起,产生一个尖锐向上的音响,这一团一尖、一白一黑、一落一啼的上下动画,如此鲜明的竖向反差对比,加上横向茫茫一片的"霜满天",这一落一啼一片的音响黑白灰,衬上"江枫渔火"瞬间即变的色彩淋漓点滴,最后回到"对愁眠"的茫然情绪,诗歌的语言已经不是单纯的风景描写,而是人物内观的状态心绪。

从文字文化角度,象形文字和拼音文字的区别,不仅只是语言的模式和语法语义的不同,几千年的文化历史,两种语言体系长期发展演变,直接影响熏陶了两种不同的人文心态。

拿英语为例,英语以音节为基本单位,语法是拆卸组装的结构,语言描绘的角度,是时空上下左右的具体位置。英语和汉语最大的区别在于具体结构的位置。英语字不像汉字,文字本身没有画面想象的余地,没有字母以外内观自生的意味,不会产生对于文字的游戏迷恋和"玩物丧志"的自我意识。拼音文字只是一个可以表达臆想的客观工具。

和西方传统绘画的焦点透视一样,英语语法具备中心结构的框架和时空方位的具体。同样从绘画透视的准则来看,中国传统绘画追求超越具体时空的宏观宇宙,所谓近大远小的"透视"概念,是没有具体中心的散点透视。传统的汉语也是如此,语言没有具体时空的固定框架,是意会的若即若离,也是不着一字尽得风流的直接感应。文字是文化的载体,和拼音文字客观的结构逻辑不同，象形文字带有诗意的叙事语境，这种叙事语境和中国古代哲学的叙事哲理相辅相成，形成中国古代感性文化的整体。[①]

如果说英语是"一加一等于二"的结构，那么传统汉语就是"一／一／二"的状态。英语结构的逻辑关系需要两个"一"之间必须有个"加"的桥梁，不然就不会有"等于二"的结果，而"等于"的本身，也是逻辑推理必不可少的衔接过渡。然而，传统汉语的时空关系摸棱两可，无需"加"和"等于"这类桥梁连接文字。

象形文字意味无穷，文字可以脱离原型繁衍自生，图像可以独立内向自成，图文生义是汉语的文化历史，文字的诗画臆想是汉语的独特文化环境，加上词组剪裁的随意和句法穿插的自由，语言的发挥余地没有止境。今天的汉语，尽管假借 abcd 字母拼音，力图和世界文化接轨，但是语言的根本机制和文化意蕴没有改变。在拼音文字的语言体系里面，很难想象"枯藤老树昏鸦，小桥流水人家，古道西风瘦马"。象形的文字在具体图像之间跳跃，在没有具体时空的云雾里面，勾勒手足之近的具象具体。[②]

---

① 结构逻辑和叙事逻辑之间没有高低好坏之分，只是特点角度的不同。也许"逻辑"这词并不合适，因为这词本身包涵了西方哲学的理念。中国古代故事性的哲理推演和古代汉字的想象意会，都是诗意和感性的直观达意。它和纯粹逻辑的过程和角度不同，它的认知切面和范围也不一样。所以有人认为，也许歌德超越现实的诗意直观要比康德的实验逻辑更加接近事物的内涵，也许尼采的诗意和查拉图斯特拉的故事更深切入我们人生的感知，这种认知角度，和中国古代汉字文化和哲学的叙事逻辑相似。

② 事实上，英语诗歌以不同的方式省略文字结构，追求文字涵义模糊的诗意境界（poetic ambiguity）。

文字的臆想发挥和文字含义的衍生随意,是象形文字的自然特性。文字的意味可以无止无尽延伸,想象的余地是诗的花园,也是生的牢狱,因为文字而性命交关的文字狱不是明清两朝独有,打开中国历史,为了文字生义遭受贬谪,罢官甚至性命的事件不计其数。史学家把这种现象归罪于封建体制,但世上的封建体制不是中国才有,我一直怀疑,对于文字的敏感独钟,是否和我们文字空间伸缩自如的可能,以及象形文字的寓意无限有关。

中国几千年图像意会的文字文化,鼓捣出来一个自相矛盾的悖论:一边是图像专注的心态习惯和权威档次的社会意识,另一边,则是看图识字望文生义的文字特点,给予超越局部的自由想象相当空间。如此两个极端,让中国文字获得一种奇特的魔力:语言可以你死我活扼杀个性,也可以出其不意,超脱具体枷锁遨游遐想。

(二) 象形文字想象的无限空间

象形文字把一幅幅图片重叠交错,文字是拉洋片的风景画面,语言是自圆其说的裁剪拼贴和名词动词功能的角色转换,意象的动态可以捉摸不定,文字的游戏可以模糊生义,汉语文字的内在潜力无限,诗歌更是奇异多变的人文境界。象形文字"醉翁之意不在酒"的模棱两可,无异打开文字游戏的无限空间。中国古代诗歌里面,语言超越文词达意的简单功能,文字把浪漫主义的奇思异想,发挥到了淋漓至尽的地步。就中国文化整体而言,文字文化的重要,没有任何文化可以比拟。中国文化通过文字游戏,从各个角度探索创意想象的可能,从而创造了中国文字独有的语言环境。

每种语言都有其他文字文化不能代替的特殊,汉语更是如此。中英翻译的困惑,说明每种语言都有不可转换的特性。作为象形文字的中文,无论是广度还是深度,无论直观的色彩分明,还是梦幻的想象意会,无论微观的感应具体,还是宏观的思辨哲理,中文诗歌达到的境界,可以说是不可思议的奇迹。

汉字的奇特就是每个字都有发挥想象的余地,每个字都有挖掘开拓的可能,每个词组可以拼贴重组,甚至每个字里的上下左右,都有可以拆装的个别图像和局部。几千年的文字文化,像是万花筒的不定,给我们展示了千变万化的可能。汉字可以有不同的解释和功能,老子《道德经》开篇名句:"道可道,非常道,名可名,非常名","道"和"名"两字重复三次,三次的文字含义句法功能完全不同。文字可以宏观抽象也可以局部具体,可以角色多变也可以功能交替。文字可以伸缩变化,想象可以衍生不止。古代诗歌里面,名词用作动词的神奇到处都是:"孤帆远影碧空尽"的"碧"字,"高堂明镜悲白发"的"悲"字,都是名词动作轻轻一推,字里行间的动态就有说不出的意味。"孤帆远影碧空尽"的"尽"字更奇,放在这里点拨了结,想不出还有什么更好的选择。"两岸猿声啼不住"的"啼"字也是,动态静态同时发生,妙处在于:仅仅一字,同时描绘了生发的音响动作和阻止动态的企图。

　　因为汉字多义,每个字都有意想不到的切面角度:"露浓花瘦"把清纯的露水说成"浓",浓郁、浓重、浓艳,怎么浓法,什么浓度全不知道,都在想象之中。惜花怜木的亲情可搁不说,爱心到了极致,反把艳丽饱满的花朵说成瘦弱不禁。这种反话倒说的文字文化,通常拼音文字的语境,就会具体如何花瘦、瘦成什么样子,但在汉语里面,那是诗意的闪烁和感觉的灵敏,具体的感受读者自己体会。"恨别鸟惊心",别恨之愁,和惊心没有直接关系,更和飞鸟不沾边际,可是这里把两个似乎毫不相关的形象动态搅在一处,是声色俱下的惊心动魄和超乎寻常的别情离恨。"一片花飞减却春,风飘万点正愁人"的句子几乎很少实字,唯独"减"字兀然奇出,裁剪出来一个漫天飞舞的艳丽,底下却是满心惆怅的伤感莫名。诗句点破现实的表层,直接感官的文字是图象意境和心绪情怀的天衣无缝。李商隐说话转弯抹角出名,《锦瑟》里面,庄生望帝的典故重要也不重要。但像"沧海月明珠有泪,蓝田日暖玉生烟"的句子,如此梦幻的意境搅在具体的感观里面,虚幻烟云的直接体感,切肤通灵的入脾侵心,诗句从文字的符号表层脱颖而出,图像意会的文字委婉巨细,超越含义隐晦的联想典故,这样的诗句似乎并不具体表义,然而,意从字里行间繁衍滋生,作者超越自己的风格局限,达到不表具体却又真切入木的神奇境界。

　　说到文字超越具体叙述表象直达刻骨铭心的直接,这里不得不提王和卿的"情粘骨髓难指洗,病在膏肓怎治疗,相思何日会佳期？我共你，相间一般医。"①短短 29 字，用字的绝妙是虚中有实的肌肤亲近，错差离异之中的刻骨铭心。直说的情深，意还不近，所以假借粘入骨髓的直感具体，其强烈的程度不是简单的文字可以描述。爱得恨极变成病的说法很多，但是"我共你"的"共"字用得真好，因为这里的字义完全不对，也没有语法的功能和逻辑关系。然而，汉语里面非逻辑的可能，让这个"共"字敲出一个奇妙的音响世界。这还不算，结尾一句"相间一般医"更奇，我老在想，这"相间"和"医"字，在今天中文环境里面，很少有人随便敢用。"相间"同时在说两个意思，"相"是合，"间"是离，两个字的对立冲突，正是相间两方的离异撮合。诗句创造了一个层面里面相反的动态静止。句子最后的"医"字，应该没有要医相思病的主动，而是一种静止的状态。相思病不是医，前面已经提到，相思病不能医（病在膏肓怎治疗），所以一个圈子兜过来，要说病的时候不用"病"，最后无可奈何任他去，偏偏用个"医"字敲木鱼。

古诗里面"王顾左右而言他"到处都是，这里不是齐宣王的心虚托词，而是艺术境界的旁敲侧击。"空山不见人，但闻人语响。返景入深林，复照青苔上。"诗句说空时着人，寻人时却没有，留着青苔上面光影的图案空照自己（景象）。"玉阶生白露，夜久侵罗袜。却下水晶帘，玲珑望秋月。"这里没用一个直接的字，是没说出来的怨愁和钻心透肺的凉意，文字喻意言

---

① 王和卿（中吕）《阳春曲》。

186

他，借景意在景外："无边落木萧萧下，不尽长江滚滚来"的景象潇潇洒洒满眼皆是，然而诗人不在风景里面，就像"子在川上曰，逝者如斯夫"的句子，这是诗人借景的心胸气怀。同样："岱宗夫如何，齐鲁青未了"的句子，看似具体的地理方位，但诗句根本不在具体。说泰山鲁之南和齐之北都和泰山具体所处的位子无关。泰山之大，没有具象。用轻易的口气话说泰山，是诗人的气势。这里有个尺寸和尺度的不同①，"岱宗夫如何"的"夫"字是何等的气势，寒暄亲昵之间的随意轻描淡写，望齐鲁之末的点化不是风景描写，而是诗人的境界横空，点画山水的气势神通，作者借题发挥的意味全在语义之外。以前做学生的时候，课上讲李白的《蜀道难》，老师对于诗文的字面解释，让我觉得不可思议。如果看不到"地崩山摧壮士死，然后天梯石栈相钩连"的气势和委婉转折的具体细微，如果看不到如此平凡的"然后"两字音响语义转折之卓绝，如果看不到《蜀道难》的音乐节奏旋律和排比对仗之绝妙，如果读《蜀道难》的时候，掉入典故词义表皮，就是知道秦惠王的蜀王部下五个大力士的故事也是白搭，《蜀道难》这样的文字，让文字无声，逼语言闭嘴。

古代诗歌旁敲侧击而言他的意境，可以是神乎其神的虚幻，也可以是色彩缤纷的图画："秦地罗敷女，采桑绿水边。素手青条上，红妆白日鲜"是幅清新艳丽的画面，翠绿红白相间的色彩，

---

① 尺寸 size 和尺度 scale，一个是具体的衡量标准，一个是感觉的比例关系。

是感官的鲜明亮丽。"两个黄鹂鸣翠柳,一行白鹭上青天"不仅只是一幅彩画场景,更是声色俱全的感官动态。"抽刀断水水更流"①是电影镜头的具体过程,如此生动直接的图象鲜明,无可奈何的绝望心情跃然纸面:刀砍水断泼洒四溅,打湿纸上文字,渗入读者心怀。

从某种意义上来说,汉语脱离了文字原有简单叙述交流的基本功能,文字自成一体,成为一个文化磁场和诗意平台。所谓"人文"的涵义,是文字的文化因素,所以中国传统绘画被称之为"人文画",社会道德共识被称之为人文意识。文字文化渗透中国社会每个角落,像"心有灵犀一点通"的诗句,古代关于通天犀的传说已经不再重要,也许,犀牛角上首尾相接的白色精致纹理是可触可摸的形象,传说中的灵慧也和这个具体物象有关,但对今天中国人来说,这些故事都不重要,李商隐随意点拨的"灵犀"两字,在文字文化的平台上面,自己繁衍生义,和中国文化其他因素搅合一起,有了自己的音响容貌和文化涵义。

(三) 形象文字文化的悖论

拼音文字以音节为单位,文字是音节的组合连接,句子是文字音节的横向延续。象形文字的基础单位是字,字由边旁和不同图像的符号组成,因为图像直接引发想象,所以文字的喻意,

---

① 李白《宣州谢朓楼饯别校书叔云 / 陪侍御叔华登楼歌》。

纵向深入，直接钻入这个单字里面。和拼音文字音节延续衔接不同，象形文字的词组，由两个以上的单字拼凑而成。具备独自语义的单字，从自己纵向的图像喻意里面跳跃出来，和另一个同样具有自己语义的单字组合，词组再生的语义是不同单字之间摩擦拼贴的创意。英语单词 attitude 或 mentality[①] 是音节简单的横向连接，但是汉语完全不同。"心态"是"心"和"态"[②]的结合，心字除了表达简单的"心"之外，可以很多解释，"态"也可以有"态度""态势""姿态""状态"等不同意思。"心"和"态"两字没有关系，但是放在一起，就会产生语义神奇的"化学"反应。这种纵向深入单独专一的"字"，和跳跃拼贴重新组合的"词"之间的区别和特点，就是中国文字文化内在的奇特因素。

文字图像的具象导致对于图像（icon）认可的心理和习惯，而文字图像的喻意想象，又能引发创意的奇思异想。一边，对于文字图像的具体认可，能把一个语言交流的工具，变为可以"纲举目张"的社会心态，无意之中埋下阻止个别另类的可能。另一边，文字图像的具体规范局限，反而引申出来一个创意想象的自由园地，它给人文的艺术打开意想不到的环境，也给世俗的不守规矩，提供一个自生自灭自得其乐的世俗乐园。象形文字文化的悖论在于：图像的文字制约和臆想创意源于同一因素。这种文字文化形态直接反映现实社会里面两个相反并存的现象：一

---

① attitude 或者 mentality 不完全是"心态"的意思。
② "态"字由"大"和"心"组成。

边是统一有序的集体中心,另一边是小国寡民的自由随意。

象形文字的演变是中国文化发展的一个重要因素。对文的字恋,可以具备阶层分类的集体意识,也可以身处飘逸潇洒的若即若离。文字图像可以是具象单一的锁定,也可以是喻意开启的门户,每个文字里面都有别出心裁的世界,每个词组拼贴都有魔变无限的可能。这个世界和现实有关也和现实无缘,它是一个自己造就,自由发挥和自我逃避的世外桃源。

中国传统文人入世角逐,遁世出家入空。几千年的文字文化,犹如文人出世入世的两极心态,以及儒家佛道之间的相辅相成。人文心态的悖论是潜移默化的结果,是文字文化滋养的阴阳两面,由此熏陶出来一个自相矛盾又相互牵制平衡的复合体:

1. 文字生义多少带点图像专注的精神因素。长期在个别字义里面搅和,不免产生内聚向心的自觉,这种自觉给予权威中心的人文心态和阶层意识,提供生存的土壤和可能。

2. 与此相反,文字的图像意会,同时打开一个喻意的想象空间,一个遁世脱俗的门户途径,一个模糊不定的价值观念,一个创意发挥的自由自在,一个"天高皇帝远"的社会共识,一个自得其乐的绝对个体环境。文字拼贴组合的随意,同样也是一种象征,它在文字文化的社会机制里面,提供调节平衡的作用,给予百姓文化随意的空间,也给信仰相当的宽容松动。

文字图像的文化心态

拼音文字从音节的字里行间直接说理,象形文字从文字的图像里面,引申出来一个文字的人文功能:识字从认图开始,识世由认字开始。认字也是熏陶人文价值观念的过程。每个字画都有自己独特的风景,每个风景都有可以想象的意味,每个字都有"发挥生义"的可能。象形文字的文化环境,给予文字游戏的迷恋和字画独钟的情结,提供了一个特殊的人文气场和社会环境。

象形文字对于个别图像的意会想象,抽象而又具体,相对而又单一。在国外生活时间长了,反过来审视国内文化环境,感觉中国文字文化里面,有种潜移默化的人文涵义,这种人文涵义里面,似乎有种绝对的标准倾向。不知这种倾向是否和文字文化的形态有关,也不知图像格局的文字文化,是否真和权威意识有缘。对于文字图像的认可,通过文字背后的文化意识,或多或少,给予统一规范的社会共识添砖加瓦。人文社会长期发展演变的结果,基因来自社会各种不同的因素,而文字文化,则是编织穿梭所有不同因素的网络针迹。文字通过潜移默化的熏陶酝酿,形成无孔不入的文化磁场。

文字文化认同的集体意识多少导致精英至上的社会心态,这种心态可以是思维哲理的角度,也可以是大众文化的商业机制。假设象形文字文化,真有可能给予社会机制一个相对稳定的土壤,那么拼音文字文化,是否会给相应的社会机制提供不断分化组合的可能?换个角度,象形文字文化的图像具体,迫使意会想象弯道超车,从而创造引发醉翁之意不在酒的心领神会,相反,形式逻辑的拼音文字文化,避免人为主观臆想的同时,也有可能阻碍人类灵性的直感,结构的逻辑机制也会隔靴抓痒,从而牵制主观的自由想象。灵性的直觉不免随心所欲主观,但是直接的感知也有可能绕过科学理念的条条框框,直接进入事物的内在核心。中国文字文化的喻意想象,多少有点自说自话的直接和我行我素的达观——这就是中国文字文化看似矛盾但又相辅相成的非同一般。

文字臆想的自由自在

每个象形文字都有自生自在的演化空间。文字可以包容阴阳两面的矛盾不同,也可以拆装原有的合成因素,因为每个字都有不同的边旁,每个词都由两个单一的图象裁剪拼贴而成,加上古代汉语没有严格固定的"语法"结构,词句更是可以自由交替的变化组合。

个别文字不免具象,但是也给超越文字的意象留下一个窗口,更给人文的意识形态,一个相对松动转化的可能,一个独立自由的理想国度。在传统的官僚机制里面,个体的空间给予平民百姓自由自在的可能,在阶层社会意识的范围,起到松动平衡的调节作用。和西方文化的个性意识不同,中国传统文化里的个体①,不是意识形态的理念,而是一种生存自在的自然状态。

---

① 我们今天的文化受西方文化影响太甚,我们翻译借用语言的同时,同时携带文字概念的上下文。我这里用"个体"这词,目的在于区别西方文化里面"个性"的概念。

中国文化的个人,是自顾自己的个体。因为对于个体的认可是集体意识的共识,所以个体能在共性的集体意识环境里面生存。这个由无数个体组成的整体,并不关心异类奇特的具体内容,只是不能容忍与众不同的突出。具体的信仰理念并不重要,个别的集体共识才是关键。个体是否可以存在,全靠如何能在集体主义的统一里面自圆其说。有时我们发现,尽管集体里面每个个体都对某事抱有异议,但是因为一个特殊原因,所有个体全都保持缄默无为,如果一旦其中某个个体出来打破沉默,这个个体就有被看成"另类"的可能,其中原因非常简单:尽管跳出群体的个体伸张大家不敢或者不愿表达的心意,但是社会意识的关键在于:他(她)违反了集体缄默的共识。

就个体自在的整体而言,共性是每个个体都做同样关注自己的事情,"各人自扫门前雪,莫管他人瓦上霜",不然,就有"枪打出头鸟"的危险。整体是同类的个体,不是包容的差异。自由不是不同,而是雷同的选择和竞争。

通常,另类的个别有被扼杀的危险,但是如果这个个体能在集体意识的共识里面找到相应连接,即使牵强附会,依然会有可能获得集体共识的认可。如果这类个体能够生存,就会演化产生一种无拘无束的自由自在。因为不是所有"另类"都有这种机会和可能,所以幸运的"另类"发展空间无限,这是一种文化的奇特,也是留给奇思异想的创意途径。中国传统诗画艺术和世俗的个体文化,以及对于佛道两教的认同,都是类似的悖论衔接。同样,中国世俗文化也是这个模式,因为一旦关起门来,集体共识可以完全不同解释，那是"天高皇帝远"的不及和"县官不如现管"的具体。事实上，绝对自我的集体准则没变，只要自便自利，自己管好自己，万事俱可，万理俱通。这种似乎没有逻辑的现象，是中国庞大社会结构长久和平稳定的基础，也是文字文化和人文意识搅合出来的独特现象。很多年前，一位台湾朋友曾经对我说："中国似乎没有自由但有自在，西方好像自由但却没有自在"，这句话形象地刻画了中国文化这一奇特的层面。

很难确定是文字文化，导致人文心态的社会环境，还是人文的意识形态，影响文字文化的形成发展。围绕中国文字文化，我们可以从不同角度层面，探讨传统社会的思维心态和人文环境。文字可以是个标准局限，也可以避世逍遥法外。同样，传统的文人可以在体制里面做官，也可以在寺庙里面梦游诗画。儒家入世的作为和老庄出世的超脱，就在文字文化的一念之间："大厦如倾要梁栋"[①]的豪言壮语，和"采菊东篱下"片刻"欲辨已忘言"[②]的落拓潇洒是一个人。通过文字图像的喻意想象，档次分明的社会现实逼出一个与之平衡的极端：一个天地大同的自然潇洒和胡思乱想的自由放浪。

中国传统社会注重礼仪脸面，说得不好听是"伪善虚假"，但从客观角度来看，是平衡极端和调节不同因素的温良恭俭让。传统中国社会的规范标准和礼仪秩序之严谨，迫使社会在相反

---

① 杜甫《古柏行》里的诗句。
② 陶渊明《饮酒·其五》里的诗句。

的极端里面取得平衡,就像西方中世纪的社会环境,极端的精神超越,几乎需要原始的肉体平衡相当。静和动的两级关系是生态自然的平衡基础,静的极端是动的不可竭止,动的状态是静的迫不得已。中世纪的禁锢背后,是无拘狂喜的灵肉迷离。(至少通过音乐,通过世俗文化的碎片,我们可以看到教科书的不同)同样,中国传统社会的正统严谨,同时创造了今天被我们视为珍宝的民间亚文化(subculture),这种"边缘"文化的存在,为我们认识传统文化打开完全不同的窗口,也让我们更加接近真实,看到历史阴阳相辅相成的整体。

结　语

文字从简单的图像记号逐渐生义成形,成年累月的积攒,留下不同时代的烙印痕迹。文字变迁的人文意识,炼金术的转化语义,由此产生相应的文化语境。文字的文化心态和社会价值观念搅在一起,最终形成复杂的社会结构和人文意识。然而,是文字文化影响社会人文意识,还是社会环境塑造(shape)文字文化,探讨这样的议题,不免落入鸡生蛋蛋生鸡的圈套。人类社会发展演变,是多种因素相互牵制影响的结果,语言只是其中一个环节,孤立讨论语言文字的文化因素,不免堕落极端偏颇的歧路迷宫。

象形文字文化的熏陶是否具有图像单一的因素,是否助长阶层社会的意识形态——这是一个旁敲侧击的探讨角度。

语言文字发展形态不同,每个文化都有自己独特的文字文化,就亚洲文化圈子而言,我们很难确定,阶层意识的根源到底何在。日语韩文里的象形文字,实际名存实亡,梵文和象形文字根本没有关系。中东更是拼音文字最早的发源地带,即使是亚洲边缘的东正教文化,也和象形文字没有半点关系,然而,我们如何解释古今往来,所有这些文明的社会机制?从这个角度,象形文字的文化心态好像并不确定,由此我们很难一概而论,更难具体区分象形文字和拼音文字之间的文化意识倾向。

然而一个圈子兜回来,象形文字和拼音文字的不同依然显而易见。象形文字确实在字义形象上面用功,因为图画带有意会想象的余地,所以主观抽象的臆想会有拟人想象的可能。我在这里试图简化前提,避开错综复杂的文化议题,我的好奇让我钻入象形文字图像认可的局部:中国文字文化的凝聚力量,是否和象形文字的图像认可有关?中国人在信仰上的包容随和,是否和语言的裁剪拼贴有缘?我想知道文字对于社会文化心态的影响究竟如何,我想知道导致中心趋向的人文意识和社会阶层机制的各种不同因数。事实上,阶层中心的心理倾向,是个复杂的文化现象,也是长期演化的社会现实。纵观人类不同文化历史,中国传统的人文意识和社会形态,好像和国家地区的地理位置和平衡调节庞大政治版图的需要有关。从客观的角度,传统的官僚体制是相对制衡的社会机制,是个体之间相互平衡调节的"民主",是人类文明原始有效的社会模式。

　　从西方文明的角度，中国文化是个非常奇特的形态：一方面，集体主义共性对于"另类"不容，但是另一方面，集体里的个人，是明哲保身的绝对"个体"。可以说世上很少有像中国文化这样自管自己、自在自乐的极端"个体"。这和西方人文意识的个人（individualism）完全不同。中国人的"个体"是种生存状态，不是思想意识理念。中国"个体"的社会环境，从旁敲侧击的角度，给西方传统个性的范畴定义，提供了一个完全不同的切面。我想，这种几乎毫无逻辑的悖论，类似象形文字绝无仅有的特点，在几乎难以类比的关口，给予其他拼音文字文化，开拓了一个不可思议的参数和可能。

　　所有这些想法让我徘徊犹豫，但是有个事实不可否认：语言不是纯粹的交流工具，语言是文化的载体和社会演变的现象痕迹。显然我的想法自相矛盾，我的文字相互抵消，我在这里自圆其说，但是我也觉得，也许出尔反尔的自相矛盾就是思维的真实状态。在此，我要申请自我怀疑和自我否定的许可。也许是我牵强附会，也许我的想法偏差出奇，象形文字的文化心态，是个不断出现不断烦我的念头，把它写出来的目的，是要躲避它的纠缠。我没理论，作为一个理论，我的前提矛盾百出，我更没有结论，如果要有结论，我的想法从逻辑角度说不通顺，就算我有只言片语的灵感念头，也没确凿对证的可能。我的好奇总是不免出其不意，有时朋友觉得我的思维没有体系，而且我的想法经常矛盾偏激。我从脱离常规的切面盘问自己，疑问的过程打开既成事实的封闭状态,让我看到不能自圆其说的破绽开启,然而,鼓捣的结果,常是没有逻辑的灵性碎片和不能一概而论的个别具体。

在我看来,没有破绽的结论是自欺欺人的枷锁。我习惯没有体系规范的状态,没有归属定点的自然环境。好奇是我本能,不是目的也不是结论。我想对于一个问题的探讨,目的就是避开统一"完整"的理论体系。我总觉得,真实是不同的切面和矛盾相错的悖论交织,我倾向散点透视和多种角度的不同,也许每个角度本身并不完善,相互之间也会矛盾抵触,但是这种讨论模式具备有机的开放状态(open-end),没有理论框架的人为痕迹和无懈可击的统一完整。

结论对我没有意义,那是封闭成型的结局,不是开放不定的生息,所以能够毫无止境一直玩耍下去。历史悠久的文明是结论完美的堆积,任何旁敲侧击的"胡搅蛮缠",都可以是破绽百出。我的疑问好奇不求完整,缺点在于没有统筹规划的体系,好处在于变幻莫测的出其不意。我在这里通过文字牵强文化心态,透过文化心态,旁敲侧击社会机制和人文价值观念。我有自知之明,知道自己想法有点偏颇好奇,远不足以盖棺定论。我求读者宽容,给我犯错的机会,用来陪衬体系完美的严谨逻辑,提供针砭学术工业的一线可能。

2016 年写

2017 年改

三 我们这一代

"我们这一代",这句话几乎每代人都曾有过。我们从自己的角度说过,对周围的环境反抗过,多年以后,又以旁观的角度反思过。

我的想法经常没有规范,我前后矛盾,阴错阳错,好事总掺一点险机遗憾,倒霉的背后,不免一份出奇的庆幸喜欢。建构在解体的基础之上,解构必有逻辑暗中纠缠。想要空游梦幻,先得压缩净化。亮用"明"字挑出通透,黑用"墨"字深邃哑然——两者都是退而进之的背反。自相矛盾的真理举不胜举,世上矛盾的一切都很自然。今天的进展,很有可能错入明天的沟壑悬崖,明天的不期,也许就是今天的以往。我是三百年之旧,三百年之新,就是没在某个具体地方。

我在学校天马行空不守规矩,我一边告诫学生不必模仿以往艺术家的生涯,不用学习延续历来的体制样板,更不用相信修饰过的艺术故事浪漫;另一边,我又鼓励学生寻找不同角度,审视历史现象和文化磁场,进到原始古代无常,挖掘人的物性本源。我对学生说:你们这代人即幸运又倒霉,倒霉的是,依样葫芦的过去靠不住,因为过去对于今天的你们,留下只是断线的风筝晚霞,幸运的是,这世界徒然一转,一边是断裂的隔层,另一边是崭新的可能:尽管沟沟坎坎的过去拉不住,知道过去的过去不可能,也许明天的明天什么可能都会有。

我总觉得理智记忆短暂,身体更能感受历史脉络的承传。将来过去只是时空的数据,而肉身肌肤的生命,就是无限之中的具体和有限之中的生息。然而,我们身体通常躲在背景里面,任凭脑子计较盘算,不到不可收拾的地步,不会出来阻止干涉。我们盘算明天,数落眼前,让暂时的昨天按摩我们身心的懒散。我们人类自视万物之主,骨子里面却是好吃懒做贪图享受。我们精打细算,在患得患失里面侥幸度日,我们权衡左右,目的为了一时的安逸享乐,我们聪明自据,为了逃避困境无所不为无所不干。更糟糕的是,人类发明了社会群体制度和伦理道德秩序,鼓励我们安分守己的努力,攀登君臣父子的阶梯。每个社会都有自己的规矩,每个种族都有自己的分类标准。不说社会具备不同类别层次,甚至国家之间,也有档次高低之分。人种、国籍、类别、身份、活在世上的具体位置阶层分明。作为人的自己不再重要,我们都是社会标准分类明确的文档数据。

很多年前,学校一位年长同事向我解释过一个奇怪的现象:尽管移民自己很穷,但是不少移民却站在保守的有钱人一边①。他说，因为很多移民是他们本国的上层人物和既得利益者，贫穷国家来的"富人"，即使在富有的国家做了穷人，阶层意识的特权心态没变。那位同事奇特的观察角度，当时让我一愣，但是我不得不承认他一针见血的慧眼。一次，我陪朋友去看两位刚从国内来的朋友，他们住处离我公寓不远，就在哥大附近。朋友夫妇国内做生意，在附近买了一套公寓投资房产。因为偏好老式房子，我对房子主人表示赞赏，不料那女子不耐烦地挥挥手："好什么，我讨厌这个地方，房子这么旧，周围这么黑。"我听了一时没有反应过来，随后一想，似乎懂了她的意思。我们国内求新求贵的欲望，恨不得斩断过去贫穷的尾巴影子，不要说旧式的老房子，就是有人住过的房子也不干净。周围黑的说法我没听懂，所以傻乎乎地再问，那女子一脸委屈地解释："街上路人都是黑乎乎的，这个地区一点不好，被人骗了。"这下我可真的懵了，不说这里到底也是纽约哥大上西区（up-west-side）的环境，而且，我横看竖看，也看不出她的肤色多白。我们国人在外以富人自居，以阶层社会的档次标准排名。我们全不记得昨天的自己还是一穷二白的民族和"移民"的少数，但是今天摇身一变，穿上名牌衣裤，俨然就是世界主流文化的代表象征。我常遇到一些生活国外的中国同胞，自告奋勇捍卫西方保守立场，谴责担忧西方文化将被我们这些"少数民族"同化毁灭的世界末日。

---

① 事实上，从美国的政治整体而言，所谓的自由派和保守派实际没有根本区别。

不知现代物质文明怎么会有如此强大的吸引力,以至于权威的控制,可以在自愿的范围里面自觉完成。我有个难民身份的学生,他以前生活艰辛的故事让我反思自己的过去。我觉得他的经历难能可贵,我们两人对于艰难的人生多少有点共识。有段时间,我总希望他和我一样,能对如今优越的物质环境留点感激的距离,保持个人利益得失之外的客观超脱,但是事实结果并非如此。这位学生在学校有奖学金,全家享受国家救济,包括医疗保险(今天的美国,再穷的人多少也要付点医疗保险),但是我那学生本末倒置,他却站在保守的美国人一边看不起穷人,谴责非法移民对于美国社会的经济负担。他在学习美术的同时,一心想学音乐。我以各种方法鼓励帮他,让他夏天帮我打工挣钱,从中拿出很小部分去买一个键盘学习。但他犹豫几个月都没买成,最后问他原因,他说他想买个 iphone 6 手机,我当时觉得纳闷,一个二手的键盘只有 \$300,新的不过 \$500— \$600,可是新出的 iphone 手机 \$700— \$800。而且今天时髦的 iphone 6,一两年后就会被 iphone 7、iphone 8 淘汰,学习音乐,那是一辈子的事情。我自己的键盘,用了不止十年。当时他学音乐的决心那么坚定,把我搞进去无偿教他,我比他认真,他却缠在美国梦的小算盘里。看我的不可思议的样子,他解释说:"iphone 6 有很多功能其他手机没有,而且能把所有苹果产品连在一起。这就是我们这一代,不能脱节,不能落后。"他的眼睛突然一亮:"别人有的你得有,平时闲聊不能不参与,别人热衷的话题不能不知道,反正不能落伍,不能另类,否则会被淘汰,苹果产品向你

保证,让你和你朋友环境同步。"这番回答让我眼睛睁得很大:
"你就不能有点不同么?","不,不能! iphone 不是一个手机,而
是我们这代人的生活方式"。我没话可说,心里感觉一阵寒颤:
奴性的自觉可以是个美丽的梦幻,苹果真的厉害,制控的权威可
以如此吸引动人,集体意识的控制(tyranny of collective con-
sciousness)可以如此高明不见,克尔凯郭尔(Kierkegaard)和尼采
早就担心个人变成抽象的集体意识牺牲品,他们百年的忧患警
告就是今天的现实,当年专制的暴君最大失误在于:他们没有今
天营销专家的无所不能,没有今天制控万能的工业文明,更没有
今天的 iphone 和深入人心的电子网络技术。

被动的消费心态

今天的物质文明,不仅鼓励贪图生活便利,消费的市场经
济,不再只是简单的公平合理竞争,更不是所谓"民主自由"的人
文理想。围绕刺激物欲的社会机制,涂着物质文明的甜言蜜语,
打着自觉自愿的旗号麻痹,今天所谓的民主社会,已经逐渐演变
成为一个史无前例的间接专制。金钱操纵的市场经济环境,把
我们生活搅在小业主的琐碎里面。我们在鸡毛蒜皮的小事上面
小题大做,整天盯住芝麻算盘的小人自己,而不断增加物质需求
的假象,掩盖了幕后控制人文生态环境的全部阴谋。

市场消费经济,以文化和社会的体制,渗入日常生活的价值
观念和社会心理。所谓的消费是种被动的接受,这种被动的心

态潜移默化，不仅嵌入价值观念的处世哲学，甚至延伸我们身心的肉体四肢。肥胖的原因可以不同，但是被动消费的生活习惯，难说不是现代文明的恶作剧。80年代我刚来加州，朋友开车去邮局寄信，车子开到邮局，我开门要去投信，朋友把我拉住，莫名之间，我才发现邮局路边有一个特制的信箱，让开车的人不用下车也可以投信。又有一次，我住在得州的一位朋友突然来电，抱怨买了一个电子产品，开包之后无论如何拼装不成。我那朋友心灵手巧，这事听来好像不可思议，但是因为自己有过同样经历，我让朋友把所有部件原封不动放回原来包装，随后打开重新开始，重要的是不动脑筋，绝对不要疑问，更不能另生念头，随手拿来顺手装上，越是直接简单越好。十分钟后，朋友来电，说他顺利安装完毕。他非常惊奇我的建议，怎么如此简单。我说自己犯过类似的错误，因为我们动脑，对什么都要问个为什么，今天商人的目的方便顾客，方便用户，设计的角度，让你越懒越少用脑越好，他们的对象是有血有肉的机器，不是有脑有心的动物。那时叫作即刻消费行为（instant consumer behavior），这是二十多年前的故事，当时商人还没有想出今天方便用户（User friendly）这个响亮全球的口号。

今天几乎所有产品都打方便用户的旗号。在我看来，"方便用户"这词是个洗脑的恶魔。苹果产品冲在前面引导，所有苹果产品一概鼓励方便懒惰被动，让愚蠢的你感觉良好，让不动脑筋的习惯代表富贵时尚，什么都已为你设计完好，动脑是个额外的多余负担。相反，即使你想知道前因后果也不可能，你要烦心动脑不行,提问鼓捣没辙。苹果手机连个简单的电池也不能替换,除非你得付出成倍的价格。一次我去洛杉矶出差开会,特地租了一辆新的吉普车,因为我对自己93年的吉普很熟,好奇以前拆装自如的吉普如今变成什么模样。当我打开车盖的时候大吃一惊,这可不是机械的车辆,而是有条不紊的室内储藏,所有部件都被大大小小的箱盒锁住,满满的车头没有半个零件露在外面。可我93年的吉普,简单的机械零件只占车头一半,当年发明吉普的目的,不是今天的时髦炫耀,而是泥潭沟壑里的翻滚折腾。吉普的好处在于机械简单耐用,随时可以打开检修,看到原先可以拆装的吉普,都已"包装"如此地步,我的"落伍",不用别人向我提醒警告。

我们习惯日常生活里的被动心态,信息社会的便利和物质文化的商业环境,不再磨练鼓励我们自己解决难题的能力,因为什么都有顺手的便利和不用费心的捷径。然而问题不在便利的好坏,而是主动的心态和解决问题的能耐渐渐断绝窒息。因为人类自我保护的本能不会主动浪费精力,不会从难着手,更不会在被动享受便利的同时,留点客观主动的心机。有人觉得今天被动接受的文化心态和现代科技发展有关,因为日新月异的科技奴役我们。我不知这种说法是否一定全对,我个人以为,科技发展并非坏事,不管现代科技扮演什么角色,问题在于你不必全盘被动接受。现代文明的关键在于选择,可悲的是,我们古老的奴性基因没死,我们不敢面对自己选择的责任和后果。今天的社会环境,是蝴蝶扑火自投罗网的自由世界,市场经济通过金钱货币——这个和人最没关系的中转媒介控制我们,它比人类历史最为专制的君主更加有效高明,它让我们自觉自愿上钩,自由选择俯首听命。

人性异化和黑白两级分明的数据文化

我们通常以为,黑白分明的价值观念和文化心态是以前信息封闭和专制社会的产物,但是现代文明奇迹般地绕了一个圈子,重新回到以往单一不容的社会环境,不同的是,这次是自觉自愿自己上钩。控制好像是个魔圈,它假借所有社会形态,扮演变色龙的角色,它的阴影从来没有离开我们人类的"文明历史"。奇怪的是,在信息如此"自由开放"的现代社会,好像人类千年被控的惯性还在,而且有点自己回去的自然而然感觉,我们自觉自愿进入人为迷宫的程序,兜了一个圈子,人类又一次回到被控的机制,但是这回没有奴役被迫的感觉。

我们享用电脑科技,但是不知怎么回事,电脑技术模式潜移默化进入我们心态思维,渗透我们日常生活的逻辑具体。我们脑子逐渐被电脑科技的简单程序修理,生命不再是无常的有机,而是 0 和 1 的简单明了和黑白分明。我们脑子模仿电脑数据计算利弊,不顾身体千丝万缕没有"逻辑"的关系。电脑的实用是回事,电脑机械的心态和人为的环境规则,以及随意拆装升级转换的程序文化又是另一回事。对现代人来说,也许灰色的中间层次过于麻烦复杂,懒惰的我们乐于黑白分明的简单选择。每天电脑上的消耗拼搏,逼得我们每时每刻,都在正确谬误之间,心惊胆战拘谨小心。我们所有的行为,都是两点一线的选择模式,不是好就是坏,不是对就是错。这种机械的身心状态,几乎把我们逼疯,甚至连我们没有直接功利目的的教育,也回避不了实际功效的肆虐,逃脱不了流水线上,工业打包的形态模式。学习原是没有功利的接受开启,为了丰富我们知识范围和对于人生自己的认知。今天学院的效益,被黑白分明的考试形式锁定,考试测验原是学院体制不得而已的过程,可是,现在却被简单明了的选择题绑架囚禁。选择题的考试,不容灰色层次的模棱两可,更不要说半对半错的旁敲侧击。现代文明的重要因素之一,就是不同选择的余地(alternative),现代社会环境,给于选择的自由提供了不可预期的可能,然而,具有讽刺意义的是,今天现有的社会机制和文化心态,好像有谁暗中捣鬼作梗,尽管万事俱全只欠东风,但是就是有个机关卡住,不给实验和尝试机会,不给幻想和做梦可能,不让黑白之外的选择得以生存,不让现代文明环境里的我们自由自主。

　　人的生命原是阴阳互动的交错有机,根本没有黑白分明的区别标准。固定的准则违反有机的自然人生,标准是人为发明的拐杖工具,是人类一时无能的协助暂时。自然是阴阳交错的动态不定,我们可以主观判断分析,但是,无论我们人为的"真理""定义"具备多少逻辑,自然不容支离破碎,真知不可规范名目。今天的文化心态,是人类征服自然的自以为是,根子里面违反人性自然的自己。我们不知天高地厚的意志，加上人类至高无上的膨胀自我，这种心态以小人的近视，否认自然的无限和世界的混沌。我们夸大人类文明的成就，伸张人类主宰地球的权力地位。我们超越自然的自信，让我们脱离人性自然的本身。

即刻的实用文化和股票市场立竿见影的社会心态

单一思维的简单和即刻实用的心态，是今天消费文化里面滋生出来的孪生一体。即刻实用的心态还不只是快餐文化的影响，也是市场经济的效应和股票市场数字换算的立竿见影。一个公司成立，必须装饰品牌的专业形象，制造商业利润的潜力和信心，一个公司一旦上市，一定打造一个长期欣荣的假象，给人感觉好像公司历来已久，但是如果明天不期倒闭，无声无息的消失似乎从未有过。今天，为了商业利益的修饰作假已是一门专业，美其名曰：品牌（branding）和营销（marketing），连文化艺术都是在劫难逃。作假不再是道德原则，而是积极主动（positive）的职业训练。金钱的旗帜在向我们招展，惰性的捷径就在头上阳光灿烂，我们具体的所作所为无关重要，即刻享受的人生目的，是积极向上的人生信仰。如今是瞬间即刻的文明，沃霍尔（Andy Warhol）十五分钟的名声，一语道破今天社会凯歌声中沮丧满天的回响。我们盯住事物的表皮，昨天的价值观念于我无关，历史的上下文和我无缘，今天的时尚是破碎的荧光闪烁,有用的可以随手拈来,无用的再有价值也是窝囊,关键要看实际的利益功效。明天没有想过,那是不着边际的天方夜谭,未来属于莫名其妙的白痴和精神病患的梦幻,"今朝有酒今朝醉,明日愁来明日愁"①。这还不是虚无主义避世超俗的无可奈何,更是当今自私自利的享乐消费和无需责任的阳光明媚。我们生命逐日增长,我们见识日益缩短,这种缺乏人文意识和远见的即刻效应,从政治家竞选时的随意承诺到工业产品的次货短命,从人与人之间社会关系的飘忽不定到一夜情的即刻暂时,甚至连教育学习的指标目的,也逃不出实用功利的诅咒和阴影。

实用主义的社会心态,不但渗透我们日常生活的每个角落,甚至侵蚀明天的教育环境。不能吃不能用的人文知识不再有用,我们把所有教育机构,一概变成专科技术学校。不说我对工业革命和启蒙运动所持的异议,至少西方的工业革命,由人文启蒙运动作为引导②,中国封建社会的考举仕途,更是一个把人文放在首位的文化官僚制度。可是今天实用文化的近视,却对人文科学嗤之以鼻,大学里面没有实际用处的人文学科大大缩减,据说连美国哈佛这样历史悠久的老派人文学府,人文课程都被大量砍掉。实用的社会压力如此之大,不管学校愿意与否,几乎

---

① 唐朝诗人罗隐《自遣》句:"得即高歌失即休,多愁多恨亦悠悠。今朝有酒今朝醉,明日愁来明日愁。"

② 启蒙运动(The Age of Enlightenment)大约从 1685 年到 1815 年,工业革命(The Industrial Revolution)大约从 1760 年到 1820 年和 1840 年之间。

所有院校,都把自己打扮成为实际效应的职业技工学校。学院注重市场价值,灌输 0 和 1 的人为公式,教授即时可用的规则技巧,这还不是练脑的手工技艺和解决问题的能力思考,而是暂时被动的现成诀窍。然而,明天科技继续演变,暂时的诀窍马上又被新的诀窍替换取代,我们把这种恶性循环叫做进步发展。今天,哪个学校不炫耀自己毕业生的就业比例? 这是社会的压力,集体意识的无形专制。也许这不是学院的过错,但是压力从何而来? 今天的学生,习惯即时的效应和被动的学习模式①,学生整天盘算计较两件事情:1. 学分和成绩 GPA,这是攀爬社会阶梯必不可少的过程,2. 所学的内容是否随即可用。这个社会教人捷径懒惰,学习的目的是场交易,是名正言顺的挣钱立业,是享受物质文明的必要条件,如果读书不能挣钱,读书不是浪费"青春"? 今天的教育不再教人,而是制造社会机器的螺丝工具,卓别林的百年告诫没有白说。

今天实际效应的大环境,把人文学科看成可怜巴巴的弱智和可有可无的自作多情。更过分的是,学院环境里面文科理科水火不容,因为今天是理科的实用世界,文科不免低声下气,艺术更不谈了,如果不是艺术市场给人抄得火热,如果不是投资投机的诱惑垂涎三尺,如果不是高光耀眼层次迷人,如果没有美术

---

① 巴西教育家、哲学家保罗·弗莱雷(Paulo Friere, 1921—1997),在他的《被压迫者教育学》(Pedagogy of the Oppressed)里,否定单向灌输的传统教学方法(The "Banking" Concept of Education),今天追求效应的教学就是这种单向灌输的教学方法。

馆的豪华建筑,如果没有学术权威鼓捣利用,也许今天艺术真会窒息甚至没有。

真正可怕的是潜移默化的商业交易心理。乔姆斯基(Chomsky)说了一个故事:麻省理工学院有位物理学家教本科物理。开学第一天,注重实际效应的学生开门见山,询问教授这个课程能够学到什么?教授回答说,重要的不是课程内容,不是你能**学**到什么,而是你能**发现**什么。这个故事我对学生说,对同事说,更对学院的行政管理人员说。

艺术的实用主义

今天学院范围里面,艺术大概可算最不实际的"科目"。我们消费艺术,把艺术看成生活的一个部分,但对创意的真正内涵并不关心,而且无意之中,骨子里面没把艺术当回事情。你对一位数学家说,我欣赏消费你的数学,数学家一定会笑。奇怪的是,因为艺术直观可亲,所以不必当真。对很多人来说,艺术创意背后的来龙去脉和因果关系并不重要,无知的傲慢对于有知的小人指手画脚,常常听到有人这样开始评判艺术:尽管我不懂艺术(可以是任何艺术种类),但我还是要说几句⋯⋯大概没人会有如此胆量,对自己不知道的话题,莫名其妙如此开口胡说。我并不主张创意的专门特权,但是艺术的具体,不说不是一加一等于二的简单公式,至少也是一种语言,一种特殊的用意,一种别出心裁的切入。

今天即刻实用的社会环境里面,艺术也有遭殃的可能。很多年前,一位年轻的艺术家朋友对我说,他不想知道毕加索以前的任何艺术:"那和我没有关系。"当时的他满腹自信,二十多年之后,我把这句话还给他,他笑自己当年的幼稚:"你知道'无知是种美德'。"①这句话出自英语成语,因为无知,所以可以理直气壮自信胡说。

实用主义把艺术纳入世俗的需求和实际的效益,功利实际的心态,把人拴在日常生活的琐碎之中,不让人性创意的本能自由发挥,不让不切实际的梦想成为可能。事实上,创意的艺术也许正是我们人类回归自然的途径。艺术开启创意的角度,在今天被动消费的环境里面,多少给离异的人性提供一个不可代替的物性接口。艺术通过我们肌肤感应,直接和自然的我们交流。艺术是个巫师的仪式,是我们人性升华超越的接口。真正的创意通过触手可及的过程,通过人体自己的主动参与搅和,也许只有这样,人性才有可能找到自己回归的途径。

享乐主义积极向上的恐慌疑惑

奇怪的是,尽管今天的文化主张"阳光积极",可是心底却是一片灰暗空虚,要看心理医生的人数史无前例,依赖镇静药物的

---

① 无知是种美德(Ignorance Is A Virtue)的出处是"无知是福"(Ignorance is bliss)和"忍耐是种美德"(patience is a virtue)。以前有褒义的意思,这里用的是贬义。

人口不计其数。"阳光积极"的人为心态难免故作正经,因为唯恐陷入消极阴暗的恐惧,让我们比什么时候都更加害怕犯错失足。现代人的保守不是传统的固执,而是因为患得患失的神经失常。我们极力逃避阴影的努力,迫使我们在阴影的夹层里面挣扎窒息。我们不敢也不能体验生命的赤身裸体,以至于我们上不去,也下不来。一心只图享乐的我们,实际已是试管的婴儿。我们是实验室里消过毒的永恒,不再是活蹦乱跳的自然和满是泥巴的生命。

我们生活在政治正确的虚假和阳光耀眼的环境里面,民主自由的条条框框和春意盎然的人工光亮,不容半点疑虑阴影,更不给黑暗之中的绝望一点静心认可的间隙。我们都在追随时尚气球里的"真空氧气",也许正是因为我们知道那是瞬间而过的虚幻梦境,所以大家尽情享乐,没人愿意点破幻觉泡沫,没人愿意面对人生现实。可笑的是,也许正是因为大众文化内虚中空缺乏自信,倒过来居然逼出一个暴虐无情的粗鲁无知,持着享乐人生的鞭子,自持伦理高度,不容独立思维,不许另类异己,愚昧彼此相近,要醉大家一起。追求真理的努力,是自以为是的做作,提问怀疑的好奇,是不负责任的无政府主义。不吃消费享受迷药的要被唾弃,不随大众混时度日是自闭的疯子。今天的我们,头脑简单惰性懒散,但是只要大家都醉,大家一起沉沦,大家抱在一起,这个世界还是阳光明媚,但是谁要自作聪明独自清醒,我们可以整治,我们可以抛弃,让他知道今天积极向上的文明,不要这种"古老陈旧"的独立思考异己。

结　语

如果说以前依靠的奇迹是永恒的精神上帝,现代人的需求则要实惠简单很多。我们梦想赌场的幸运和天上掉下的馅饼,单纯的美国老百姓,一生舒适的环境养成懒惰被动的人生态度,如今一心盼望老天发放一个神奇总统,把美国带回过去无知无觉无忧无虑的美梦。奇怪的是,竞选总统的政治纲领,居然都是无关紧要的琐碎,小利蒙心的选民和政治幼稚的百姓,居然也会相信政客口头的小恩小惠。更绝的是,不知是真是假,占有高薪佣金的经济学家一起随波逐流,居然相信暂时局部的经济神话,不顾耗尽自然资源生态环境,鼓吹不负责任的物质消费刺激经济。不知社会发展和人类幸福,是否真以金钱衡量,以 GDP 为准。我们鞋匠补丁挖肉补疮,然而现代社会问题依然层出不穷。我们近视,只图即刻一时的享乐和眼下实际利益,我们误导现实,掩饰危机,傲慢自尊的现代文化不容讨论余地。我们不能接受既成事实,不敢面对挫折提问反思。我们生怕触动以金钱为制控的资本主义市场经济体系,我们更不敢面对自己,揭露满目疮痍的内患伤痛。人的智力怎么就会如此简单近视,谁对市场经济体系怀疑,谁就是社会主义异己。冷战早已过去,柏林墙已是一段需要不断修复纠正的历史。思想意识和社会制度的区别,从来就是政治家个别利益的盾牌把戏。自然人生没有黑白分明的鸿沟,过去的历史告诉我们,当时你死我活的政治意识分歧,实际都是相辅相成,相互影响渗透的不可分割。人类文明是个整体,这世界从来没有金鸡独立的绝对真理,理想绝对的主义可以是不破不立的暂时动力,但从来不是混沌共存的真正现实。现代文明带来的问题,不是小修小补可以对付,更不是思想意识的纷争和国家利益的民族意识,今天世界的危机在于现代社会的机制和文化心态的根本。

好像所有宗教一概谴责物欲横流不是没有道理,我总是怀疑通过金钱调节社会机制平衡的利弊。并不是我保守,也不是看钱烫手,金钱作为一个客观的媒体,起到客观简洁的流通平衡作用,然而,就像动物有选择进化的本能,人性更有攀爬社会阶梯的能力和横空捷径的聪明才智,加上人性不可避免地贪婪自私,金钱又可以是最不客观、最不清楚、最不干净、最不合理的媒体。我对资本主义的怀疑,不是因为它所代表的理念,也不是它的社会结构和体制。我总觉得,以金钱作为人性和社会平衡调节的唯一机制,历史的教训不可回避。市场经济的社会体系切入人性的本能,在实践的过程之中,产生巨大的人性裂痕。事实上,无论是市场经济(market economics)还是计划经济(regulatory economics),两者之间的交流沟通从未断绝。近代经济学家凯恩斯①和哈耶克②之间水火不容的争执,是工业革命以后,西

---

① 凯恩斯(John Maynard Keynes, 1883—1946),英国经济学家,对市场经济提出异议。他对第二次世界大战之后的世界经济模式起到很大影响。

② 哈耶克(Friedrich Hayek, 1899—1992),生于奥匈帝国的德国经济学家,市场经济的倡导者,对现代国际市场经济的影响深远。

方经济理论实践的整体，无论是市场经济代表的社会理念，还是计划经济代表的社会理念，同样具备启蒙运动以来几百年的维新因素。有意思的是，两个主义体系原是孪生一对，内部潜伏同样理论和实践的矛盾，同样具备生机和自损的因素。我想世界的未来不是对于某个思想意识的单一选择，也不是资本主义还是社会主义的唯一辩论，未来的文明将会挣脱传统思想意识和经济体系的悖论绝路，重新对于自然人性的根本体验反思，从不同于今天的角度，对社会人文的行为和价值，重新思考估量平衡。

2015 年

四　跨国的市场经济

今天美国世界霸权不可一世,单凭美元作为国际地理政治的经济武器,就可以在世界范围砍杀不顺眼的国家地区。但从历史的长远角度,这是强弩之末的弱智。就从美国自己的经济利益角度,也是一种自杀行为。美国挥舞美元利剑,在世界范围的经济打压封锁,霸权一世的美元经济最终自己消弱阉割自己,届时回头醒悟过来,为时一定太晚不及。

显然这种行为不合美国自己的国家利益,但是今天的悲剧在于,国际经济财团操纵世界政治,所谓市场开放的全球经济环境,给予国际财团跨越国家利益的可能,从而迫使具体的国家政治,成为它掠夺该国资源百姓的渠道和傀儡。

相比之下,传统的殖民主义对于落后地区的控制掠夺,只是个别国家利益的炮舰政治。如今的经济帝国,是个寄生强权政治却又超越国家利益的无形庞然大物。它是唯利是图的利益集团,它没国度界限、没有社会制度、没有理念信仰、没有道德标准,它无迹可寻,没有固定形态,更没具象实体。它像吸血的蚊子,不知不觉锯开社会的肌肤,探索寻找命脉的管道枢纽,吸血的时候,还会释放加快血液输送的化学物质,完事之前留下病毒传播后果。

经济掠夺基本不再需要武装干涉,跨国的经济财团(international corporation)奴役汲取地区资源,掌控世界经济整体。国家权力机构只是输送财源的管道而已。奇妙的是,国际经济利益集团大有假公济私的寄生高招,连强国的军事力量,居然变成经济入侵的工具利器。国际经济财团通过各种途径,编织网络渗透他国资源,表面美其名曰市场经济,或者通过经济道义援助和宣扬民主平等自由,私下则是打开门户的经济掠夺。国际财团是个史无前例的网状实体,它无影无踪,却又遍及世界每个角落,它利用人的贪婪本性,假借堂而皇之的现代文明所向披靡,道貌岸然西装革履之下,除了利润还是利润。

今天的时事新闻,经济制裁是个日常的用语和随手可用的工具。好像整个世界都在经济制裁的魔圈里面作祟打滚。被制裁的国家地区不惜任何手段抗拒,甚至动用原子武器威慑对持,但是不幸的小国力不从心,就像当年殖民地的争夺战争,最终导致政治垮台经济崩溃,随后波及家破人亡百姓倒霉。但是等等,这种说法还要看是哪个角度,赢家的历史总是有理:政变替代(regime change)的另一种解释,是拯救民众推翻独裁统治的不破不立,是现代文明的"民主自由"强权,给

"专制落后"的人们，带来经济帝国主义的世界新秩序（The New World Order）。至于倒霉的百姓，那还要看是哪个"百姓"的利益群体。有钱的没钱的，有权的没权的，好人坏人君子小人，说来都是有血有肉的生命。从"人性"的角度，从不同的利益群体出发，任何一种理论说法，全都可以自圆其说，所以尊重人性的说法，等于白说，人权自由的背后，什么利益计谋都有可能。

从历史的宏观角度，今天的经济帝国和当年的西方殖民没有区别，两者都是经济强权利益集团，搜刮地方资源的渠道机制，不同的是，一个用军舰火炮维持，一个用世界银行和国际货币基金组织控制。以前读史，知道历史不断重演反复，但是一旦历史让你亲身经历，面对常识颠倒理智泯灭的现实发生，甚至公开颠倒黑白的谎言修饰，我真的不知自己活在人类哪个历史时期。

教科书一边述说强权政治的弊病和帝国主义殖民掠夺的历史，一边宣扬经济帝国主义假借民主自由征服世界的理由。今天，自相矛盾的每日新闻，逻辑颠倒的具体发生，人类文明演变到了如此荒诞的地步。我想，世上有点头脑的人，一定不免同样瞠目惊奇。人类挣扎奋斗千年历史，好不容易熬到二十一世纪，回头一看，不知为何还是变着模样倒退回去。扼杀百姓生存的经济制裁，无异是经济帝国主义控制他国的侵略行为，但在今天地理政治的世界市场经济范围，却被堂而皇之标榜成为"民主"国家制约"专制"国家的和平手段。更让我不解的是，我们经过启蒙运动，有过世界规模的战争，加上冷战危机和至今不断的局部地区冲突，对于人的基本尊重，对于不同文化的接受认同，说来我们还算活在尊重人性和思想独立的现代文明社会，但是今天，除了少数具备独立思考能力的人士之外，居然很少有人会把最为基本的人性问题和文化尊重当回事情。信仰理念可以变成极端，思想意识可以生命不顾，黑白可以颠倒，常识可以重新解释。也许自己真的另类出奇天真无知，我想人们不会真的视而不见，不知那是一意孤行还是假装糊涂？今天的我们能说会道，指鹿为马的能力，是学校传授的专业知识；修饰打扮的技巧，是打造形象品牌的学问。人性本能藏在家里，自然瑕疵必须掩饰，嘴里说的不必真正去做，自己做的不需公开人知，虚伪作假可以心安理得，阳奉阴违已是自然成性——今天的现实让人感觉莫名其妙，可以想象百年之后的人类，回头来看今天我们，历史的先见之明不用历史学家的透视回顾，今天就可写下未来观看我们可悲可笑的史实。

如果人类的善意爱心可以像市场经济一样跨越国家民族，人性的容纳同情可以像金钱一般所向披靡。如果我们可以抛开国家利益的权力和民族文化的纠纷，绕过信仰理念的冲突和不可调和的矛盾，人类究竟需要跨国的市场经济还是跨越国度的人性人文？也许人类可以躲过自己贪婪本性和正义愤恨的奴役，也许人类信仰的极端和报复的残忍可以放过

我们——知道这不现实,只是姑且一场唐吉诃德(Don Quix-
ote)的美梦而已。

2019 年

五　自投罗网的自由

　　就思维的单一和精神的专制而言,今天的社会环境,远比中世纪有过之而无不及。中世纪的宗教禁锢,不是今天市场消费经济的一统天下,而是小国寡民的松散自由。工业革命把我们从手工的局限之中解放出来,又把我们抛回自相情愿的局限和被动麻痹的状态之中。启蒙运动帮助我们脱离迷信的阴影和集权的掌控,也让我们自觉自愿去做经济帝国的奴隶。这是文明发展的悖论。

　　今天的"民主自由"是消费市场上的幻觉盲从,是变相的思想意识专制,它是工业革命的后遗症,也是启蒙运动的私生子。当年反叛集权抗拒权威破除迷信所用的武器,结果造就了一个更加严密有效的权威体系,它把机械的效应放在人性之前,它以简单的平民意识为引导,以利益熏心的贪婪自私为诱饵,以物欲享受的乐观主义为动力,它以政治正确的专制维持秩序。在自由市场经济人人平等的旗号之下,扼杀个别,窒息奇思异想的不切实际。似乎现代文明的精髓就是选择的自由，但是事实并非如此。商业营销是现代经济文明的神父牧师，目的怂恿利用人性物欲弱点，诱惑平民百姓自愿上钩。市场经济抹着一层自由平等的政治光彩，实际控制刺激人的物性欲望。今天日新月异的网络技术更加一臂之力，科技创意的原本试图建构非中心的其他可能，但是反手又让市场经济用来操纵控制我们，多维的可能变为更加严密的多维控制，自由选择的结果不期成为选择的陷阱和自由的牢笼。

从社会环境的角度，计划经济的社会体制关闭自守。不利于经济发展的同时，还缺乏多样性的自由空间和创意开放的可能，但是计划经济也不鼓励无止无尽的欲望消费，从而多少避免浪费资源耗尽自然的危机。从经济发展的角度，金钱社会的效率在于通过人的贪婪制约人类自己。市场经济鼓励消耗消费，商业营销的洗脑和圈套，以及流水线上廉价产品统一规范，最后耗尽资源不说，兜了一个圈子，开放的市场经济，依然限制创意的多种多样。区别在于：一个控制在发展之前，一个扼杀在发展之后；一个消费者没有多种选择的可能，一个消费者自愿选择雷同的产品。

事实上，今天的社会机制没有促进个性多样的发展，市场经济筛选个别，转手包装成为集体认同的工业产品和阶层中心的标准模式。商业营销迎合利用人性弱点，所谓的"用户便利"（user friendly），实际是用户自愿瘫痪自愿束手被动（user disable）。不可思议的是，今天物质如此丰富，机遇可能如此广泛，人类居然甘心如此被动无能。消费的经济文化，通过营销的分类操纵，给予惰性的我们选择的幻觉，以至于我们被动不做选择，依然能够保持选择自由的感觉。这种伪个人（Pseudo-Individualisierung）①的现代个人主义，是资本主义经济集权的社会基础，也给变形的国家集权主义和国际经济帝国主义提供了生存发展的空间和可能。

网络社交媒体（social media）的出现，意在脱离中心群体和固定时空的个别连接，但是商人的经济头脑精明，软件设计得如此巧妙，引导客户自愿自控人类自己。我有朋友来电要我参加微信群，我碍着人情，不愿断然拒绝，但是朋友逼迫，最后不得不问：我是否可以有所选择？朋友回答：当然可以，你有你的自由，你可以选择和我们一起，也可以选择拒绝所有朋友！我放下电话，没生朋友无理要求的气，却为媒体的能量，倒抽一口冷气。一个网络开放的平台，居然可以拟人恶化如此自然自觉的专制，我实在不知自己活在哪个时代。我不止一次被朋友追究围攻，为什么拒绝现代文明——你这不是要和世界隔绝？好像人类很难忍受异己的不同，也许自由不免孤单失群，明智被迫遥遥离异。市场经济的功课做得如此绝妙：它对从小害怕权威专制的我幸灾乐祸——我没管你，没想控制你，是你的同类自由选择逼你，这回不是我！——一个"工具"能有如此集体凝聚力的自审

---

① 引自阿多诺。西奥多·阿多诺（Theodor W. Adorno, 1903—1969），德国哲学家、社会学家和音乐学家。

自控,伤心失望之极,我不得不为现代商业文明感叹叫绝。

我有选择地使用社交媒体不是拒绝现代科技,而是意识到媒体背后的人文含义。使用社交媒体表面看来只是一个工具,但是事实没有那么简单。传播媒体也可以是人性离异的机制,无论是商业经济还是社会意识,都有可能成为强权机制架在我们身上的紧箍咒。金钱是把魔术万能的钥匙,政治是个所向披靡的剑术。今天的经济帝国主义以民主平等为名,通过市场经济,维持世界秩序(world order),规划掠夺自然资源。今天全球文化的单调统一举世无双,且不说大国军舰为了主持"正义",游弋别人家门操练威胁,为了传播"民主自由",以自己政治信仰,随意取代他国政府,以全球市场经济,操纵颠覆其他国家经济命脉。今天社会环境的单一,就连小小一本时装杂志,也是全球千篇一律,一个姿态、一个表情、一个版面、一个模式,只是文字脸蛋稍有不同而已①。所谓的文明带着民主自由的幌子,实际自我选择自我专制单一。今天文化环境的雷同、政治理念的单一和社会集体意识的统一史无前例,相比之下,小国寡民的社会环境和中世纪的散漫政治不免平淡失色,然而,对于平民百姓来

---

① 类似的观点早已由法兰福克学派学者提出,今天的社会环境有过之而无不及。《启蒙辩证法》(德文 *Dialektik der Aufklärung*,英文 *Dialectic of Enlightenment*)是德国法兰福克学派马克斯·霍克海默(Max Horkheimer)和西奥多·阿多诺 1944 年出版的著作。书中的观点一反传统的历史角度,声称二战前后的社会心理现状是启蒙运动的后遗症。同样的观点,在他们 1950 年另一部著作《权威性人格》(*The Authoritarian Personality*),以及 1964 年另一位法兰福克学派学者赫伯特·马尔库塞(Herbert Marcuse)的《单向度的人》(*One-Dimensional Man*)中得到进一步阐述和发展。

说,两种禁锢控制各具神通,区别在于:一个没有选择,一个选择自投罗网。

2014 年

六 历史不是他的个人故事

　　人类文字的历史好像都是个别伟人的业绩,因为文本的历史,大都经过赢家过滤,所以难免书写者的主观角度。英语 history 简单就是"他的故事"(his-story),然而,历史不是教科书本的清晰逻辑,不是单一线性的进步过程。事实上,"正义"战胜"邪恶"的进化理论,或者进步保守之争的历史故事并不确切。很多自圆其说顺理成章的历史发展,实际并不可靠。个别的角度不免主观,编纂的历史过分单一,故事的起因后果听来有时像是童话故事。"进步"的历史事件可以起到倒退的作用,"倒退"的历史演变可能带来进步的因素。人类文明史不是黑白分明的两元对立,而是善恶同宗阴阳交错的有机整体。

(一)

　　盛行一时的社会意识常把自己凌驾于其他文化之上,亚历山大大帝不能容忍他人的鼎盛繁荣,掠夺烧毁毫无战略目的的波斯波利斯(Persepolis)①不算,古代希腊"学者"更是抹黑波斯波利斯的文化历史。据古希腊"学者"记载,高度发展的波斯波利斯文化被描绘成为奢侈腐败的女性敏感羸弱,然而,历史兜了一个圈子自己重复自己,以后罗马帝国的崩溃,结果只是面目不同的翻版而已。从波斯波利斯高度发展的文化角度,亚历山大大帝亦是强悍的北方"野蛮"民族大举入侵,从历史的整体角度,今天的我们很难区分,到底是生气勃勃的野蛮民族铁蹄,拯救繁华奢侈的文化文明,还是被"征服"的文化文明,最终包容感化她的征服者? 这样的故事,世界历史不断重复,中国历史同样经历无数。

今天留下的历史文本,通常都是社会政治的角度,社会政治的替换,地区版图的并吞,财产资源的重新分配和掠夺,好像都和有血有肉的个人无关。个别的生命是棋盘上面随意的棋子,百姓的生机是借题发挥的要挟和可以瓜分的战利品。然而,如果没有人的生命,哪来社会政治? 古代战争的残酷,来自弱肉强食的原始动物本性(Law of the jungle),但是人类对于权利的渴望和财产的私欲,使得人类远比原始动物更加残酷阴险狡诈。我们以文明修饰残忍,以正义掩饰暴力,我们以社会秩序维持既得利益,以道德理念和政治手段制控自然生命,而书写的历史,

① 波斯波利斯(Persepolis,古代波斯,*Pārsa*)是阿契美尼德(Achaemenid)帝国(前 550—前 330)的中心和首府。距今两千五百多年,坐落在伊朗法尔斯省(Fars)的夕拉兹(Shiraz)市东北方向 60 公里的地方。

只是维持阶层社会权益的洗脑手段之一。

历来的朝代不断替换，历史的叙述沿着征服者的足迹，历史故事围绕伟人名门的履历，百姓的存在只是水分空气，必不可少却又并不重要。一场争战下来，胜利者把征服土地上的妇女抢来强暴一番，但是之后的生命却是女人的血肉，不用母系社会的理论，就从生理的角度，最终很难确定到底是谁征服同化了谁，是谁包容接受产生了谁。历史的争战向来如此，古代罗马帝国衰落，北方民族大迁移形成的中世纪如此，广袤的蒙古帝国更是延续当地的文化风俗。清初，旗人汉人界限分明，但是最终熬不过时间的磨合，不说征服者最终被同化，至少，到头来的新生是个综合有机整体，不是征服方面单一的原因。而且，从人类历史的角度，几代人的岁月又算什么？从人类学的角度，一代一代相传下来的生命，要比任何国家民族概念和思想意识理念更加确切具体①。

从人类文明的整体来看，拿破仑的奇迹不乏偶然之中顺理成章，然而，他的成败并不根本改变历史演变的内在基因。如果我们绕过当时当事的枝节琐碎，法国革命的精神多少在以后复辟的王朝里面生存滋长。拿破仑之后的法国，路易十六的绝对君权没有回来。和大革命前的旧时代不同，"复辟"的波旁王朝恢复时期，基本保持了 1792 年到 1814 年间的改革成果，僧侣和

---

① 从生命学的角度，据说像蟑螂这类昆虫从恐龙时代生存下来，毫不起眼的小小昆虫居然具备如此顽强的生命，可见强暴和力量并一定就是生存的唯一条件。

贵族的财产权力受到很大限制，君主立宪制的政体沿用了法国大革命和拿破仑留下的社会机制。法国大革命以自我残杀的激烈行为毁灭自己，但是法国大革命的成果，却又魔术般地在镇压它的胜利者手中完善定型。这是一段没有逻辑的惊人历史，大革命激烈动荡的后果，在波旁王朝复辟的十五六年内，给予法国留下一个相对稳定的政治环境，以至于国民能够获得相当的安定休息。

法国大革命的部分民权制度保留下来的同时，法国大革命的民权意识传播到整个欧洲。尽管赢得战争的欧洲保守势力竭力阻止，但是社会政治的演变，最终成为不可逆反的事实。理查十世的倒退，再次引起法国社会动荡，这种动荡显然不是法国的偶然政机，所以最终促发席卷整个欧洲大陆的 1848 年革命。1848 年革命很快被保守势力镇压下去，但是仅仅四分之一世纪之后，很多革命提出的要求，结果都在反对革命的保守阵营内部具体实现。

第一次世界大战是西方帝国纷争的结果，战胜国英国损失巨大，英国从战前的债权国变成一个负债国，但是经济损失还是其次，重要的是，这次战争的赢家反而在这场争夺世界霸权的战争之中，失去世界经济军事霸权的地位。大英帝国世界地位摇摇欲坠，最后殖民地的纷纷独立成为以后不可避免的事实。所有从第二次世界大战废墟里面爬出来的欧洲帝国，最终都将失去对于传统殖民地的直接控制。

柏林墙的倒塌标志了冷战的结束，似乎资本主义阵营最终战胜社会主义理想,但是今天美国总统竞选的政治舞台上面,桑德斯(Bernie Sanders)居然公开大谈社会主义,并且获得多数美国青年的支持。翻开西方哲学思维理念和社会经济理论的历史,资本经济和社会经济的理念同出一个母体,社会平等的理念早在古代希腊就有,只是现代文明有了不同的面目和解释。但是,当理想的愿望和政治经济利益搅在一起,极端的政治理念绑架社会整体和民意偏激,一个思维角度,一个信仰理念都可决定人的生死存亡。人类社会的荒唐行径不可思议,所谓正义和非正义的标准,所谓赢家输家的历史判断到底何在?从历史宏观的角度,我们不得不对单一的政治口号,极端的概念主义,局部偏激的理念标准,自圆其说的单一历史观念,以及政客游说翻手为云覆手为雨的聪明才智——提出怀疑旁观的一连串问题。从表面就事论事的角度,历史演变的风风雨雨,都是牛头不对马嘴的是非颠倒,如果我们能够跳出狭隘的线性逻辑,如果我们具备历史宏观的透视距离,我们不难看到人类文明内在演变的混沌有机,而所有人为的激烈事件,不管进步还是倒退,不管顺理成章还是矛盾荒唐,所有一切都有相辅相成的因果关系。人类文明史的内在因素不是单一线性的"进步""倒退",就像生命不在消毒过的无菌环境里面滋长生存。

(二)

避开简单清晰的线性历史故事,人类生命的内在有机是个存在的自然,人为的动态携带包容个别人为的暂时,搅动有机生命的自然状态,引发历史变故的动荡变迁。法国大革命的"进步"导致激进的破坏,它让人类看到理想主义魔变出来的扭曲人性和史无前例的血腥暴力。然而,不知是善良的人性绑架了暴力,还是残忍的暴力顺从人性本能,历史的演变不期假借爱国主义渠道,通过拿破仑欧洲大陆的征战奇迹,非正义的侵略战争歪打正着传播法国革命的精神意识,最最不可思议的是,法国革命的一部分成果,会在"复辟"的保守势力范围里面得以保存延续。

历史是整个人类的历史,不是帝王强权的个人故事。人的生命总在继续,人的文明不会泯灭,没有人的生命,也就没有人类文明,更没有文化历史可言。历史所有进步倒退,都有它的前因后果。文明发展演变不是个别的因素,不是个别民族,不是个别国家,更不是个别强权的失败和胜利。历史是多方因素的有机总和,是进步倒退的共谋,是战胜者和失败者的共同。从历史的透视角度,任何社会利害冲突,任何战争输赢结果,包括任何革命成败,都是人类文明内部,整体有机因素演变互动的一个部分。从历史的宏观角度,暂时的成败并不起到改变历史进程的决定性作用,所有发生的一切,都是自然演变的结果。今天没有发生,明天会以不同方式显现。今天激烈的变动,明天会以相当的作用反馈。所有存在发生的一切,都有内在的基因,都对人类文明产生相当的影响和不可磨灭的痕迹。失败的一方和地区可能一时倒霉,可能牺牲几代人的性命,甚至影响百年的历史,但是十年甚至百年的时间一晃而过,人类作为一个生命的整体,有它自己不可改变的内在动力生机。历史的演变不是一个伟人一场战争可以左右,生命自己矫枉过正,自己调节平衡。人类生存本能的内在因素,是人类生命的宏观整体,所谓"进步"并不一定正面积极(positive),甚至可能会是灾难战争饥饿,社会恐怖危机,死亡不期降临。历史向我们证明,历史发展的正负两面都有发生的可能。西方文艺复兴多少和三十年残酷的宗教战争和黑死病有关,近代人性人权的理念与法国大革命和两次世界大战的非理性有缘。死神镰刀所到之处[①],人性的善意开花结果。

人类自我修复本能之神奇,生命一代接替一代,转眼往事烟消云散不复存在。我们不用考古探史,历史的事实让人醒目:没有几代人的过渡,今天我们很难把越南大街上的时髦婧女,和当年越战斗笠脚丫不奋不顾身的女兵放在一起。我在上海地铁里面,没事环顾四周,无论如何不能把今天捧着手机娇滴滴的清纯女子,和当年身穿军装的革命小将联系起来。然而,让当事人难以接受的事实在于:血肉生命一代一代更新,历史的记忆往往比人的生命更加短暂,也许正是因为人类生存的本能,回忆只留美好善意,忘却是人类向往光明的再生本能。人类生命具备内在的有机,这个生命,不以个别的生命作为理由中心,更不为暂时的社会功利和具体的伦理标准左右。无论失败还是成功,输家赢家没有区别,征服者和被征服者都是那个时空有血有肉的人。

---

① 西方死神的形象:拿着割草的巨大镰刀,镰刀所到之处,生命就像稻子一样一排排倒下,这个形象深深印在西方人的文化神经心理里面,这是西方艺术家、哲学家和社会学家最为敏感的主题。

（三）

　　绕过维持社会秩序的伦理道义，人类历史没有正义非正义之分。强盗菩萨是生来具有的我们，小人君子是人性阴阳的面目，善恶就在我们骨子里面生存，上帝魔鬼都是我们自己的影子。

　　人的本性具有自私自利一面，也有开怀同情的善根。可惜的是，财富积累引诱物性贪婪，积累到了相当程度，需要战争重新分配政治权力和经济利益。人类所谓的文明不是道貌岸然礼仪周全的历史，财富和战争连在一起，战争和暴力孪生一体。但是战争和暴力又导致不同地区的人种混合，促使地区文化习俗的演化交流，沟通不同文化之间的人性温情善意。破坏的重新诞生，扼杀的不期生存。人文理念和社会意识，是人类文明发展的因素动机，它搅合人类动态环境，驱使社会结构演变，但是理念同样可以被暴力利用，秩序同样可以被权力奴役，人类的历史似乎是个搅合不清的浑水。然而，无论届时事变的结果如何，人类生存本能的内在基因，包容消化所有一切阴阳冲突的矛盾分歧，在生的强暴无耻里面，在死的温情爱意之中，人类的生命得以延续不息。

　　然而我们从另一个角度来看同样的问题，客观的历史辨证角度和个人主观理念执着的道德标准完全两回事情。历史的虚无主义混淆客观和主观的不同界限和角度——一个是历史的宏观前提，一个是个别的微观具体。

宏观的历史角度，并不影响局部个体坚持自己的理念标准，历史宏观的阴阳互动，并不抹杀个人的历史作用，相反，正是无数矛盾共存的个体，形成人类文明内部不同因素相互影响的整体有机。一个和尚每天清晨起来，执着认真念经敲打木鱼，这种兢兢业业的执着功课和佛教空无的人生观念没有矛盾，相反，从佛徒的角度，正是这种具体执着的功课，最后能够超越个别的具体局部，从而达到涅槃的佛陀境界——这在凡俗的我们看来，是个不可思议的悖论，但是不管这种说法是否可以接受，这种悖论的模式，就是我们性命交关的人生和围绕我们周围的现实，也正是通过这个思维模式，我们能够区分宏观旁视的角度和主观具体的局部之不同。

结　语

历史的发展演变不是单向线性的动态，也不是所谓进步倒退的简单逻辑。因为自然有它自己内在的平衡机制，人类文明的历史，并不根据个别角度的"正义"信仰标准演变运行。从某种意义上来说，自然的演变似乎是种被动的状态，正是因为个别生态的搅动，从而产生动态的波动起伏，正是因为相反不同的个别行为，不断平衡反复的矫枉过正，成为人类生存动态演变的整体过程。

个人具体的行为和宏观生态的演变不是没有关系，相反，正是无数矛盾相反的个别动态,形成宏观生态的整体。然而,从人类个体的角度,我们必须非常小心,自然远比主观的我们更大更复杂,我们往往过高估计自己的能耐,人类以主观的个人"创造"历史,以主子的心态对待自然。也许正是因为这个原因,历史悲剧不断重复,远的,以正义名义残暴屠杀的历史从未停止,近的,以道德为名的感情绑架就在我们身边发生。这个世界人人都在"追求"道德正义,但是这个世界悲苦不绝,暴力泛滥,正义和非正义的标准永远纠结不清。

就我个人的角度,这种悖论让我很难持有绝对正义的道德标准,更不可能具备理直气壮的信仰理念。我站在晚年被正统社会道德抛弃的托尔斯泰一边,我远离绝对的道德标准和激昂亢奋的爱国主义精神。我没中国知识分子救国救民的伟大使命,我对自己个别具体的行为,在届时的上下文内自己负责。我自以为所谓知识分子的首要条件,就是尽量避免主观狭隘偏激(当然很难完全做到)。所以,我不敢以自己的准则,自己的相信和爱好判断讨论比我主观更大的事物。做人不得不小心,尤其是有能量和权力的个体,即使是成功胜利,都会积累可怕的后果余孽。我想很多人都懂这个道理,所以人类还有今天的文化文明。

2019 年

七　大众文化的庸人民主

　　我的念头出其不意,我的思路没始没终,我的结论更是模棱两可。我不能忍受单一不变的社会标准和不可变通的道德规范,所以只好躲在纽约真空地带逃避现实。我有自知自明,不用抓我差错。写下这个题目,马上知道自己掉进一个不能自圆其说的陷阱。

　　我常投标竞争艺术工程,经历的故事无奇不有。民主的大众文化不是追求创意的奇特,而是跟随时尚潮流的共性相同。从某种意义上来说,艺术也不例外。平均打分的作品无伤大雅,民主选举的艺术大都平庸。以我常打交道的艺术评选委员会为例,一旦评选作品有所争议,争执的双方较劲力争,结果票数比例上的分歧,正好给中间不痛不痒的作品加票积分。这就是今天有板有眼有礼有节的大众文化和艺术民主。这不是抱怨,也不是谬论,只是自己平时的经历。当然,开放的民主机会,也给不可思议的绝对一个生息的可能。所以无论哪个角度,都是有利有弊。我常去竞争项目,评委那边以为任意选择,不知我是沙场老兵,他们所好,我一清二楚。好在我不靠做项目吃饭,可以自己随意,当然有时一败涂地,有时不乏奇迹发生。

(一)

如果说民主的含义是机会均等和权利平分,那么,艺术民主的结果,经常就是不偏不倚没有个性的中庸。民主是个社会公认的机制,不是个性表现的思想意识。民主可以产生完全不同的结果,决定因素在于具体的文化环境和社会上下文。

至少今天的社会环境里面,大众选择的趋势,导致平均化和标准化的统一模式。千篇一律的大众文化,在阳光灿烂的大庭广众之下,很有可能扼杀个别异类的不尽相同。中庸的文化民主和媒体的大众传播携手共谋,通过市场经济扇风点火,文化品牌产业标准统一的同时,消费的大众自己变成工业产品的附庸,而"民主"的选择自由也就成为一纸空文。

在民主自由平等的名义之下,今天文化的集权专制史无前例。消费的文化工业波及渗透世界每个角落,它的网络巨细无遗,它的触角无孔不入。全球商业地理政治的理念一统天下,国际经济集权的能耐之大,历代帝王君主,甚至当年殖民主义的辉煌,相比之下,都是地区范围的小打小闹。过去的掠夺有枪炮血肉见证,今天的政客商人,则要文质彬彬很多,他们让亚历山大觉得无能,成吉思汗感到羞愧,拿破仑和希特勒更是两个小丑。

今天是杀人不见血的经济帝国主义，挂着民主自由平等的笑脸，市场经济是打开他国市场资源大门的地理政治，经济制裁是制控他国政府的政治窍门。所谓民主自由平等的市场经济，实际是经济帝国主义的敲门砖，因为有了民主自由的保障护身，惟利是图没有后顾之忧。金钱的经济机制，把整个世界紧紧拽在手中，加上现代科技的紧箍咒，现代文明是愿者上钩，实际全身催眠麻木不得不服，除非你有胆量自绝，你有能力自闭。经济帝国主义绝招神奇，军事基地不是用来侵占领土，而是用来文化侵蚀渗透，宣扬民主意识平等自由，从而维护愿者上钩的和平经济掠夺。

今天的民主面临不可回避的"危机"，民主的概念是未经考验的躯壳，依然留在法国大革命血淋淋的废纸堆里。民主的权力，从某个局部地区里的少数人到多数人手中，但是从全球的范围，权力依然还在少数国家的少数人手里。以前是国家地区的概念，现在是全球各地的范围。从世界人口的角度，不平等的比例没变，法国大革命提出的平等民主自由概念，今天只是量的变化，本质的问题依然还在。设想，世上所有人都有同样平等的权力，那么民主自由的真正形态将会如何，整个世界的人类社会机制又是什么，所有享有这种"权力"的自由人，是不是还可以自私自利无限扩展消费？最终，人的责任给与和容纳接受又是什么？

当今的民主意识和民主制度给我们提出一个反思的悖论：民主自由平等的基础在哪里？在以金钱和私利为基础的社会环境，市场经济打着民主自由平等的旗号，利用人性贪婪的弱点，通过间离人性的金钱制约我们。市场经济把世上一切变为可以消费的商品交易，因为这是一个有效的经济利润机制，可以间接掌控全球自然资源和金币流通。经济学家满脑金钱算盘主意，政治家全是市场经济政治。人类不断"进步"的历史兜了一个圈子，民主平等自由莫名其妙变成一个幌子，真正的目的还是控制掠夺，区别只是方法更加有效，手段更加干净利落而已。

在今天的社会环境里面，"民主"这词已被掏空谈尽。"民主"不再只是一个名词，更是一个用于政治棍棒的形容词。除了自己权力之外，民主究竟是为何物，不知有多少人关心。民主耀眼的光环模糊了民主真实的面目，滥用"民主"权力的程度迫使民主概念混淆不清。民主这词特别好用，它可以是盔甲衣钵，也可以是杀手利器，它可以是战壕酒神，也可以是温馨魔窟。民主是个娼妓贞女，谁都会使，谁都会用，民主自由的自私自利之普及，多少人会认真思考，民主自由所要付出的责任、知足和宽容①。

知识分子在书房里面想象出来的善良愿望，和社会实际总有一点距离。真正民主社会里面，每个角落每个声音都有平均相对的机会权利，"权力"冲突的个体之间，必须保持相互尊重的空间余地，也就是说，民主给社会"进步"提供机会，也给社会"倒退"予以可能。有人觉得问题在于提高公民素质，这种说法很有道理，但在现实里面，又不免权威档次的阴影。什么是素质高低标准？

---

① 卢梭(Jean-Jacques Rousseau)认为平等自由是一种社会的契约，民主自由的首要条件是责任。

民主的精髓不是在于多样性的可能,少数的个别是不是也有发言的机会?用多数压制少数,用高素质的"开明进步"教育低素质的"保守落后",用届时的政治正确一刀切割,用统一天下的全球市场经济,代替个别小农经济的独特——除了换了内容之外,今天所谓"进步"的社会结构和人文心态,依然还是传统中心单一的线性模式。从权威和阶层档次里面滋长出来的民主意识,尽管带有反叛反思的倾向,骨子里面没有脱胎换骨,依然还是传统权威中心的阶层模式,只是从阶层体制的一边"进步"到另一边而已。理论可以不同解释,方式可以随意选择,关键的问题在于:是量和范围的变化还是质的改变,是社会阶层体系的单一机制,还是人文价值观念的不同角度和思维的多样选择。巴西教育家弗里埃(Paulo Friere)在他《被压迫者教育学》(Pedagogia do Oprimido)的第一章里,具体分析了"压迫者"和"被压迫者"之间相互依存的关系,他声称:自由不是人性之外的理想,也不是神话彼岸的理念,而是每个人自己不断追求人性自我完善的必然状态。被压迫者没有跳出被压迫的魔圈,解放出来的"主子"还是被压迫者的心态,区别只是这回站在压迫者的一边——这就是为什么今天的文化老在传统的魔圈里面打转,为什么今天的社会一直没能真正面对"民主自由平等"的根本原因。

(二)

今天的魔鬼披着营销的西装领带,利用人性贪婪的物性弱点,相比之下,魔鬼梅菲斯特还算有点人之常情,引诱浮士德的是创意能力和人性对于美的欲望本能。

文化娱乐的消费商品背后,是研究大众趣味的庞大机制和商人预先设下的诱饵陷阱。文化工业通过大众媒体操纵文化趣味需求,它给我们提供即刻的消费享乐,满足舒适安逸的人生目的。然而大众文化也是麻痹催眠的按摩,旨在调节资本经济廉价消磨剩余的肉身。流水线上,文化工业制造表面"个性"不同但是内在标准统一的商品。铺天盖地的商业广告和不同的消费渠道,给予我们一个自由选择的错觉,所谓的个性消费,实际上是设计有方的共性"变体",是市场营销的精打细算和机械生产的规划统一。这种潜移默化的集体意识,不但埋下经济专制的人文意识,更重要的是,从人性的角度,以个人主义的名义,麻痹扼杀个性的存在和可能。

大工业生产模式渗透社会每个角落,今天不但有商品工业,还有文化工业和学术工业。连思维概念,都可以在流水线上"科学"地规范分类,多快好省地制造包装,集装箱的快速流通传播。政治更有理念信仰遮挡,所以可以肆无忌惮:商业模式的制作,扇风点火的误导,大众媒体的操作,艺术渲染的做作,"民主"选举是今天市场经济和大众文化集萃精华。竞选蛊惑民心的宣传和产业集团的攻关,选举团队的头领叫做竞选总管(campaign manager),选举的策略和真正的政见无关,反正政治宣传是光明正大的洗脑运动,具体过程是门经济管理的学问,交给营销专家,按照市场经济的规律处理即可。今天的政治是无中生有的炒作,和控制人心的商业广告诱惑没有什么不同。

(三)

大众被动的消费市场和商业经济的利润共谋,文化商品带来的文化普及,好像不是民主文化的最初理想,而是市场经济制约之下,大工业生产的异化现象。所谓民主自由其实没有真正选择的可能,洗脑的广告工业迫使消费大众跟随潮流。社会集体意识的规范教育,让"自由"的人最终做出相似类同的选择。经济市场的民主自由不是个性独特的不同和可能(Alternatives),而是民主自由的一致雷同。现代社会机制通过"自由民主"的思想意识统一,流水线上模压出来的大众文化模式,是资本主义消费产品的品牌标志,是标准化、简单化和廉价化的消费经济。现代社会操纵控制我们的手段之高明,被动的平民百姓,都是满心喜欢自愿上钩的奴婢。

市场经济迎合消费大众的欲望设下陷阱,平民百姓被营销广告牵着鼻子,追随时尚推波助澜,市场的经济文化和消费的大众文化恶性循环,导致排斥个性因素的工业文化。以消费自动调节市场的理论,以百货百客平等消费的社会理念,市场的需求是平民百姓民主选择的结果。但是,以金钱制约的市场经济,带着资本主义利润至上的歇斯底里,它从工业革命的母胎里面冲将出来,逐渐变成一个玩弄我们的独权专制。它表面西装领带彬彬有礼,骨子里面不惜一切手段,创造廉价产品的共同标准,刺激贪婪的物欲占有。它的目的只有一个,就是追求最大利润回收。它不但制造同样的消费模式,提供同样的大众文化需求,更重要的是,它的潜移默化,导致今天集体化和标准化的假民主。

利润驱使的市场经济只看金钱不顾人性,利润不会关心人性自然的价值,只要"法律"允许,杀人放火的行当,在银行洁净透明的玻璃后面,堂而皇之发生。只要有钱有利可图,可以不惜毁灭地球,支离人体肉身。商业社会为了利润,刺激莫名虚幻的需求,引发物欲的无止无境,制造明天可以随手不要的消费产品。人的价值不再是和自然有关的创造劳动,而是制造需求的对象和计算利润的寄生——广告和销售是今天社会的梅菲斯特,工业革命带来超越人性的机器,启蒙运动带来政治正确的理由。可是这世界没变,种地生产的百姓还在社会底层,计算他人不接地气的,还是上层社会的主子。

结　语

民主平等的理想千年历史,从毕达哥拉斯开始,之后以各种不同形态出现,但是每次不是被掐死在初生的摇篮,就是畸形变体。工业革命和启蒙运动是个序曲前奏,但是转眼扭曲变形,就像阿多诺(Adorno)所说:"神话已经启蒙,启蒙回复神话。"(Schon der Mythos ist Aufklärung, und: Aufklärung schlägt in Mythologie zurück.)工业革命把我们从手工的局限之中解放出来,又把我们抛回自相情愿的局限和麻痹任意的被动状态。今天的我们,被迫消化工业革命的效应和启蒙运动理想的后果,自由民主平等的危机和人性自我反观的矛盾,一直都在我们血液里面纠缠不清,也在你我他的社会人事之间厮杀不尽。

看来民主平等的理想和思想多维的角度,还没足够的时间消化磨合。今天大众消费的商品文化背后,民主选择的假象和被动的人文心态,已经败露人性根本的生存危机。今天社会环境的自相矛盾,也许是个磨练的过程。今天世界范围的动乱,也许是个健康的病理现象,它逼迫我们重新考虑明天的历史。以前长期理所当然的简单理念,在现实具体里面,被迫接受考验磨难。今天的现代文明,被迫面临自己开刀解剖分析,这次,拯救的不是他人愚昧落后,而是自己百年的信仰理念和既成事实的社会机制。

2013 年写

2016 年改

八　君臣父子

　　中国人的"君臣父子"，犹如中国古刹宝塔阶梯累累的形状，每个字都是一层社会阶梯，每层楼面都有自成一体的社会阶层体系，每个阶梯都有一套自圆其说的理念道理，因为一层隔着一层，"君臣父子"的阶梯，明确了至高无上的权威，也给百姓提供了各种层面的自由空间和攀爬阶梯的具体理由。

　　作为一个道德标准和价值观念，"君臣父子"曾经是，今天也是维护支撑中国社会共同意识的基石。它的社会意识形态根深蒂固，它的影响不是封建社会独有，它在文字文化的血液里面，在子子孙孙的基因深处，在每时每刻追求"皇业贵族"之最的观念和潜移默化的洗脑之中，加上今天资本主义金钱至上的自由竞争可能，封建的阶层意识有了经济市场的原油动力，主子奴仆同心协力，主子为了维护自己的利益，需要守住阶层制度的秩序，同样，为了有梯可爬，有志上进的奴仆，也要维护阶层制度的根基。我们全民排队一心，层层向上膜拜金字塔上的一线光明。

可怜的小民一致向上看齐,规规矩矩攀爬阶梯的百姓心甘情愿安分守己,因为大家都在攀爬,大家都在等待鲤鱼龙门,一旦机会成熟,不仅欺下的权利理所当然,媚上的希望更上一层楼,阿谀奉承欺上瞒下与道德人格无关,只是一个攀爬阶梯的技术问题。每个个体看住自己明天台阶的同时,也为阶层社会的整体添砖加瓦。我们为了自己个人一点小利,维护压制个性的阶层体制大局。人生目的只有一个,就是努力向上攀爬——所有这一切,好像不是恶性循环的魔圈,倒是互惠互利的共谋蓄意。不知这是从何开始,哪里才是原因,如此扭曲的现实,似乎都是自然而然,长期的文化熏陶,好像基因就在我们自己的肌肤血液里面。

长期的阶层社会体系,奴性的意识潜移默化,加上今天金钱至上的自甘情愿,封建的阶层社会,有了资本经济的具体标准和实际操作的可能。今天权威的能量和范围,青出于蓝胜于蓝。中国文化的环境里面,价值观念不以个别选择为准,集体意识和共性认同,是全民社会的道德共识。因为社会体制和文化环境相互包容,即使个别的批判针砭,不能动摇全民协心合力维护的权威秩序。这种努力包括既是牺牲品又是权利共谋的知识分子。

我们集体意识的价值观念崇拜偶像,维护阶梯的权威标准,我们文化追求绝对真理,抱住祖宗的经典和曾经辉煌的历史。这种心态让我想起象形文字风光独领的专一,在一个洞窟里面凿井千年,专心致志的精神意志和文化心态,能够造就如此长久

247

的天朝文明,如此繁华庞大的社会阶层。这种金字塔的社会结构,不仅只是一种政治体制,更是一种社会的人文心态。长期流在我们文化血液里的基因根深蒂固,它使"纲举目张"的机制成为可能,一统天下的事实成为历史。我们文化通过礼让均衡出来的空间,让追求人上人的努力有施展才华的可能,通过和为贵的集体意识,达到独一无二的集体文化井然有序。

阶层社会的体制环境和权威主导的文化意识里面,缺乏"选择"这个概念。曹雪芹的刻意针砭,直指今天的我们。反观周围的社会环境和人情世故,曹雪芹的百年冷眼,不得不让我们醒目:《红楼梦》第十六回,宝玉对于元春的喜事无动于衷,整个贾府沸沸扬扬的兴奋热度,衬托宝玉无精打采的"不曾介意",只有听说黛玉回来的消息,他才"方略有些喜意",这段描写其实不是简单的爱情思念独钟;同样,黛玉听说宝玉为她留的"好东西"是北静王的恩赐,她随即耍手:"什么臭男人拿过的!我不要他"——听上去骄横无理没有道理,但是她却喜欢宝玉莫名其妙送来的旧帕子。同样两个细节,都是作者的有意勾勒,曹雪芹通过宝黛两个"面具",表达一个喻意:他们同样注重个别的直接,对于传统的社会阶层意识不肖一顾。这里,作者更是有意横加一个奇妙的衬托,相比之下,贾琏奶妈赵嬷嬷阿谀贾琏夫妇的那段"闲话"活龙活现,就是今天生存在阶层意识环境里的可怜百姓——心里羡慕他人地位财富,用的却是正义批评的口气,酸溜溜的冷嘲热讽,转弯抹角的炫耀贬低,让人觉得做奴隶的自尊,这样的对话,可恶可悲可怜,这样的场景,今天到处都是。作者假借宝黛天人过世,冷眼潜移默化的社会意识,鄙视伦理道德的世俗共识。有意思的是,宝黛两人对于功利权势淡漠,非但没有反叛,甚至无动于衷。反叛要你和你对手交手,让你和你对手搭配同伙,逼你和你对手平起平坐。对于轰轰烈烈的人生虚荣浮华,宝黛都是旁观局外的心态,他们不知不觉,不沾不喜,他们没头没脑,没心没肺,反正都是天人来世暂时,曹雪芹设个借口,编出宝黛两人来源背景不是没有道理,通过宝黛怪诞无理的言行,针砭中国社会的致命病根。

2017 年

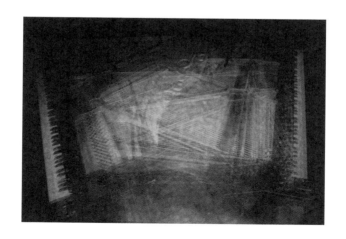

九　时空交错的偏颇独特

我们都是巨人肩上的侏儒，可是，有人为了表彰自己的理论独特，为了所谓政治正确便利，从而骑在巨人肩上，牵强附会不顾历史上下文，如此聪明伶俐的卑劣伎俩，今天居然能够成为一种时髦的学术理论体系，好在我只想做个尝试犯错的自己，不愿成为时髦正确的学术权威。

政治正确的专制换了一件外套，和传统的专制理念没有区别。把贝多芬的和声说成强奸女性的暴力，把德加（Edgar Degas）的艺术作品看成歪曲女人的男性文化传统，把交响曲看成专制的温床，把乐队指挥看成独裁的象征，把西方文化艺术一概贬入人类罪恶的根源——也许是我自相矛盾，我分析不同文化艺术，特别崇尚西方文化自我批评否定的基因，但是今天西方艺术理论，对于自己文化传统胡搅蛮缠的无理，也是令人目瞪口呆不可理喻的现实。

贝多芬的音乐在古典风格框架里面，通过和声关系的冲突转折和松紧回归的张力伸缩,贝多芬追求音乐的造型动态,不断开阔奏鸣曲式的可能,如果说这种形式的游戏具备中心制控的因素,那是奏鸣曲式功能和声里的框架形式。从一个相当奇特的角度来看,这种特殊的音乐形式确实和当时社会环境以及文化意识有关[①],但是把贝多芬的某个具体和声,从整个和声进行关系过程里面,抽空出来证明强奸意识的音乐学理论,不免让人觉得有点文字——音乐狱的感觉。

纽约大都会博物馆有过一次大型的德加作品展览,当时曾经有人在大都会前示威游行,谴责德加侮辱歪曲女性形象,要求大都会关闭展览。不知这些示威群体如何来看今天史密斯(Ki-ki Smith)的作品,就德加的艺术而言,不说法国当年文化艺术的环境和艺术形式发展的演变,德加的绘画雕塑满是温暖朴实的人性感知。从性别政治的角度,也许我的想法也算一种性别歧视,但从创意的不同角度,艺术不就是表达生命不同切面的人性本能?艺术搅进现实社会政治功利,文化学术搞到如此无聊的地步,我们不是否定生命自然的自己,嘲弄人性创意的根本?即便我们不甚同意艺术家的个人观点,也没必要提到政治意识的高度。我们对于满街商业文化的病态女性形像视而不见,对于人为洗脑的人性离异随和认可,但是却把艺术家的个别角度,抽空出来炫耀证明时代进步的自己。

把乐队指挥作为专制文化的象征,借交响乐的形式否定整

---

① 参阅《失乐园》和《失乐园补遗》。

个西方音乐——各种不同的观点角度无可非议,但是所为一个音乐学术理论,为了标新立异信口开河,这样的"学术"不免偏离历史环境有机的上下文。器乐的形式多种多样,交响乐只是器乐合奏的一种形态。"交响乐"这词和海顿以及古典风格有关,然而事实上,西方器乐合奏的曲目和其他文化的民族器乐形式一样历史悠久。"交响乐"这词来自古希腊语,意思是声音(人声和器乐)的和谐和音响的同一。这个概念贯穿了整个西方音乐历史,到了巴洛克时代,不但有科雷利(Corelli)和维瓦尔第(Vivaldi)等音乐家的器乐曲,也有韩德尔的大协助曲(Concerto Grosso)和巴赫勃兰登堡协奏曲和序曲,甚至韩德尔的戏剧作品和巴赫的康塔塔(Kantata)里,都有 symphony(交响)的段落。然而,进入古典风格时期,"交响乐"逐渐成为一个明确独立的艺术形式,最后,因为浪漫时代的庞大乐队,逐渐有了指挥角色的出现。巴洛克时代没有专业指挥,音乐通过通奏低音(Basso continuo)组合不同乐器和不同音乐层次之间的关系。吕利(Jean-Baptiste Lully)指挥过他的《感恩赞》(Te Deum),海顿指挥过他的《创世记》,莫扎特指挥过他的歌剧《魔笛》,但是专业的乐队指挥一直要到十九世纪才有。今天西方音乐的演奏多少脱离了十九世纪以后的传统,莫扎特乐队演出巴赫第六首勃兰登堡协奏曲的时候没有指挥,乐队成员之间的感应互动和爵士乐队里乐师没有什么不同。再说,交响乐只是一种音乐形式,不知我们如何解释西方音乐文献里的室内乐和其他音乐形式?

　　不说浪漫主义音乐只是西方音乐史的一个部分,也许正是因为贝多芬的倔强个性,德加男性的特殊角度,通过他们的艺术作品,让我们看到人性独特的不同侧面,就像芙烈达·卡萝(Frida Kahlo)的艺术,伍尔夫(Virginia Woolf)和宁(Anaïs Nin)的文字,正是因为环境的逼迫,所以产生即受环境制约,同时超越艺术家自己环境的艺术作品。艺术创意的意义在于,艺术家带着自己环境的局限超越自己时空的限制,艺术给我们提供的不是抽象的共性理念,而是超越共性的人性具体,或者偏激的个性特殊。贝多芬的真正价值不是浪漫主义镜片里面看出来的伟人,至少贝多芬手稿上面,我们可以看到人性挣扎追求的痕迹,这是我们平凡人生的悲欢喜怒,不是伟人豪举的空洞光环。贝多芬让我们感动不是他的权力意志,而是一个有血有肉的人,不断重新地上爬起,不断在善恶里面打滚,在理念和现实之间挣扎自律的过程。贝多芬是个有血有肉的人,是个超越自己局限回归人性根本的奇迹。人生并不干净无误,历史不定向前进步,几千年的人类历史,有着无数今天历史没有记载下来的贝多芬、德加、芙烈达·卡萝、伍尔夫和宁,只是我们传统的阶层意识不会关心,我们线性中心的文化心态不会在意。

把个性角度不同的艺术对立起来,作为政治理论素材随意捏造歪曲,大凡只有缺乏实际创造体验的"学者"才会会认同。如果说人类文明还有一点超越局部的自由,如果说连艺术也要经过今天政治官僚机器模具流水线的压制统一,也许我们应该首先纠正自己祖先的错误,为什么图腾仪式会有人模鬼样的涂抹装置?

每个时代都有自己文化意识的烙印,历史的人文意识直接反映时代的理念现实。艺术通过一个物象媒介,超越当时的表皮琐碎,直接和其他时空的生命交流沟通。艺术内容也许和人性的"罪恶"有关,艺术的媒介也许传达负面因素(negative),然而,"带罪"的艺术形态也许比罪恶的本身更加真实,但是关键在于:艺术不是罪行的本身。这是艺术绝妙的功能,正是因为艺术对于现实的不同切面解释,从而给予我们一个审视旁观的角度。艺术来源于现实人生,但是艺术具备超越现实琐碎的内容,艺术不一定更好,只是不同而已。

艺术没有实际功能效益,更不是政治理念的工具——在我看来,这是艺术的陷阱,也许正是这个原因,我对为政治服务的艺术(不管正确与否)和商业洗脑的艺术本能保持距离。

创意的艺术是生命反观自己的角度,艺术作品是艺术家在一个具体时空里面留下的个别痕迹。艺术反映社会人文意识,但又不是社会道德和政治理念本身。艺术没有固定的范围准则,也没统一不变的评判标准。就是一个艺术家的作品,常常都有不同的可能和面目。所有对于艺术作品的不同评判,给予艺术作品提供一个不同的切面解释,然而就像艺术家对于自己人生的不同切面,评判也可以是创意个别的独特见解,但不是定义标准,更不是政治意识形态。创意的艺术就是表达不尽相同的个别角度,如果人类的艺术全是统一"正确"的标准模式,我们何为还要艺术?所谓反叛现代主义的"后现代"理念,包括今天新颖百出的各种理论,多少都有假借历史断章取义标新立异的嫌疑。今天,以解构自我标榜的思维模式,骨子里面还是传统单一的标准,结果只是改朝换代:用我的面目取代你的外衣,用我的主义取代你的中心,所谓对于权威的否定,旨在我的政治正确取而代之。

无论对于哪一种文化,哪一个艺术家,甚至一件具体的艺术作品,一概而论的否定肯定都是不切实际的评判。对于历史文化的思考审查,对于一个艺术家和某件具体艺术作品,我们需要不同的切面和角度,笼统混为一谈,只会混淆讨论议题的原本宗旨。任何个别具体的切面都有自己独特的意义,但它并不代表真理的整体。个别的意识形态和思维理念只是单一具体的范例,无数矛盾相互的个体总和,才是人类文化文明的宏观整体。今天根本的问题在于,我们具备开放的愿望和理念,但是我们的心态,我们的武器手段还是传统单一的陈旧模式,正是因为这种单一的局限思维,我们一直都在原地打转进步。

我们都是环境的产物,历史的透视角度给予我们分析评判的不同可能,但是仅仅为了学术论文的新颖奇特,我们没有权力歪曲利用已经过去的历史。如果你有不同观点,你有自己想法角度,你就创造自己的具体痕迹,即使那是不起眼的当今点滴,都比坐在他人肩上评判古人更有价值。

传统的思维心态和文化局限不在贝多芬的和声里面,也不在德加的女人体里,更不是交响曲的规模形式。如果说传统的思维模式有所偏颇,那是纲举目张一概而论的评判角度和高低标准的单一思维心态。如果运用同样的思维模式"纠正改变"曾经的错误，我们不免延续传统文化遗留下来的单一思维机制，其结果只是一种概念理论取代另一种概念理论。我们长期搅在这种漩涡里面，一次又一次地掉进换汤不换药的魔圈。我们今天需要重新考虑的不是贝多芬的不和谐和声，德加顺手捏来的女人，芙烈达·卡萝刻骨铭心的画面，伍尔夫人性挣扎的惊心动魄文字和宁感性赤裸的自觉女性，而是整个阶层文化的社会心态，这个心态不但影响人类的文化艺术，更为重要的是，这个问题已经成为人类生存的瓶颈关口。

如果我们真的能从非中心的文化心态思考，人类所有不同的观点理念，所有正负两面的现象史实，所有民族不同的文化遗产，所有人生悲欢喜乐的幸存经历，都是人性独特的具体切面。然而，真正能够接受中心分化的社会现实，我们需要相当的时间。人类原始的自然观念，所有宗教的理念初衷，中东历史悠久的文明传统，非洲文化的原始直观精神，印度文化的灵肉神性，东方文化里面绝对个体的实际和超越个体的悖论，印第安人对于人和自然的合一认同，西方十八世纪承传下来的民主平等更是时代变迁的理念具体，所有这一切，真正成为人文的现实，需要长时间的磨合。社会矛盾冲突的现实，"保守""进步"的争执搅合，"恶"和"善"的较量融汇，从人类生存的自然角度，都是阴阳互动的宏观整体。人生矛盾在于，我们坚持自己暂时局部准则的同时，又要保持客观距离的角度，容忍认可相反不同的标准——这种主观客观的悖论几乎不可思议，然而，这是解决有限生命和无限自然之间矛盾冲突的唯一途径，也是每个生命不得不面临的宗教哲理关口,就像每个人生过程被迫要和死神来作持续不断的交易。

也许我们需要换个心态角度,调整固定单一的思维习性,放弃阶层档次的社会意识,避开明星文化的商业潮流,不把标准放在体验之前,不让人为的准则扼杀有机的生命,不以压迫制约自己的机制对付他人。如果我们能够心平气和,以客观旁视的心态容忍接受不同,由此可以看到周围五光十色的世界,或许我们能在现实生活里面,发现更多的贝多芬、德加、芙烈达·卡萝、伍尔夫和宁,他(她)们平凡然而卓绝,矛盾冲突却又共存相互,他(她)们没有绝对标准,更不需要明星伟人的光环支撑。人类文明不可磨灭的碎片具体,就像棱光闪烁的星点无数,晶莹通透明净清澈,没有信仰体制的通透机制,没有高低上下的评判标准。这是人类文明的自然状态,事实上,它过去曾经,今天依然,明天还是。

2019 年

十　我知道的林琳

林琳遇害那天,我在得州达拉斯(Dallas)。接到噩耗,我一天神魂落魄不知所措。当时我们三十出头,从没想到几乎天天见面的朋友会突然辞世他去。之后我回纽约,错过葬礼,这倒更好,因此我的感觉林琳没去。

故　　事

我和林琳以前国内相遇几次但并不熟识。在纽约视觉艺术学校(SVA)读书的时候,也一直"礼仪"相距。他比我高两届,大概我们两个都是反叛心重,那时学校亚洲学生很少,周围都有自己班上的同学,即使偶然见面也没有真正接触。所以,林琳和我擦肩而过多年,从来不是朋友。后来不知什么缘故,一夜之间,我俩突然成为终身知己。那是当年街上画肖像的故事,一天林琳晚来,他拖着画肖像的小车走到我身边:"能在这里挤一下吗?"他问。"可以,"我把自己位置挪了一挪。林琳在我身边还未安置停当,劈面问我学校感觉如何? 林琳绝对的性格一点包藏不住,他对视觉艺术学校推崇备至,尤其对师生之间激烈的批判精神和不顾一切的艺术环境。当时除了胡冰一边鼓励支持之外,我在纽约孤军一人,朋友说我疯魔,为无聊的现代艺术不顾实际失去理智,跟着纽约贫困潦倒的艺术家疯狂着魔。我想林琳当初和我处境相似,所以我俩一拍即合。那天晚上,林琳和我站在时报广场高谈阔论现代艺术。我们被繁忙的人流推来挤去,但是好像我俩不在这个世界,周围喧闹繁杂全然没有,忙成一团的肖像生意和小贩叫卖,近在咫尺远在天边。那晚林琳和我占着位子,却连一张肖像都没碰过,半句有关肖像的话题都没提到,林琳连他装肖像用具的小车都没打开,周围的一切奇迹般地消失,只有我们两个对天空谈。之后直到林琳去世,我们几乎每天见面,不然一定电话联系。当年林琳和我在纽约人流如潮的百老汇"一见如故",那是 1989 年夏天的事情。

后来通过林琳,我认识了张宏图。那时林琳、宏图、胡冰和我常在一起,我们经常通宵达旦争吵文化艺术,尤其林琳、胡冰和我,因为宏图有家有室,生活比较正规,但这也不妨碍他白天参与我们吵架争执。

那个年代,如今轰轰烈烈的中国现代艺术连个影子都没有,甚至没人想到,中国作为一个国家和文化背景可以是现代艺术的一枝独秀。对我们来说,艺术就是艺术,艺术是人的艺术,是生活起居的琐碎和当时面对的具体人生。我们觉得做人第一、艺术第二、中国人第三。我知道当时我们为何气味相投,因为我们都傻,傻得身边分文不名还谈艺术,傻得连个实际上下文都没有。当时我们也许幼稚,但是不乏赤裸之真,当时没有今天商品的艺术和艺术的商品,也没有现代艺术的招牌和文化投资的生意。

林琳去世之后几个星期,我们去纽约上州庄严寺安葬他的骨灰。我路上雨天翻车,当时车上有宏图太太黄妙玲、胡冰、范钟鸣、谷文达和张健君。范钟鸣在翻车之前已飞出车外,翻车之后,谷文达第一个出来,把我们从翻倒的车厢里面拖出。我们大家没事,唯独张健君背部严重受伤。后来,前面车上林琳弟弟林光和宏图等人也都赶到医院,我们一群人围着躺在急诊室的张健君,我站在他的床边,不知不觉眼睛模糊。林琳出事之后,我一直沉默不言,也从来没有流泪,但在那个瞬间,我突然感觉一种莫名的恐惧,好像一场厄运有意揪住我们不放。当时倒霉的事故接踵而来,不免感觉我们几个艺术亡命之徒在纽约的绝境,现在想起当时不幸之中的错觉,多少还是有点余悸。那时我觉得不能这样各自乱撞乱拼,应该有个相对安全的港口,这个想法的结果,就是我在布鲁克林泰晤士街 47 号,找到后来让我们十年安定的工作生活环境,其中包括储存林琳作品的空间。

一年冬天,我的心情不好,独自一人去庄严寺看望林琳。那是一个大雪封冻之后,清冷阴郁的冬日。我好不容易把车开到山上,不期停车之后失控,我上次翻车变形的卡车倒滑山谷,当时的心情不再争执,一切都是宿命,人在绝望之中不再有所顾虑,结果也许林琳在上保佑，车子滑到低谷，被斜坡的树桩堵住。就像之前的车祸，险峻之处，安然无事。我钻出车来，抓冰扒雪，最后爬上林琳所在的灵台。这里一切依旧，景色静谧与世无染无争，站在山坡上面，周围一片纯净，白色的寂静无喜无忧，寒冷刺骨的空气清新。那天回家我心平如水，我懂了一个道理：你可以不断挑战自己，但是不必夸张戏剧，目的不是为了攀登阶梯，更不是为了名利，那是每时每刻的空无——激进绝对就在平常之中。

背　景

不得不承认，当年国内的环境之绝望，逼迫我们多少都是崇洋媚外的愤青，最后又是绕着圈子回归的奇怪因果。记得出国之前，我曾和两位朋友拜访关良先生，我们三人和先生一起挤在他家接待客人的沙发里面。先生当时忠告：好好学习西方文化，通过别人的文化，你们会更加了解自己。三十年过去，先生早已作古，先生的教诲已经不是有意识的努力，而是自然而然走过的脚步。当年林琳也是如此，记得出国之前，我们在一个开幕式上偶然相遇，当时的林琳身着中裤，头上一副耳机，全是西方反叛青年的模样，和去世之前每天打坐作画的林琳相去甚远。

如果说历史是人类最好的教材，中国近几十年的演变就是一部有血有肉的奇书。从上世纪七十年代末的开放，到八十年代甚至九十年代的转机，中国文化的现实没有前例更无今后。

世纪的巨变被压缩在短暂时空里面,让当时的我们身体力行经历一番。今天时过境迁,人们可以轻易评判,但身临其境的困惑,不是书本有条有理的知识。就视觉艺术领域而言,当年我们从全面的禁锢到可以画人体;从社会主义现实主义的批判到表现主义色彩的怪诞暴戾;从抽象艺术的一本正经到反叛现代主义的玩世不恭,然后再到概念艺术的嬉笑怒骂,加上西方文化世纪末日的绝望,以及各种艺术表现方式的途径和可能,中国现代艺术"发展"惊人,前仆后继的断裂和没头苍蝇的聪明才智,把西方百年的历史,在一二十年里全部轮番一次。因为时来可能运转,眼花缭乱容易迷失。艺术家竞争谁的聪明到位,谁的才智更加切合时机。成功要靠眼力明智,看中潮流孤注一掷。这当然需要图谋划策的脑筋,伸缩自如的灵敏,顺势断头的决心,加上中国传统文人才气横溢之间手脚伶俐的动作,中国现代艺术真是一江春水东流,举世瞩目势不可测。

可是,艺术本是出自内心的不得而已,时代环境推波助澜的革命,也有可能成为艺术的"牢笼监禁",有时即使自己要想跳出都很困难。风雨突变和拿来主义的机缘之间,所有传统的艺术环境和关系,原本还有牵制发展的可能,现在不再具有现实意义,更加上西方艺术正好看到熵(entropy)无缘无故的突发畸变,如此开放不定的空隙,与中国现代艺术的爆发歪打正着一拍即合。

记得一次朋友之间探讨艺术,相信梵高艺术之真被视为落伍过时。理由是现代艺术不再关心传统艺术的内涵,而是现世的功效成功。国人搞现代艺术无望,就像西方人画国画没有出路,如果我们不在现代艺术里面贩卖一点国人的神秘关子,中国现代艺术永远没有可能西方出头。

几十年的历史转眼过去,在西方主子的鼓捣和扶持之下,这一理论顺理成章,我的角度只是个人的固执落伍和脱离革命群体的范例。但是,如果排除东西文化纠缠的时空错乱,我们人类日常生活中的艺术究竟为何? 历史的发展和我们主观愿望无关,当今世界文化趋势,不是我们国人以为那样只有一个标准。这场"精英"人士的讨论让我想起当年纽约街上肖像画家的不屑一顾:搞什么现代艺术,那几个人可真是疯了。要画写实,没有一个西方艺术家能与我们交手,但是要做现代艺术,我们连个边角都沾不上,做梦吧,那就别想! ——那是一九八九年前后,离中国现代艺术在西方出头不到五个年头。

林琳一九八五年来美国,当时纽约艺术界还在二十世纪六十至八十年代的风魔和实验环境里面,对其他文化还在令人兴奋的论理和错位的概念上面,不是今天多种文化的生活现实,也没有今天实际效益和商业消费的环境。这对我们这些被国内艺术政治胡搅蛮缠搞得疲惫不堪的艺术青年来说,是个新鲜的开始。当时国内,我们被迫愤青,拒绝中国文化,我们"崇洋迷外",但却最后假道旁枝回归。林琳和我当时热衷日本禅宗导师铃木大拙①和阿部正雄②的书籍,跟着约翰·凯奇(John

---

① 铃木大拙(すずき だいせつ、D. T. Suzuki,1870－1966),日本禅宗学者。
② 阿部正雄(あべ まさお、Masao Abe,1915—2006),日本禅宗学者。

Cage)和约瑟夫·坎贝尔(Joseph Campbell),在庐山之外观看体验东方文化。我们渐渐意识到,被迫的反叛,常常带有自我禁锢的磁场和局限,所以希望绕过迷茫闭塞的中国现实,在胡乱撞墙的混战之中静下心来。我们试图通过史蒂芬·霍金(Stephen Hawking)的黑洞理论(Black Hole),找回六祖慧能的顿悟。纽约的文化环境是个奇特的时代真空,更是一个不得而已的绝世拯救。我们在悬崖边缘跳舞,不是为了好看有趣,而是没有其他出路。我们在错中大错,在善终里面不善,在恶报里面不恶,我们在地狱炼狱如鱼得水,在救世主的肚子里面剖腹自首。事后的历史总被说得顺理成章,但是当时的情况是零乱无知的错乱荒诞,整个过程毫无关联却又自然而然。林琳和我都在国内莫名其妙做了反叛的无业游民,不得不在上个世纪八十年代出走他乡。不管当时性格多么倔强,愤青的不平硬是逼着忍气吞声。我们当时凭着年轻气盛拼搏,但是手中的武艺和我们对手一般陈旧,文化视野一样封闭狭隘。我们不顾一切,冲出当时国内的禁锢,来到纽约所谓的自由世界。可是二十世纪八十年代中期,纽约的艺术世界早已过了英雄主义反叛的热度,嬉笑怒骂和玩世不恭的时代正在解体传统的社会结构,世纪末的混乱和绝望,加上冷眼旁观的犬儒主义泛滥,解构中心阶层体系的反思,与我们国内带来的现代主义愤青反叛牛头不对马嘴。那是一个平淡寂静中的暴风骤雨,尽管没有抽象表现主义的悲歌,没有英雄最后的凯旋辉煌,但西方文化正在不知不觉酝酿一场从未有过的巨变。

一九九三年的德国"中国前卫艺术展"，中国现代艺术以文献展的形式在西方出现。展览以"前卫"（Avant-garde）为旗号，尽管当时西方前卫艺术的反叛概念，已在批判反思的过程之中，因为不同的政治环境、策展的角度，从西方主流文化的旁支，给予落伍赶上的中国前卫艺术一个意识形态的机会和舞台。当时德国"中国前卫艺术展"是西方多种文化拼盘大餐的一份，或许可以刺激西方世纪末的不知所措和麻木不仁。

有意思的是，八十年代的西方，后现代主义风行，当时西方艺术激烈抨击传统艺术的各种标准，包括反传统的抽象艺术，主张创意的多种可能和上下文的不同角度。如果说多元文化和传统文化有所区别的话，那就是艺术不再是线性的发展过程，不再有阶层的固定标准。艺术可以"进步"，也可以"保守"。激进的价值在于具体个别的时空焦点，不是历史课本里的公式理论。

无论在东方还是西方，林琳去世之前的艺术环境没有当年西方"前卫"的时代背景，中国"现代艺术"的出现是对当时国内社会禁锢的反叛行为，贩到西方变成后现代多种文化的拼盘装饰。当时西方文化正在进入自我解体的分化重新，各种文化特色拼盘的"后现代"风靡一时，后现代和后殖民主义，以及各种类似的理论，被歪曲成为各种文化，以异国情调加入西方现代大餐的席位。林琳、宏图和我曾被邀请参加一个由画廊主持的电视台访谈。那个晚上我们被一群西方人围攻，逼问我们为什么不做具有中国特色的艺术作品。言下之意，为什么不服主子的理论设计和计划分工。

　　不说当年德国"中国前卫艺术展"背后的国际政治因素,在"前卫"概念已是僵尸的年代,善意怀旧的西方,沮丧之中意外发现中国现代艺术破土而出,"落后的"中国从此有了希望,总算映出一个西方模样的前卫艺术。现在想来,林琳的作品连文献资料部分都被落选毫不奇怪。后来弟弟林光去问原由,回答:尽管林琳是个有才华的艺术家,但是他的艺术仅仅只是一个开始,言下之意,林琳艺术不够"前卫",不符合西方主谋的拼盘特色。事实上,当时中国社会开放速度惊人,各种艺术文化思潮泛滥交错,不管国内还是国外,艺术作品的题材角度和风格流派繁复多变。那是一张白纸,又有前车之鉴,依样葫芦的快速,疯子一般的涂抹,只要惊人出格。林琳在1991年夏天已经去世,中国现代艺术环境和艺术思潮演变之快,以及西方对中国现代艺术的关注,到1993年,短短两年之间,绝然两个世界。林琳在转折点之前去世,正如加拿大维多利亚大学(Victoria University)历史教授克罗兹(Ralph Croizier)所说:可惜林琳"出现太早去世太年轻"。

　　撇开后现代的伦理修饰,西方推崇鼓励的中国前卫艺术,似乎就是西方一厢情愿的"现代艺术"翻版。然而,歪打正着的是,我们以倒退的前卫艺术加入西方没有前卫可言的"多种"艺术行列。这个结果显然满足西方主子同情怜悯的善意——管它上下文不同,今天的中国由关闭自守里面出生入世,落后的社会主义中国终于踏上全球市场经济的资本主义康庄大道。

中国现代艺术沿着文化革命的集体运动,是纲举目张的秩序和封建阶层制度的规划统一,不是个别独创的不同和自我发生的可能。尽管中国现代艺术的内容不乏现代主义的表象,但是中心阶层的心态精神是历史倒退,正好违背中心解构分化的现代主义思维心态。中国现代艺术是集体主义的运动,表面是对中国文化现状的反叛,骨子里的精神还是传统阶层至上的文化意识,遵循的还是线性进步发展的传统理念,依然还在寻找统一的绝对标准。如果所谓后现代还有一点价值,那就是标准不再只有一个,集体主义的革命运动没有意义。由此可见,历史所谓"进步"的概念,与真正的历史发生没有关系。

林琳的心态和处境

在艺术被看成一个不断"进步"过程的传统有色眼镜之下,和林琳国内的作品相比,他在纽约的作品不但没有进步,反而"倒退"。林琳的艺术发展没有沿着从写实到抽象再到概念艺术的发展规律。林琳不是没有做过和社会甚至政治有关的艺术作品,但是这个问题不在讨论范围之内。从视觉图像的角度,林琳的艺术看似"保守",没有达到追随模仿西方的中国"前卫"艺术认可的"标准"和"高度",但是林琳的艺术不乏个体绝对的断然独特。表面上,林琳晚期作品只是抽象艺术的一种,但仔细观察林琳短暂一生,那是林琳在多元文化背景之下,自己自说自话,没有服从西方文化特色的大餐拼盘。林琳脱离了中国前卫艺术的集体,他的作品被认为缺乏"时代气息"和"革命造反精神",因为依据西方前卫艺术的标准,他的作品只是已被"淘汰"的抽象表现主义而已。

林琳生前已经看到被迫反抗的悲剧:对手的强大让你成为反叛的"英雄",更进一步来说,被迫反抗的境遇,迫使自己牺牲独立的立场和自我选择的自由。林琳对他浙美的遭遇相对客观,一次他对我说:"我在浙美反叛的价值在于当时的环境,那是外在的。但是视觉艺术学校没人斗你,你斗自己。学校的挑战环境没有当时浙美的社会压力,但从人生艺术的角度,更加直接可贵,因为反叛是你自己。就这个角度,我现在可以把当时浙美的故事放在一边,我不是浙美而是 SVA 的学生。"

不管结果是对是错,林琳的独特在于面对挑战从不畏惧。林琳挑战环境也挑战自己。对他来说,有时甚至不是挑战的具体理由,而是一种心态。他在浙美表现主义的绘画,是面对自己周围环境的结果,不在表现主义已经没落的西方艺术上下文里。那些绘画对林琳一生留下不可磨灭的痕迹。在我看来,林琳纽约"过时"的抽象绘画,是他对待自己最为严厉刻薄的批判。林琳去世之前,通过禅宗领悟他的艺术,这个挑战的绝境不是历史的使命而是个人的具体赤裸。林琳奇特的结局,给于传统线性逻辑的历史一个错觉和问号:当年国内"前卫艺术"还没影子,林琳以反叛名声大噪艺术圈子,但在中国前卫艺术兴起的当口,因为林琳艺术"落后"时代,而被他的时代所抛弃。我不知历史学家如何评判历史,如何计算倒退进步,难怪历史记载都是"成功者的历史",从这个角度,英语"他的故事"(his-tory)一点没错。

林琳一生短暂,但又聚集我们这个时代的错差莫名。如果要说"后现代",中国近几十年的历史就是最好的例子。竖向的阶梯被横向的穿插搅乱,黑白颠倒是歪打正着的明智。这是一个没头没脑的急速变幻,矛盾百出却又自然而然。传统的智慧不再有用,激进保守不分,豪杰小人不明,激情的真诚转眼就是洒脱的冷嘲热讽,昨天是今天的伟业,明天是昨天的阴谋,今天笑的人昨天哭,昨天笑的人明天连哭笑都不能,后天转眼更是一绝,面对前天的历史,纯洁无邪的新生,白眼相视,好像什么也没看见发生。

不说林琳当年国内的风波,林琳住在哈莱姆(Harlem)地区,因为穷困,更是因为不愿顺应潮流。林琳以黑人音乐家Billie Holiday 为名,以贫穷的黑人区域为姓。都说林琳崇洋媚外,但有哪个中国人这样崇洋迷外的?中国留学生出国,即使一时贫穷挣扎,都是一心向往攀登阶层梯子,以白人富豪为邻自居,绝对不和中国人看不起的黑人为伍,更不会以此自豪。林琳出事以后,有人背后嘲笑林琳活该,谁叫他喜欢黑人——如此出口伤人,让人心寒意冷,更为我们民族文化愧疚。然而历史转眼又来嘲笑我们:今天 Billie Holiday 是有产阶级的高级消费,可是当年哈莱姆的爵士音乐,完全没有今天爵士音乐的媚态可掬。

从我们中国传统世俗观念角度,林琳又是一个可以幸灾乐祸的时代悲剧,你要自由,自由的代价并不那么美好。你和黑人亲和,最后死在黑人手里。出事的时候,所有新闻报道我都不看。添油加醋的传说和媒体的挑逗,大大可以随意包装伟人小丑,因为现实里面其实没有。

如果我们能从现实的真实角度身体力行感受,林琳不是那个时代可怜的牺牲品,而是那个时代的参与者,只是偶然的机运不幸,阴差阳错就被画上句号结束。如果我们不以生命的局限判断无常,如果我们可以假借印度教义的角度,个别人生只是生命整体的轮回循环,这样,局部的现象不再成为一时的弥瘴,我们就能超越偶然,感悟贯穿历史整体的内涵。

林琳离开中国不是为了美国中产阶级的美梦,他追求艺术上的成功,但不是通常的阶梯攀登。林琳离开中国首先是不得而已,不是鲤鱼欲跳龙门。如果说林琳曾经一度以挑战权威壮大自己,也许他在浙美的时候无意这样去做,但是,生活在多种文化并存的纽约,林琳不再是反叛社会的愤青,而是一个直接面对自己的个人。一次我和他争辩,逼他面对反叛的动力来自于被反叛的能量,因为我们谈起当年浙美的往事,林琳不免情绪纠结,那天在我工作室里,林琳光秃的脑袋火冒金星,两个暴跳的眼珠悬吊前额,当时我俩怒目相瞪长久无语,紧张的程度几乎你死我活,要不是两人之间有张特大的工作台相隔,不期谁会大打出手。几分钟之后,林琳脸色突然松弛下来,眼光温和地叹了一口气:"穗康。"他一手搭在桌上:"你——"他把你字拉得很长:"哎,你可真是我的朋友! 没人像你这样不顾情面，没人像你这样揪我要害。"我一时为他的感情用事不知所措，忙乱之间，不得不以不合时宜的无聊话题打岔。

结　　语

林琳性格直率得毫无掩饰。他不是没有失误过错，甚至做过"戚戚小人"，但是他的性格突出，他做错事和他认错一样绝对认真。从表面来看，林琳在纽约的艺术似乎步步"倒退"，但是如果我们不以线性进步的历史观念强加现实，我们可以看到林琳人生的演变，也可以感觉他在艺术追求上面，对于自己的苛刻和真诚。林琳没把他在国内的境遇作为资本带来美国，他的可贵在于他能看到他在国内轰动一时的其他因素，那是因为对手的强大，他的遭遇和"名声"来自当时的社会环境。林琳在纽约意识到自我挑战的价值，他试图从零开始，改名 Billie Harlem 不是崇洋迷外，不是自我否定，而是恰恰相反，他要澄清自己，给自己一个新的开始。林琳从艺术最为本质的基础思考感受，表面上，林琳和中国前卫艺术耸人听闻的革命运动脱节落伍，但在中国现代艺术伺机而动的机会主义潮流之中，林琳却在全新的环境里面，又一次对我们届时的中国文化提出个性独立的挑战。林琳去世之前的作品不是视觉艺术的反叛，而是相对当时文化背景的针砭和自己独立的选择。

我不想也不能在此评判林琳的艺术，我相信没有时代成见的后人,会有更加客观的透视角度,那时一定比我做得更好。我只是希望尽己所能,给林琳的那段历史,提供一个客观清晰的背景。

2014 年 1 月

林琳作品

十一　神在人在

——给刘苇兄[①]

　　神会是种信仰,它没性别区分,没有时空隔阂,届时的功利逻辑不能解释,千年岁月一晃而过,我在她的他和它之处,他在她的它和我当中。

　　惊闻刘苇去世的消息,我正在写关于超越物性感知和神会的文章。不知纯属巧合还是牵强附会,反正都是我的自说自话,与旁人无关,更与外界尘世无染。

　　我和刘苇算是新交,去年初夏回上海和他见过两次,所以没有权利写纪念他的文章。大概像他所有朋友一样,是书籍的机缘让我结识刘苇。2012年初,我的《铅笔头》出版,刘苇通过好友段晓楣看到此书,然后就在上海东方广播电台文学专栏节目"月光书房"作了介绍。记得当时晓楣和我提过这事,但我长期不在国内,没有半点上下文,听后随即也就忘了。不想一天,我

---

　　①　刘苇(1957－2013),作家、文艺批评家。

在网上搜集资料,偶然看到刘苇兄的谈话链接,打开来听,惊奇之余,不可想象。我和刘苇无亲无故,但我们之间不着边际的精神友谊,就是这样没头没脑开始。刘苇的谈话我听了多遍,不是因为他欣赏我的文字,我早已放弃现实里面寻找交流的可能,就连以前《纽约时报》胡编关于我作品的好话,都是叫人哭笑不得。整理《铅笔头》文字那段时间,我正处在一个相当悲观遥远的世界,自己觉得三百年的旧和三百年的新,可就是不在当今,再加上自己中国文化的情结和现实生活的落差,眼前山水挡道,想要回去,半点希望没有。

听刘苇的谈话是认识刘苇的过程,也是把我拖回现实的途径。晓楣现在整理刘苇留下的文字,说他:"文如其人,从他的文字可以看出他是一个'蹈虚'的人,他要做的就是逃脱这个他不喜欢的社会实体,在一个刻意营造出的艺术氛围中生活。"有意思的是,这位"蹈虚"避世的人,却把我拉回现实和他相识,也许我们俩个都不在现世里面。

当我通过电子邮件看到刘苇去世的消息,第一件事就是去听他当时的声音。我不信,想再听他的声音。他这样开始:"这是一本有点奇怪的书,首先,我对这位作者不了解,也从来不知道有这样一个人……"以前我没太注意这个开场白,现在突然明白,我和刘苇是现世的空和无。尽管后来我们见了面,尤其是他去世之后,我在网上搜索有关刘苇的信息,发现他和我上海很多朋友熟识,但是好像为了保持精神友谊的洁净,刘苇和我世间的缘分保持距离。

上海见到刘苇的时候,他一脸淡漠诙谐,佛相豁然的神态里面,似在非在的样子。可我老是搞不清楚,如果没有一点笃头笃脑的专致,没有类似的处境,他怎么就能把我当中剖开?我有自知之明,知道自己文字不是今天大众消费文化的按摩休闲,更没有一点轻松可爱之处。读者自己不去飞翔不会体会其中分量,不去地下折腾不会看到里面的轻盈。我说反话,若即若离,我避重就轻,尘土裹着肢体地上打滚,心神不在世上。

刘苇的谈话不只是识我解我,更是把我看入骨髓,好像他是我上辈子的朋友,下辈子的同事。随便说我两句,心中有点有数。可我同他素不相识,他能说到我的心里,甚至点到我的无意之处。我曾把刘苇兄的谈话链接转给朋友,他们都很惊奇刘苇的见解和角度,以为他是和我相熟的老友。

我伤心刘苇离世他去,不仅因为突然失去一位知己,更是知道在物欲泛滥功利实际的今天,像他这样多么不易。也许是我老派,也许刘苇真要逃离这个暂借的时空躯壳,我和刘苇现世缘分不多,甚至连个亲近的朋友也都不是,可这并不妨碍我和他精神相近。也许真的物有多轻,神有多灵。

我想到很多不肯屈服现世弃生他去的灵魂,走了不是放弃,而是维护,因为死亡可以超越局部的时空界限,打开绝境的暂时枷锁。我小时候,文艺小伎俩对我来说非常容易,学校老师逼着父母要我学习音乐,可是他们就是不肯。奇怪的是,家里照样玩音奏乐,但是从来不会"鼓励"孩子努力的虚荣。母亲不让我学习音乐不是音乐没有出路,而是一番小心翼翼的苦心。当时因为家里不幸,母亲索性闭门谢客,她全想到了,但是自己却没保住。多年以后,我醒悟过来,结果还是学了艺术。以前,我总是抱怨当年母亲阻止我学音乐,但没想到小小年纪一出风头,什么都有可能发生。现在,我把母亲照片放在谱架上面,我一边弹琴,一边感觉母亲身边的笑容,我突然想到,也许死亡真的可以跨越不可逾越的时空,能把珍贵的东西保存下来。母亲现在什么也不阻止,只是高高兴兴和我一起听这不可思议的声音。

我又想到安德烈·纪德(André Gide)的小说《窄门》(La Porte Étroite),通常解释成为一个宗教执迷和青春期的爱情故事。然而在我看来,扭曲的故事情节只是一个人为的艺术建构和达到目的的手段。纪德的神奇和小说的价值,超越普通文学的概念理论。小说真正的信息,不是宗教信仰的故事,而是精神的切肤和相信。不管艾丽莎(Alissa)、杰罗姆(Jerome)和朱丽叶(Juliette)三人的性格、价值观、人生目的有多不同,也不管他们现实之中的错位让人多么失望心痛,他们都有类似的相信,尽管最后时过境迁,什么都已太晚,三人还是相信那点现世"没有"的东西。爱和信的极端,不再是人世简单的欲念。最后一章像似结束,但却开启了一个相信的回归,一个无中的有。有什么,不知道,所以很多很多,多得自由自在没有限制,多得读者支撑不住,只好泪流如河。

通过艺术,这种精神的信念更为深远具体。斯特灵①之于

_____

① 斯特灵(Jane Stirling, 1804—1859),苏格兰业余钢琴家,肖邦的学生。

276

肖邦,不管历史记载如何,两人之间,音乐上的心领神会远远超越世俗男女之间的感情,不谈金钱资助以及金钱的来源,也不管斯特灵帮助整理之于肖邦音乐和料理后事的历史价值,所有一切都不重要,重要的是,斯特灵用她余下的一生和肖邦对话,因为她在肖邦的音乐里面,听到自己相信的那个声音。斯特灵不是唯一的例子,肖邦生前生后,与他相近相通的人事无数,除了乔治·桑(George Sand)和圈内文人以及艺术家音乐家之外,给与肖邦支持和灵感的人物还有波托卡①,女中音维奥多②和瑞典夜莺林德③。肖邦去世之后,他的朋友丰塔纳④花了十年的时间整理肖邦遗作,如果没有丰塔纳的信赖,今天的肖邦不知会是什么样子。所有这些都是超越人生物性的精神感应,只要静心去听肖邦音乐,所有解释都在里面。

世人势利,对康斯坦兹(Constanze,莫扎特之妻)极尽不公平之能事,也许因为文学戏剧的渲染,莫扎特的婚姻成为一个故事,关于康斯坦兹和沃尔夫冈(Wolfgang,莫扎特的名)的结合,我们旁人没有权利指责东西。莫扎特去世之后,妻子康斯坦兹为莫扎特的音乐到处奔波,不是仅仅因为家计和妻子的

---

① 波托卡(Delfina Potocka,1807—1877),波兰伯爵夫人,波兰流亡艺术家肖邦和波兰诗人克拉辛斯基伯爵(Zygmunt Krasiński,1812—1859)的朋友和缪斯。

② 维奥多(Pauline Viardot,1821—1910),法国女中音。

③ 林德(Jenny Lind,1820—1887),瑞典女高音,有"瑞典夜莺"之称。

④ 丰塔纳(Julian Fontana,1810—1869),波兰钢琴家、作曲家、律师、肖邦好友,肖邦过世后,代理和整理肖邦的遗稿。

职责,也是作为音乐家的康斯坦兹凭信。时空无关重要,具体的故事都已过去,但是,当时热爱莫扎特的人都在哪里?今天莫扎特尸骨无处可寻,那是上帝有意,让有眼无珠的世人断物绝根。是康斯坦兹的慧眼,我们今天才有莫扎特。莫扎特去世之后,康斯坦兹几十年的折腾,是什么力量支撑她到最后?信赖的精神。

陀思妥耶夫斯基(Dostoyevsky)一辈子倒霉,但是好像老天有眼,给他送来安娜(Anna Dostoyevskaya)作为回报。从帮助陀思妥耶夫斯基脱离绝境的速记员到两人相爱,从编辑陀思妥耶夫斯基的文字到他的经纪人,他们两人的故事是文学史上的浪漫奇遇。我喜欢陀思妥耶夫斯基的小说,但是对他妻子安娜,只有神会的缄默和无言的感动。我想,安娜整理陀思妥耶夫斯基文字的时候,一定不是简单的编辑工作,那是更高层次的精神共鸣。

多米尼克·斯卡拉蒂①,一辈子为一个人写了五百多首钢琴曲,那就是芭芭拉②。世俗人间,两人只是雇佣和被雇佣的关系。芭芭拉是个真正的音乐家,因为皇位在身,不能成为世俗艺人,然而正是这种限制,反把超越现实物象的精神留在纯粹的艺术里面。我总是好奇,当年的公主皇后,琴上第一次聆听为她所

---

① 多米尼克·斯卡拉蒂(Domenico Scarlatti, 1685—1757),意大利音乐家,Alessandro Scarlatti 的儿子。

② 芭芭拉(Maria Magdalena Barbara,1711—1758),早年葡萄牙公主,后来西班牙的皇后。

写的那些说不出口的墨迹蝌蚪,通过自己身体手指,那个瞬间,
她是什么感触?

换个角度,遥遥咫尺之间,通过芭芭拉的口吻,一旁斯卡拉
蒂听到的又是什么声音?现实之中两人那么遥远,可是透过现
世躯壳,音乐通灵传神。这不只是心心相印,更是灵犀共鸣
共听。

贝多芬献给鲁道夫大公①的降 E 大调告别奏鸣曲"告别"
(Les Adieux),作品 81a,世人可惜不是为了"永恒情人"所写,然
而,不管其中故事究竟如何,心神之间的灵犀没有世俗的牵挂,
更没有社会等级和性别的区分。

同样,白居易《琵琶行》里的诗人商女,现实之中同样遥遥相
距,但是心绪精神那么亲近。心神交感相印之际,外表隔阂顿然
没有。《琵琶行》的诗句美妙动听,但是作者写到最后两句,再美
的文字也要静止,留下的只有赤裸的心心相印。

今天的危机就是我们很少再有这种不切实际、没有功利的
固执和相信。我们生活在跃跃欲试而又飘忽不定的机会夹层:
什么都有可能,什么都没可能。我们实际的算盘打到自己鼻尖,

---

① 鲁道夫大公(Archduke Rudolph,1788—1831),奥地利贵族、红衣主教。

近是近得可以，但是看不见的机关，算尽亦无用处，还不说捡了芝麻一定会掉西瓜的喻意。

人是需要精神和信念的动物，宗教只是一个现存的借口。即使没有教义和规范的救命稻草，我们依然可以诚信笃守，相是生命之呼，信是生命之吸。我可以感觉刘苇独处静守的身影——可近可远，可离可会，无拘无束，无形无色，因为无形，才有神会；因为无色，才会泛出光明。

据说刘苇的遗文要出，晓楣给文集起了《此生是我吗?》的书名，我觉得这个书名很像刘苇。他过去在，今天在，将来也在，就是不在具体里面。因为不拘时空，是我是他都没关系。我和现世的刘苇不近，但是意会的刘苇咫尺之间。也许物象的他真的不在，可是脱离物象的牵连，刘苇的神会无限。

再听刘苇读我文字的声音：

"梦见 Michelangeli①("这是钢琴家的米凯兰杰利，不是画家米开朗琪罗"，刘苇解释)，随着我的呼吸在弹肖邦节拍。将梦将醒之际，又有谁用极其缓慢的速度演奏"雨点"，那晶莹的触觉像是成串的珍珠。有人告我，钢琴家正在随着音乐安静死去。不信，跑去看时，果然是，却没一丝伤感的气氛。我在一旁就地躺下，感觉通体的明净透彻和寂静，空气中泛着轻盈的蓝色光环。"

---

① 米凯兰杰利(Arturo Benedetti Michelangeli, 1920—1995)，意大利钢琴家。

我控制不住廉价的泪水，但我不敢也不要哭——生怕惊动他那轻盈飞翔的静态。夜深人静时分，在画面、在琴上、在书旁，刘苇兄的气息无所不在。时空无间，神在人在。

2013 年 4 月

后　记

　　我的文字没有确定不变的准则,对和错的界限经常模糊不清。这里有些篇幅实际文不成章,它们只是一闪而过的念头或者只言片语的想法。

　　中文是我从小长大的语言,但是长期不用,间隔的距离给我旁观的角度,也迫使自己面对力不从心的无能。然而柳暗花明阴错阳差,人生突然拐入一个转角。翻译整理《铅笔头》的过程是我重新学习中文的机缘,如今转眼二十多年过去,学习自己第一语言还真不容易,尤其对我这个乌龟来说,不得不付出成倍的代价和努力,而且寻找自己的声音口气更是乱撞一气的懵懂,整个过程是从无意识到有意识的自学自审。

　　原先文集想用《守其雌》为名,但是因为拗口,和编辑古冈先生商量下来,改用现在《拾碎》这个书名。因为我的思维跳跃,我的文字更是棱光镜的碎片,它们点点滴滴,在我平日生活偶然之间,都是有意无意捡来的琐碎。

这个文集里的很多文章是写《键盘空间》的延续。刚开始写《键盘空间》的时候，我还有一点犹豫，后来思路渐渐打开，每天写作的习惯变成一种吃药的疯魔，当时生活相对安定，所以写作效率较高。我用四个月的时间写出一个大概的规模，但后来却用多年的时间修改整理。《键盘空间》写到2013年冬天，所写的文章不但在数量上还是内容上，都已超出原先的计划，所以觉得有必要把音乐之外的文字另外分开。

《键盘空间》是音乐直感的随笔，这里的文字在艺术的边缘兜了一个圈子，通过自己人生的连接，回到平时思考的问题上来。和纯粹的《键盘空间》相比，这里的文章沉重很多。如果说《键盘空间》是视觉角度的音乐，那么《拾碎》就是艺术背后的人生感悟，而另一本文集《拾穗》，则是艺术实践的足迹点滴。三个文集三个角度，音乐是我天上洋溢的欢喜，人生是我地上艰难的功课，艺术是我前世欠下的债务。

2014年春，这阵写作的疯狂最终让我筋疲力尽，现在才知为何作者常常被迫停笔休息。可我运气不好，当时正好生活波动，为了躲避现实，应该休息下来的我，反而更加投入没日没夜的文字游戏，这场风波越演越烈，一直折腾到2015年初，《守其雌》就在那个过不去，但最终还是要过的当口。

《守其雌》脱稿的时候，我已是一个病人。写作是个自杀行为，庆幸还有手工艺术可以分身。朋友经常劝我，为什么不可以舒适轻松地写作，我也不知道自己出了什么问题，只是我没轻松写作的能力。写作是一个兴奋刺激的过程，但是对我来说，兴奋常常又和困苦纠缠一起。也许我不属于今天欣欣向荣的物质文明时代，我是过去的孤魂将来的云，明天的困苦昨天的梦。不管现实究竟如何，有一点自己清楚，不管神奇还是痛苦，不管真理还是谬误，不管诗意盎然还是艰涩矛盾，所有这些文字，我都尊重最初的本能，尽量在原始的自己里面，去找一个能够身体感触的"实"字。我经常自相矛盾，我的支离破碎就是出尔反尔的自己，我把自己的弱点和无能留在书里，由阴性的破绽展开我的文字。

《失乐园》是我以前为了自己的网络装置作品 Polyphonic Realities 所写的观念解说。多年之后，改译重写中文，但是自己觉得只是蜻蜓点水，没有具体说明问题，所以后来又写《失乐园补遗》。可以说《失乐园补遗》是篇大有争议的文字，从音乐专业的角度，也许一般不会同意我的看法。《失乐园补遗》是借音乐而言其他，所以对我来说，音乐学的标准并不重要。我没想到文章最后会发在《爱乐》杂志上，编辑耿捷女士的慧眼和胆量让我敬重佩服。

我在国外生活三十多年，英文语境渐渐代替中文的习惯。很多年前，一次燕迪笑我，说我英语比中文好，听到这话，我不免心灰意冷，因为知道自己英语跛脚，如果中文更差，无疑中了古人"邯郸学步"的典故。所以沮丧之余，不得不花更多的时间重新自学。我在一个陌生的语言环境，攥摸文字的体感方位和音律波动，没有想到这种脱离语言环境的磨练，居然歪打正着，赐我一个奇特的观察角度，看到语言之间的文字文化区别和社会语境的不同。我的《错综古怪的文字》《文字文化》和《再谈文字文化》，都是自己平时生活之中，两种语言打架摩擦，无意留下的痕迹点滴。

这里的部分文章曾在《书城》《爱乐》《钢琴艺术》和《悦读MOOK》等杂志发过。《书城》编辑齐晓鸽一直是我第三个眼睛和旁观的头脑，也是我文字的顾问和参考。我们经常切磋商讨，她对我的帮助让我感激不尽。

另外，我常征求朋友意见，文稿常有一些不愿露面的朋友过目。我不是写作出身，有时没有信心，也不知道自己在做什么，朋友的鼓励不是让我感觉良好，而是让我看到自己的位置，没有这些帮助，也就不会有这里的文字。我太幸运，周围朋友宠我不顾常规，环境怂恿我去越界跨线，我有太多的感谢，太多了，一时忘了具体，所以常常处在一种感恩祈祷的状态。我写，为了自己也不为自己，我作，也是感恩的接纳和给予。我希望自己的文字，能够触动他人物质以外的一点神经，我没想要讨人喜欢满意，如果我的文字能够激励人的思维，即使争执较劲，我也心满意足。

如今我的生活没有标准中心，也没有固定的国家概念和具体的民族认同。我把有生命的人放在首位，在不同文化重叠交织的今天，其他都是碎片的重新组合。我也没有思想意识的区别，资本主义和社会主义的界限同样都是人为的社会理念。我这辈子给思想意识折腾得不轻，所以宁愿就事论事讨论具体。

今天的我更没有东西文化的界限区别，所谓东西文化的冲突多少带有人为的臆想，这世上没有对立的绝对状态，我们生活在量子力学的时代，这世界由无数相关的具体组成。长期生活在纽约，不同的价值观念，不同的意识形态和思维角度，让人感觉世界要比我们想象的更大更多，所有不同的文化意识和信仰准则都有它存在的前因后果，所有点点滴滴的琐碎区别，所有细小微末的不尽相同，都是世界整体文化的一个部分。这世界很大，但也很小，小到一个生命，一个细胞。我的文字，包括我的艺术，都是面对个别生命的沟通交流。我没伟大理想，也没有征服世界的想法，只是面对个体的暂时，守着个别的生命。我的文字只是一个感应的媒介，一旦相互懂得，媒介也就没有什么意义，说话和文字都不重要，有了就有了，看到就看到了，人生最最让人动心的，就是那么一点个别细微的连接。

最后我要在这里感谢六点分社倪为国先生和责编古冈先生的支持和鼓励。

2019 年 1 月

图书在版编目(CIP)数据

拾碎/赵穗康著.--上海:华东师范大学出版社,2023
ISBN 978-7-5760-4012-8

Ⅰ.①拾… Ⅱ.①赵… Ⅲ.①散文集—中国—当代
Ⅳ.①I267

中国国家版本馆CIP数据核字(2023)第125863号

华东师范大学出版社六点分社

企划人 倪为国

本书著作权、版式和装帧设计受世界版权公约和中华人民共和国著作权法保护

拾碎

著　　者	赵穗康
责任编辑	朱妙津　古　冈
责任校对	彭文曼
装帧设计	夏艺堂

出版发行	华东师范大学出版社
社　　址	上海市中山北路3663号　邮编　200062
网　　址	www.ecnupress.com.cn
电　　话	021-60821666　行政传真　021-62572105
客服电话	021-62865537　门市(邮购)电话　021-62869887
地　　址	上海市中山北路3663号华东师范大学校内先锋路口
网　　店	http://hdsdcbs.tmall.com

印刷者	上海盛隆印务有限公司
开　　本	787×1092　1/32
插　　页	1
印　　张	9.125
字　　数	180千字
版　　次	2023年10月第1版
印　　次	2023年10月第1次
书　　号	ISBN 978-7-5760-4012-8
定　　价	68.00元

出版人	王　焰

(如发现本版图书有印订质量问题,请寄回本社客服中心调换或电话021-62865537联系)